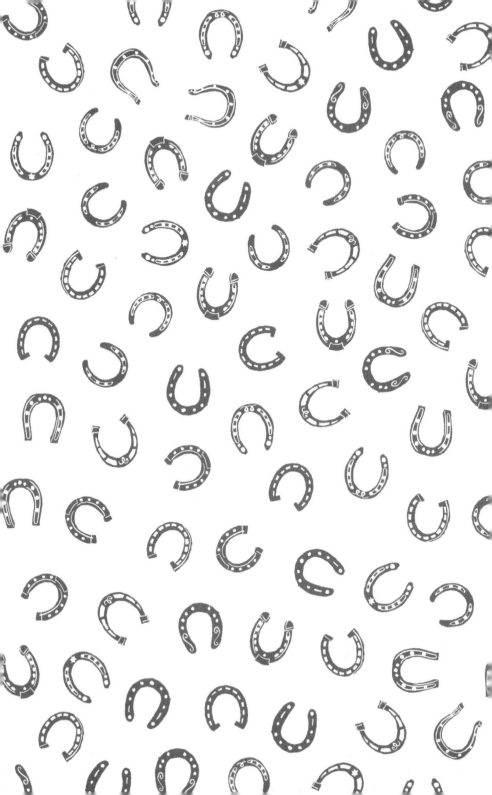

我能跳过水洼

〔澳〕艾伦·马绍尔 著

叶硕 译

北京出版集团

北京少年儿童出版社

版权合同登记号

图字：01-2013-3411

我能跳过水洼

Text copyright © Alan Marshall, 1955
Illustrations copyright © Allison Colpoys, 2012
First Published 2004
First published in Australia in the English Language by Penguin Books Ltd.

图书在版编目（CIP）数据

我能跳过水洼 ／（澳）艾伦·马绍尔著 ；叶硕译
. — 2版. — 北京 ：北京少年儿童出版社，2024.5（2025.7重印）
（摆渡船当代世界儿童文学金奖书系）
书名原文：I CAN JUMP PUDDLES
ISBN 978-7-5301-6477-8

Ⅰ. ①我… Ⅱ. ①艾… ②叶… Ⅲ. ①儿童小说—长篇小说—澳大利亚—现代 Ⅳ. ①I611.84

中国版本图书馆CIP数据核字（2022）第237366号

摆渡船当代世界儿童文学金奖书系
我能跳过水洼
WO NENG TIAOGUO SHUIWA
[澳] 艾伦·马绍尔 著
叶硕 译

*

北 京 出 版 集 团
北 京 少 年 儿 童 出 版 社 出版
（北京北三环中路6号）
邮政编码：100120
网　址：www . bph . com . cn
北 京 少 年 儿 童 出 版 社 发 行
新 华 书 店 经 销
三河市天润建兴印务有限公司印刷

*

880毫米×1230毫米　32开本　10印张　300千字
2024年5月第2版　2025年7月第4次印刷
ISBN 978-7-5301-6477-8
定价：35.00元
如有印装质量问题，由本社负责调换
质量监督电话：010－58572171

捧起厚厚的漂亮

梅子涵

你已经是一个十来岁的小孩了吗？那么你应该捧起一本厚厚的文学书了。是的，厚厚的文学书，一个长长、曲折的故事，白天连着黑夜，艰难却有歌声嘹亮。

当你捧起，坐下，打开，一页页翻动，一章章阅读，你竟然就很酷很帅，你是那么漂亮了！

因为你捧着了文学。因为你有资格安安静静读一个长长的文学故事。你走进它第一章的白天的门，踏进第二章夜晚的院子，第二十章……最后从一个光荣的胜利、温暖的团聚、微微惆怅的失去里……

走出来。亲爱的小孩，你知道这也是一种光荣吗？文学的文字给了你多么超凡脱俗的温暖亲近。你是在和情感、人格、诗意团聚呢！而这一切，对于一个没有资格阅读的小孩和大人，又是多么惆怅的缺丧，如果他们连这缺丧也感觉不到，那么就算是真正的失去了，失去了什么？失去了生命的一个重大感觉，失去了理所当然的生命渴望。

我知道，你会说："我听不懂你说的！"可是我确定，你阅读了一本本厚厚的文学书，阅读过长篇小说以后，就会渐渐懂了。因为到了那时，你生命的样子更酷更帅更漂亮了，你闪烁的眼神里满是明亮。

我真希望我是一个和你一样的小孩，我就开始捧起一本厚厚的文学书，我要读长篇小说了！

目录

第 1 章 我

那时，我家还住在一幢用挡风板搭起来的小房子里。母亲躺在狭小的起居室里，等待着接生婆来接我出世。她看得见外面高高的桉树在风中摇曳，远处山峦苍翠，牧场上方，云朵的影子随风疾驰而过。她对我父亲说："准是个儿子，因为今天就是个男子汉的日子。"

父亲弯下腰，从窗户向外望去。开阔的牧场对面耸立着一片丛林，青翠茂密，像一道墨绿色的屏障。

"我会让他成为一个强壮的丛林汉子，成为一个飞毛腿。"他信心满满地说，"老天呀，一定会的！"

接生婆终于来了，父亲笑着对她说："我刚才还在想，会不会还没等到你来，小家伙就已经会满地乱跑了呢，托伦斯太太。"

"是啊，原本半个小时之前我就该到了。"托伦斯太太大大咧咧地回答。她身材魁梧，浅棕色的面颊线条柔和，一脸自信的神情。"都是我家泰德，到了该套马的时候，他还在给马车上油……"她向我母亲看去，"感觉怎么样了，亲爱的？开始疼了吗？"

"她跟我说话的时候，"母亲后来告诉我，"我能清楚地闻到，你爸爸那根马鞭的相思木手柄的气味，那根鞭子就挂在床脚。我仿佛能看见你拿着它在头顶挥舞旋转，骑着马飞奔。就跟你爸爸一个样儿呢！"

我出生的时候，父亲和我的姐姐们就坐在厨房里。玛丽和简都想要个弟弟，可以带着一起去上学。而父亲早就答应了她们，将会给这个弟弟起名叫"艾伦"。

托伦斯太太把我抱出来，捧给大家看。我被裹在一块大红色的法兰绒棉布里。她把我递到父亲的臂弯里。

"低头看着你，可真有意思。"父亲对我说，"我的宝贝儿子啊……我有大把的事情想让你做呢——首先，就是骑马。我希望你能够成为一个好骑手。嗯，当时我脑子里就是这么想的。当然了，还有跑步……他们都说你的四肢长得不错。我把你抱在怀里，那种感觉可真有意思。我老是忍不住想，你今后会不会像老爸我呢？"

开始上学没多久，我就感染了小儿麻痹症。二十世纪初，这种流行病在维多利亚州开始，逐渐从人口密集的城市地区蔓延到乡间，生活在偏远农场和乡间林地的孩子们也一个个病倒了。而在图拉腊，我是唯一的一个患儿。周围方圆几英里的人听说我的病情，都感到不寒而栗。他们把"麻痹"一词和"痴呆"混为一谈。"听说了吗，那孩子的脑子是不是出毛病了？"路上遇到的时候，赶车人经常会停下马车，探过身子跟朋友闲谈。

一连几个礼拜，邻居们驾着马车从我家门前经过时，都会驶得飞快。他们会乐此不疲地向我家投来匆匆一瞥，看一眼老旧的尖桩篱笆、牲畜栏里还没驯服的小马驹，以及靠在草料房旁边的我的三轮车。他们早早地便把自家孩子喊回家，将他们包裹得暖暖和和的，孩子们咳嗽一下，或者流个鼻涕，他们就如临大敌，提心吊胆地盯着他们。

"灾难击中了你，就像来自上帝的惩罚。"面包师卡特先生如是说，他对此坚信不疑。他是《圣经》讲习班的负责人，在每周一次的例行宣讲中，他一脸忧郁地对学生们说：

"下周日上午的礼拜仪式上，主持人沃尔特·罗伯孙牧师将为这个勇敢的男孩祷告，愿他早日从这场来势汹汹的痛苦疾病中康复。请每个人务必出席。"

听说了这些话之后，有一天，父亲在大街上一边不安地捋着他淡茶色的小胡子，一边向卡特先生解释，我是怎样纯属偶然地患上这个病的。

"据说，是呼吸的时候把病菌带进去了。"父亲说，"那玩意儿就飘浮在空气里——到处都是，根本不知道它在哪儿。肯定是吸气的时候，病菌刚好飘进了鼻子里，这下我儿子可倒大霉了。他一病不起，就跟被斧子劈了的小公牛一样。要是那会儿他正往外呼气的话，就什么事都没有了。"

父亲停了一下，接着难过地说："现在，只能为他祈祷了。"

"人类就是为了承受痛苦和烦扰而生的。"面包师虔诚地喃喃道。他是教会中的长老。他认为一切不幸的背后，都有上天在操控。同时他也怀疑，所有人类喜欢的事情背后，都躲藏着魔鬼的身影。

"这是老天的意思。"他心满意足地补充道。他总能迅速抓住每个机会，不遗余力地传递自己的价值观。

对于这种理论，父亲嗤之以鼻，他有点粗暴地说："这孩子可不是为承受痛苦和烦扰而生的，而且我告诉你，这也不会成为什么烦扰。要是你想要烦扰，这里倒有的是。"他用棕色的手指敲着自己的脑袋。

后来，他站在我的床前，紧张地问："艾伦，你的腿疼吗？"

"根本不疼，"我对他说，"都已经没知觉了。"

"唉，见鬼！"他大声抱怨着，一副深受打击的样子。

父亲是一个精瘦的男人，两条弓形的腿，屁股窄窄的，这是多年骑马的结果，因为他是一名驯马师，以前在昆士兰州内陆地区，后来才来到维多利亚州。

"都是为了孩子们。"他常说，"内陆那边没有学校。都是为了他们啊，嘿，否则我才不会离开那儿呢。"

他长了一副典型的丛林汉子的面孔，棕色皮肤，满面皱纹，灌木平原的风霜在他脸上刻画出累累线条，锐利的蓝眼睛深嵌其中。

有一天，一个曾跟父亲一起贩卖牲畜的同伴来家里看他。父亲穿过庭院，迎了上去。那人大喊道："老天啊，比尔，你走起路来还是那么血气方刚啊！"

父亲步履轻盈，步子迈得很小，走路的时候总是看着面前的地面。这是因为他原来住的乡下是个"蛇村"，父亲这样解释。

有时候，几杯酒下肚，父亲会骑上一匹还没完全驯服的小马驹，冲到庭院里，在喂料箱、马车辕，还有换下的旧轮胎之间蹦上跳下，把鸡鸭赶得咯咯乱叫，他大喊着：

"野牛，还有不知道叫什么的玩意儿！跑起来吧！哈！来呀！"他会勒住缰绳，操控着马儿后腿直立，然后一把揪下宽边草帽，一边朝假想中的欢呼人群转着圈挥舞，一边向厨房门口的方向鞠上一躬。母亲总会站在那里，脸上带着微微的笑意，那笑容饱含着快乐、挚爱与关怀。

父亲非常爱马，不是因为他要靠它们养家糊口，而是因为，他从马儿身上看到了一种美。他喜欢仔细研究健壮结实的骏马。他会慢慢地围着它打转，歪着头，认认真真地端详这匹马的每一点特征，用手顺着它的前腿抚摩下去，摸索着有没有肿块或者伤疤。要是有，就说明它曾经受过伤。

"你会希望一匹马筋骨结实，又有劲儿，又灵活。"他曾说过，"能耐得住长途跋涉。"他认为，马就跟人一样。

"真的，就是这么回事。"他说，"我见过的。要是你拿鞭子多打了它们几下，有些马就会生气。有些孩子也是这样……要是打了他们耳光，他们就好几天都不跟你说话，还会跟你闹别扭。看吧，他们会记仇的。哈，马也是这样啊！有些马你拿鞭子抽它，它就停下来不走了。就说老斯塔比·迪克家的那匹栗色母马吧，它可顽固了，不爱戴嚼子。跟你说，就是我给它上的马嚼子。那可真是……老斯塔比就跟它一个样，谁要是惹了他，可就糟糕了。那趟活儿他还欠我一块钱呢。唉，算了……他也没捞着什么好处。"

祖父是一个红头发的约克郡人，以牧羊为生。四十年代初，他移居到了澳大利亚，跟一个同年来到这片新殖民地的爱尔兰姑娘结了婚。据说当时，一艘满载着爱尔兰姑娘的轮船来到了这片殖民地，她们都是来寻找工作的，比如当女用人。这时，他大步流星地走上码头。

"嘿，你们哪一个愿意嫁给我？"他朝站在栏杆后面的姑娘们大喊，"谁愿意试试跟我一起过日子？"

一个蓝眼睛、黑头发、身体壮实、手掌宽大的姑娘认真地看了他一会儿，然后大声回答："我愿意，我嫁给你。"

她从船舷的一侧弯下腰来，他接住她，把她抱到了码头上。他提着她的行李，手搭在她的肩膀上，仿佛在引领着她。两人双双离开了码头。

父亲是祖父母的四个孩子中最小的，他继承了爱尔兰母亲的性格。

"在我还是个小孩子的时候，"他有一次告诉我，"我朝一个年轻的牲口把式扔了个芭蒂瓜——你知道吧，那东西的汁水要是进到眼睛里，可是会弄瞎人的。哎呀，这家伙都快疯了，他操起一根木棒子朝我冲过来。我朝着自家的小木屋跑去，大叫着：'妈妈！'我告诉你，这家伙真的急了——哎呀，他气疯了！跑到小木屋的时候，我真是一点办法都没有，这下我可完了。但是妈妈看见我过来了，手里轻松地晃着一壶滚开的水，等在那儿。'回去，'她说，'这水可是开的。你再敢走近一点，我就泼到你脸上。'哇呜！就这么拦住他了。妈妈就站在那儿，瞪着那个人，我紧紧地抓着她的裙子。最后，那个人走开了。"

从十二岁起，父亲就开始自谋生路了。他只上过几个月的学，老师还是个醉醺醺的酒鬼。每个礼拜，孩子们交上半个克朗的学费，到这位老师的石板小屋里上课。

开始工作后，他漂泊无定，经常从一个地方辗转到另一个地方，替人驯马或者赶牲口。他的青春岁月和成年时代的前半段，都在新南威尔士州和昆士兰州的内陆地区度过，这些地方也是他所有故事的来源地。正是因为他的那些故事，让我觉得内陆的丛林平原和红色沙丘，变得比生我养我的绿色乡村还要亲近。

"那些内陆的乡野有种魔力，"有一次父亲对我说，"在那里，你会感到心满意足。爬上松树岭，点起篝火……"

　　他停下来，坐在那儿，用一种难过的表情看着我，若有所思。过了一会儿他说："得想个主意，好让你的拐杖别陷进沙地里。没错，总有一天，我们会带你到那儿去的。"

第2章 开始治疗

　　瘫痪后没多久，我腿上的肌肉就开始萎缩了。我的后背原来可是挺拔又结实的，现在却向一边侧弯了过去。膝盖后面的肌腱结成一束一束的，收缩拉紧，扯着我的双腿渐渐变弯，最后形成了一个像是跪着的姿势。

　　母亲非常担心，因为我双膝后面的肌腱绷得很疼。而且她觉得如果不快点把我的腿弄直，恐怕就永远这么弯着了。她一再去找克劳福德医生，让他给我开些处方药，好让我的双腿能够再次行动如常。

　　对于小儿麻痹症会怎样发展，克劳福德医生也不太确定。母亲用白兰地和橄榄油帮我按摩双腿，想让它们恢复活力，这是学校老师的妻子推荐的偏方，她说这样曾经治好了她的风湿病。看到母亲的这种做法，克劳福德医生不以为然地微微皱了皱眉，不过他说"反正也没坏处"，然后就置之不理了。直到深入询问了一个墨尔本患者的并发症之后，他才开始处理我动弹不得的双腿。

克劳福德医生住在巴伦噶，那是离我家四英里远的镇子，只有当病人情况危急的时候，他才会到周围的偏远地区出诊。他驾着一辆艾伯特马车，拉车的是一匹灰色的慢跑马。他半遮着兜帽，马车扇形的蓝色毛毡衬布形成了背景，当他向过往的路人欠身鞠躬，或者挥舞马车鞭的时候，刚好可以展现出最优雅的风姿。

这辆艾伯特马车体现了他与当地居民平等的身份，因为和那些拥有带橡胶轮胎的艾伯特马车的富人比起来，还是差了一点。

对于比较简单的常见病，他还是有着充分的行医经验，足以应付自如的。"马绍尔太太，我能肯定地说，你儿子得的不是麻疹。"

但是，对小儿麻痹症他知之甚少。我刚得病的时候，他曾经请了另外两位医生来帮我做检查，就是他们其中的一位宣布我得了小儿麻痹症。

母亲对这位医生印象很深刻，他看上去学识渊博。于是，她转而向他进一步请教，但是他只会说："如果他是我儿子的话，我一定会非常非常担心。"

"那当然了。"母亲干巴巴地说。从那以后，她就再也不指望他了。她信任克劳福德医生，因为当另外两位医生走了以后，他说："马绍尔太太，没人能肯定，你儿子会不会落下残疾，甚至会不会死。我相信他会活下来，不过也要看天意。"

他的这番话令母亲感到安慰，父亲的反应却恰恰相反。在他看来，这说明，克劳福德医生承认了自己对小儿麻痹症一窍不通。

"一旦他们说要看天意的时候，你就知道自己完蛋了。"他说。

我的双腿不断萎缩，克劳福德医生最终不得不面对现实。他低头看着我，不说话。他毫无把握，一筹莫展。我的床边是洗手池的大理石台面，他用短短胖胖的手指头"笃笃"地敲打着上面的浅色花纹。母亲站在他身边，像个等待最后判决的犯人一样，紧张得大气都不敢出。

"嗯，这样吧，马绍尔太太，关于这两条腿……嗯，嗯……恐怕只能这么做了。好在他是个勇敢的孩子。我们只能把这两条腿绷直，唯一的办法是强行弄下去，必须强行弄直。问题是，怎么做？最好的办法，我觉得，就是每天早晨让他平躺在桌子上，然后按着他的膝盖，用你身体的重量压下去，直到压直。这两条腿必须被压到贴在桌子上。嗯，每天三次吧。对，我认为三次应该就够了。要不然，第一天就两次吧。"

"会很疼吗？"母亲问。

"恐怕是的。"克劳福德医生停顿了一下，补充道，"你得拿出全部的勇气。"

每天早晨，母亲让我平躺在餐桌上，我会望着壁炉架上方，那里有一幅惊马图，挂在烟囱上。那是一幅版画，画了一匹黑马和一匹白马。一道闪电划破暴风雨的黑暗，马儿们惊恐地挤在一起，闪电离它们受惊张大的鼻孔只有几英尺。对面的墙上还有一幅画，画上马儿们四蹄伸张如飞，鬃毛飞扬飘动，发疯一样地奔驰远去。

父亲对画总是看得很认真。有时候，他会站在画前端详这些马，一只眼睛半闭着，以便更好地聚焦。他在估量这些马作为骑乘马的价值。

他曾经告诉我："它们是阿拉伯马，没错，不过不是纯种的。这匹母马还有关节软瘤，你看看它的球节。"

对这些马儿的任何非议，我都不喜欢，对我来说它们太重要了。每天早晨，我随着它们一起逃离钝痛。马儿们感到恐惧，我也感到恐惧，我们的恐惧融为一体，我们因怀着同样的渴望而同病相怜。

母亲把双手放到我拱起的膝盖上，她俯下身，将整个身体的重量压到我的双腿上，向下压，直到它们低下去，和桌面一样平。她的眼睛闭得紧紧的，这样泪水才不会夺眶而出。我的双腿在母亲身体的重量下拉直了，我的脚趾随着伸展开，然后像鸟的爪子一样弯曲、蜷缩。当双膝下的肌腱开始一张一缩的时候，我大声尖叫起来。我双目圆睁，紧紧盯着壁炉架上方的惊马图。我感到揪心的疼，脚趾挣扎着蜷起来，我朝着那些马儿大声哭喊："噢！马呀，马呀，马呀……噢！马，马呀……"

第3章 住进医院

　　医院在离我家二十多英里远的镇子上。父亲驾着四轮大马车送我去医院。车辕长长的，非常结实，他平时就是把马套在上头训练的。父亲对这辆马车非常得意。车辕和轮子都是山核桃木的，他还在座椅的后挡板上画了一匹弓背欲跳的马。画画得不怎么样，不过对于这种情况，父亲总是有理由解释："它还不太会跳，你明白吧，这是它第一次跳嘛，有点不稳。"

　　父亲牵着两匹还在训练的年轻小马。他把一匹套上车，另一匹系在车辕上。父亲拉着辕马的笼头，母亲先把我放到车厢里，然后才爬了进来。她坐到座位上，再把我扶起来，靠在她旁边。父亲不停地对马儿说着话，用手摩挲着它汗涔涔的颈子。

　　"老实点，小子！哇哦，当心！别动！"

　　这些野性未驯的马儿撒野的时候，母亲从来都不害怕。顽劣的马会躁动暴跳，趴在地上不肯前进，或者发出吓人的呼噜声，试图摆脱马具的束缚。这种时候，她只是安坐在车上，一脸毫不在乎的表情。她坐在高高的座椅上，一只手抓住后座的镍制把手，打起精神应付每一次颠簸和摇摆。当马儿猛地停步不前的时候，她的身体会微微向前倾；当马儿向前猛冲的时候，她会向后靠一下。不过，无论何时，她总是牢牢地扶着我。

"没事的。"母亲说，她搂着我，手臂坚定。父亲松开手中的马嚼子，回到脚踏上，缰绳从他的手中滑过，他的眼睛紧盯着辕马的脑袋。然后他用一只脚踩着圆圆的铁脚踏，握住座位边缘，停了片刻。"老实点！"他朝着躁动不安的马儿们喊道。忽然，就在它们后腿站起来的当口儿，父亲飞身跳上了座位。他松开缰绳，马儿们猛地向前冲去，用缰绳系在车辕上的那匹小马跑歪了，它抻着脖子，拼命想往侧面冲。它跟套在车上的另一匹马拴在一起，样子很别扭。车子猛地冲出大门，一路上碎石飞溅，包了铁皮的车轮嘎吱嘎吱地打着滑。

父亲夸口说，他驾车一次也没撞到过门柱。不过，轮毂的木头上布满了磕磕碰碰留下的坑洼，说明事实可不是他说的那样。母亲俯下身子，从挡泥板上看下去，打量着轮毂和门柱之间的距离，她总是说："这可说不准，说不定哪一天就会撞上的。"

我家门外是一条泥土小道，父亲稳住马，我们从这条小道驶上了碎石路。

"老实点！"父亲吆喝了一声，然后又安慰母亲说，"跑完这趟，它们就该没脾气了。这匹灰马是拉艾伯特马车的。这家伙也一样——它们就该一直老老实实地上着嚼子。"

阳光暖洋洋的，车轮行驶在路上，发出嘎吱嘎吱的声音，让我昏昏欲睡。丛林、牧场，还有小溪，都掠过我们远去，在经过的霎时间，周围似乎被马蹄扬起的尘土蒙上了一层轻纱。不过，这些我都没看到。我枕在母亲的臂弯里，等到她唤醒我的时候，已经是三个小时之后了。

马车轮子轧过医院庭院里的碎石子，我坐了起来，看着这幢白色的大楼，窗户都很窄小，这里散发着一种奇怪的味道。

透过敞开的大门，我看到暗黑色的地板被擦得闪闪发亮，一个高高的台子上放了一盆鲜花。然而，大楼里面充斥着一种寂静，这种古怪的安静让我毛骨悚然。

父亲把我抱进一个房间，里面沿着墙边摆了一排软垫座椅，角落里还有一张桌子。桌前坐了一个护士，她问了父亲好多问题，把父亲的回答都记录在一个簿子上。父亲看着她，就像看着一匹耳背的、不可靠的马一样。

护士带着那本簿子离开了房间，父亲对母亲说："每次到这种地方来，我都很想对他们说——都见鬼去吧！他们就像给牛剥皮一样，毫无感情，而且问得太多了。他们让你觉得你就不该来这儿，好像谁非要跟他们过不去似的，还是怎么样的，我也说不上来……"

过了一小会儿，护士回来了，带来一个护工。母亲一再保证，我一到病床上她就会来看我的，我这才让护工把我抱走。

护工穿着褐色的衣服，他有一张红脸膛，满面皱纹。他看着我，那眼光好像我不是一个小男孩，而是一个大麻烦。他抱着我来到浴室，把我放进一个装着温水的浴缸里，然后在一个凳子上坐下，开始卷烟卷。他点上烟，对我说："你上次洗澡是什么时候？"

"今天早晨。"我告诉他。

"哦，那就得了，就躺在里边吧。这样就行了。"

稍后，他把我放到床上。床铺干净而冰凉。我坐起来，央求母亲不要走。床垫硬邦邦的，一点弹性也没有，我自己也不会把毯子叠成被窝。盖着这些毯子一点都不暖和，上头也没有可以让我玩弹珠的褶皱。我的身边没有防护墙，我听不见狗叫声，也听不见马儿嚼草料的声音。这些都只有家里才有，此时此刻，我发疯一样地想念它们。

父亲已经跟我道过别了，母亲却还恋恋不舍。忽然，她亲了我一下，快步走了出去。她居然这样对我，我简直难以置信。我知道她也不愿意离开我，突如其来的可怕疾病让她不知所措。我没有朝她大吼大叫，也没有祈求她回来，虽然我的内心无比渴望那样做。我只能看着她离开，完全无能为力。

母亲走后，邻床的男人沉默地看了我一会儿，问道："你为什么哭？"

"我想回家。"

"我们都想回家。"他说，他的目光转向天花板，叹了口气，"是呀，我们都想回家。"

我们所在的病房地板被擦得干干净净，病床之间的地板是浅褐色的；而床下，那些护士们的脚步不会踏足的地方，则覆盖着厚厚的地板蜡，颜色深黯，闪闪发亮。

沿着墙壁，两两相对地放着两排白色的铁制病床，细细的床脚下带着滚轮。每个滚轮周围几英寸的地板上，都有擦伤和凹痕，那是因为每当护士们挪动病床的时候，滚轮就会团团乱转。

每个病人身上都紧紧裹着毯子和被单，边缘都被塞到床垫底下，病人就被牢牢地绑在了床上。

这个病房里有十四个人，我是唯一一个孩子。母亲走后，有几个人大声跟我说话，让我别担心。

"你不会有事的，"有个人说，"我们会照顾你的。"他们问我得了什么病，我告诉他们，然后他们开始讨论小儿麻痹症。一个男人说这种病很要命。"非常要命，"他说，"就是这么回事。非常要命。"

他的评价让我觉得自己很了不得，我喜欢这么说的那个男人。在我的心目中，我的病没有多厉害，只是一种暂时的不便罢了。在后来的那些日子里，我也曾满怀不平和怨愤，痛苦不已。当疼痛缠绵不绝的时候，我也会轻易地悲观绝望。然而，疼痛一旦停止，我就什么都忘了。我不会长时间地情绪低落。身边有那么多有意思的事情，让我兴致勃勃。对于人们对我的病的反应，我总是感到又开心又惊讶，他们站在我床前，低头看着我，一脸忧心忡忡。在他们看来，我的病是一种可怕的灾

17

难。生病令我成为一个了不起的人，这让我心满意足。

"你是个勇敢的孩子。"人们会这样说。他们弯下腰，吻一吻我，然后满面哀伤地扭过头去。

大家都说我很勇敢，这曾经让我莫名其妙。能被大家称为勇敢，我觉得是一件光荣的事。所以当来看我的人夸我勇敢的时候，我会自然而然地露出开心的笑容，然而这种开心却是不合时宜的，所以我总是不得不做出别的表情，努力掩饰。

我一直担心会被识破，当听到人们夸我勇气可嘉的时候，我感到难为情，因为我知道自己受之有愧。每当房间壁板后面传来老鼠抓挠的窸窣声，我总是心惊胆战。晚上我也不敢去水槽那边盛水喝，因为怕黑。我有时会担心，万一大家知道了真相会怎么想。

但是，人们坚持说我是勇敢的，所以我也就骄傲地接受了这种评价，虽然也带着一点隐秘，一点羞愧。

过了没几天，在病房里、在病友们之间，我已经非常得其所哉了。当新病人怯生生地来到病房，因为众人的注目、因为想家、因为渴望睡在熟悉的床上而感到不知所措的时候，我会有一种优越感。

病人们把我当成开心果，跟我聊天。他们的态度居高临下，大人对小孩子都是那样的。没有话题可聊的时候，他们就会大声叫我。他们说什么，我都深信不疑，这让他们乐不可支。他们自以为见过世面、阅历丰富，就看不起我。他们以为我老实，就听不懂别人对我的冷嘲热讽。他们当着我的面说我的闲话，好像我是聋子，听不见别人说话一样。

"你说什么他都信。"病房那头的一个年轻人对新来的病人说，"你听着。嗨，小孩！"他朝我喊道，"你家附近的井里有个巫婆，是不是啊？"

"是的。"我说。

"你看吧。"那个年轻人说，"他是个有意思的小可怜。他再也不能走路了，我听说。"

我觉得那个人才是傻瓜。他们居然以为我再也不能走路了，这可真让我吃惊。我很清楚自己长大了要做什么。我要冲进野马群里，一边挥舞着帽子，一边大喊："嘿！嘿！"我还要写一本像《珊瑚岛》那样的书。

我喜欢隔壁床的那个男人。

"今后我们就是伙伴了。"我来到病房之后不久，他就这样对我说，"你愿意做我的伙伴吗？"

"好啊。"我说。很小的时候，我看过一本图画书，书里说伙伴就要肩并着肩、手拉着手站在一起。我跟他说了，但他却说没必要非那么做。

每天早晨，他都会支着胳膊肘抬起身子，跟我说话。他会用力挥手，强调他说的每个字：

"你记住，麦克唐纳兄弟家的风车是最棒的。"

我很高兴能知道，谁家做的风车是最棒的。说实话，这个评价在我心里留下了极其深刻的印象，在那之后，这个评价也一直影响着我对风车的看法。

"那些风车是麦克唐纳先生和他兄弟做的吗？"我问。

"是的。"他说，"我就是创始人麦克唐纳。我叫安格斯。"

他突然向后一靠，倒在了枕头上，烦躁地说："真不知道我不在的时候，他们该怎么搞定——订货啊什么的，这些事可得一直盯着。"他忽然抬高了声音，朝病房另一头的一个人喊道，"报上说今天的天气怎么样啊？有没有说会很干？"

"报纸还没来呢。"那个人回答。

整个病房里，数安格斯的个子最高、块头最大。他不知道得了什么病，经常疼痛难忍。他有时会大声叹气，或者高声咒骂，还有时发出重重的呻吟，我觉得还挺吓人的。

如果前一天晚上没睡安稳，早晨起来他就会自言自语："唉，昨天晚上真是糟透了！"

他的脸膛宽阔，胡子刮得干干净净，深深的法令纹从鼻侧延伸到嘴角。他的皮肤像鞣制过的皮革一样光滑。不痛的时候，他灵活的嘴角动不动就会弯出一个微笑。

他经常躺在枕头上，歪着头看着我，好长时间不说话。

"你怎么花了那么长时间念祈祷词啊？"有一次他问我。看到我脸上吃惊的表情，他又说："我看见你的嘴巴一直在动。"

"我要祈求的事情很多。"我跟他解释道。

"有些什么事？"他问。

我有点迟疑，他说："来嘛，跟我说说吧。我们是伙伴嘛。"

我跟他重复了一遍我的祈祷词，他眼睛注视着天花板，双手握在胸前听着。我念完之后，他转过头来看着我说："你还真是一点都没落下，说了这么一大堆，一定会实现的。"

他的话让我很开心，我决定求上苍也保佑他早日康复。

我祈求的事情越来越多，所以每天晚上睡觉前，我要重复的祈祷词也变得越来越长，包罗万象。我的需求与日俱增，因为只有当愿望成真的时候，我才会把这项从祈祷词中去掉，而比起实现了的愿望，新增的祈求要多得多。必须一遍又一遍地每天重复祈祷，这件事开始让我有些头疼。

母亲每次都会带我去主日学校，是她第一次教会了我祷告，祈求上天保佑各色人等，包括我父亲，虽然我打心底里觉得他根本就不需要保佑。不过后来有一次，我看到一只非常可爱的小猫咪，它被人扔在街上，直挺挺的，一动不动地躺在那儿。我吓坏了。大人告诉我它死了。那天晚上，我躺在床上，想到父亲和母亲会像那只小猫一样直挺挺地躺着，我就痛苦极了，我祈祷他们千万不要在我之前死去。我永远不会忘记，那是我最虔诚的一次祈祷。

经过深思熟虑之后，我决定把我的狗——梅格也算上，希望它能活到我长大成人、足以承受它死亡的时候。我有点踌躇，我可能要求得太多了。于是我又说，只要到我长大成人——比如说，三十岁吧——我的父母还健在，就跟梅格一样，我就心满意足了。我觉得到了那个岁数，我就能忍住不哭了。男子汉不流泪。

请让我好起来——每次祈祷，我都不会忘记加上这一句。如果可以的话，希望在新年之前我就能好起来，还有两个月就是新年了。

还有我养在笼子里和后院的小动物们，我也要为它们祈祷。因为现在我没办法亲自给它们喂食，也不能给它们换水了，这些事很可能会被忘记。但愿它们不要被抛在脑后。

我有一只鹦鹉，名字叫派特，它是一只坏脾气的凤头鹦鹉。每天晚上，我都得把它从笼子里放出来，让它到树林里飞上一圈。有的时候邻居们会抱怨。洗衣服的那几天，它会落到邻居们的晾衣绳上，把拴绳子的钉子拔起来。每次看到洁白的床单落到泥土地上，主妇们都会气冲冲地朝派特扔木棍和石头。上天保佑，千万别让她们打中，希望派特不要被打死。

我还要祈祷，做一个好孩子。

评论过我的祈祷词之后，安格斯问我："你觉得上帝是个什么样的家伙？他长得什么样？"

在我的想象中，上帝是一个法力无边的男人，他像阿拉伯人一样穿着白袍子，坐在一张椅子上，手肘支着膝盖，俯视着人间。他的视线飞快地移动，从一个人转到另一个人。我从来都不认为上帝是慈祥的，我只会觉得他很严肃。我感觉耶稣基督有点像我父亲，只是不会像他一样爱骂人。事实上，耶稣不骑马，只骑驴，这一点让我大失所望。

有一次，父亲脱掉一双正在"驯化"的新靴子，趿拉上他的吉莱斯皮松紧鞋，真心实意地喊道："这双鞋简直像是天堂里造出来的。"从那之后，我就相信，耶稣基督穿的就是吉莱斯皮松紧鞋。

我跟安格斯说了我的这些想法，他说，我设想的可能比他的更接近事实。"我妈一直都说盖尔语，"他说，"所以我老觉得，上帝就是一个驼背的白胡子老头，身边围着一大群老太太，一边打毛衣，一边用盖尔语聊天。上帝的一只眼睛好像还戴着个眼罩。我妈说，'都是那些恶棍朝他扔石头打的。'我满脑子里都是我妈形容的上帝的样子，完全想象不到上帝还能是别的什么样。"

"你妈妈打过你吗？"我问他。

"没有，"他思索着回答，"她从来不打孩子，不过，凡是跟上帝有关的事，她都很认真。"

左边病床上的一个病人对安格斯说了些什么，他回答道："不用担心，我不会毁掉他的信仰的。等他长大了，自己就会想清楚的。"

虽然我每天晚上都要花上一段时间祈祷，但我觉得我是独立自主的。我有时候会生上帝的气，再也不想和他说话。我很害怕上帝，因为他可以将我投入地狱之火中受煎熬，主日学校的校长曾经这样说过。不过，比起地狱之火，我更害怕的是变成一个奴颜婢膝的可怜虫。

有一次追野兔的时候，梅格的前腿受伤骨折了，我觉得上帝让我大失所望，决心以后都不理他了，我要自己保护梅格。那天晚上我没有向上帝祈祷。每次提到上帝，父亲总是冷嘲热讽。从那次起，我开始赞同父亲的态度，因为事实证明上帝并不能保佑我。遇到这种事，还是父亲更靠得住——他包扎好了梅格的前腿。不过有时候，他提到上帝的语气还是会让我有点不安。

有一次，他牵了一匹母马去老瓦迪·迪恩的配种站，瓦迪问他想生什么颜色的小马驹。"我知道一个法子，你想要什么颜色，就能生出什么颜色的。"瓦迪吹嘘道。

"马驹是公是母，你也能决定吗？"父亲问他。

"哦，那不行！"他虔诚地说，"只有上帝才能决定性别。"

我在一边听着，感觉父亲对他的话的反应，就像在怀疑上帝对马儿的影响力。但我还是对父亲深怀敬仰，我觉得父亲这样的男人，比任何神明都要强大。

不过，跟医院外头的人比起来，医院里的病人们很不一样。痛苦似乎从他们身上夺走了什么，某种我认为弥足珍贵、但又难以言喻的东西。在夜里，有些人会大声呼喊上天，我很不喜欢。我觉得他们不应该那么做，我不愿承认大人也会害怕。我一直以为，等我长大成人，恐惧、疼痛，还有犹豫迟疑就会自动烟消云散。

我右边的病床上是一个胖胖的、笨手笨脚的男人，他的手被切草机弄伤了。白天，他会在病房里走来走去，跟病人们聊天，帮忙传递消息，或者帮他们拿需要的东西。他走过来，满脸堆笑——那是一种黏糊糊的令人讨厌的笑容，带点谄媚地在床前弯下腰。"你没事吧，嗯？你想要什么吗，嗯？"他的样子让我很不舒服，可能是因为他的好心和乐于助人并不是出于真挚的热心肠，而是出于畏惧。因为他的手很可能保不住了，然而上帝是仁慈的，对那些乐于帮助病困者的人，上帝总会多加眷顾。

病房另一头有个爱尔兰人，名叫米克。他总是和气地挥挥手让他走开。"他就跟条水狗一样。"有一次，那个病人没在病房里的时候，米克这样说。"每次他朝我走过来的时候，我都想朝他扔根木棍，让他叼回来。"

这个割坏手的男人躺在床上，就没有安静的时候。他总是辗转反侧，坐起来又躺下去。他会皱着眉头，拍打枕头，把它翻过来又翻过去。夜晚降临的时候，他会从柜子里拿出一本小小的祈祷书。这时，他脸上就变了一副神情，身体忽然安静下来。此时此刻，这种发自内心的认真，像是给他披上了一层庄重的外衣。

在他受了伤、缠着绷带的那只手的手腕上，缠了一根链子，上面拴着一个小小的十字架。他拿起这个金属十字架，举到唇边，坚定而有力地按在唇上。他一定觉得自己祷告得还不够虔诚，他的双眉之间浮现出两道深深的皱纹，嘴唇缓慢地翕动着，一字一句地念出祈祷文。

有一天晚上，米克观察了他一阵子之后，似乎感到，这个男人的虔诚会反衬得他自己更缺乏虔诚之心。

"他以为他是谁啊？"他对我说。

"我不知道。"我说。

"谁说我不虔诚，"他狠狠地盯着自己的一个手指甲，小声嘀咕道。他咬了一下指甲，又说："我才没有不虔诚呢。"

他忽然笑了起来。"这让我想起了我的老妈妈——上帝保佑她。要我说，世上没有比她更好心肠的女人了。没错，就是这么回事。其他人也会这么说的。你去波里克周围打听打听，人人都知道她。以前，天气不错的早晨，我经常对她说，'妈妈，上帝是仁慈的。'我这么说。'啊，对！不过魔鬼也不坏啊，米克。'她说。唉，现在的人可都跟以前不一样了。"

米克是个黄皮肤的小个子男人，看起来很机灵，非常健谈。他不知道怎么伤到了胳膊。每天早晨，他会离开病床去盥洗室。回来之后，他会低着头站在床前，看着床铺，挽起病号服的袖子，像是打算挖个坑似的。然后，他爬上床把枕头垫在背后，两手放在胸前折好的被单上，在病房里东张西望，满脸愉快期待的表情。

"他是在那儿，等着人来开个话头儿呢。"安格斯这么说。

有时候，米克会看着自己的胳膊，皱着眉头，满脸迷惑，"见鬼，我真是不懂！就是下雨的那天，我提着一袋子小麦准备放到马车上，然后就这样了。有些事突然发生之前，你永远不知道自己身上有什么毛病。"

"你算走运的。"安格斯评论道，"再过个两三天，你就又能下酒馆了。弗兰克的事你听说了吗？"

"没有。"

"唉，他死了。"

"什么？真没想到！"米克大喊，"就是这么回事啊。前一分钟还活蹦乱跳的，下一分钟可能就死翘翘了。礼拜二走的那天他还好好的啊，出什么事了？"

"他中风了。"

"一中风就坏了。"米克说完，整个人都消沉下去。直到早餐送来的时候，他才再次精神抖擞，和送早餐的护士说话："说说看，你会不会爱上我呢？"

护士们穿着粉色的护士服，系着浆得笔挺的白色围裙，干干净净的手上有消毒药水的味道。她们穿着平底鞋，飞快地走到我床前。有时候，当她们经过我，或者停下来帮我掖被角的时候，还会冲我微笑。我是她们管理照顾的唯一一个孩子，所以她们很爱护我。

受到父亲的影响，有时候，我会把人看作马。看着护士们在病房里来来去去，我觉得她们就像一群小马。

带我来医院的那天，父亲快速地扫了一眼护士们。他对母亲评论说，里头有几个腿脚不错，不过都没好好训练。

每当听到嗒嗒的马蹄声经过医院，我就会想起父亲。我仿佛看得到他坐在马背上纵跃驰骋，始终面带微笑。他给我写了一封信，在信里，他说道：

这几天一直很干旱，我得给凯特喂草料了，小河边的平原上倒是还有点牧草。我希望能把它养得好好的，等你回来骑。

我一边读信，一边对安格斯·麦克唐纳说："我有一匹叫凯特的小马。"然后我重复父亲的话，"它的脖颈有点凹，不过倒是挺老实。"

"你家老爹是驯马的，是不是？"他问我。

"嗯，"我说，"他是图拉腊最好的骑手。"

"他穿得也够闪亮的。"安格斯小声嘀咕道，"看见他的时候，我还以为他刚参加完马上腾跃演出呢。"

我躺在床上，琢磨着他说的话，纠结着自己该反对，还是该支持父亲。我觉得父亲穿衣服的方式挺不错的。从他穿的衣服可以看出，他是个手脚麻利的人。我帮他卸马具的时候，我的衣服和手上总会留下牛蹄油的印渍，而父亲就不会。对自己的穿着他非常得意。他喜欢穿洁白的斜纹厚棉布裤子，总是干干净净的一尘不染，他的靴子也总是闪闪发亮。

父亲喜欢好靴子，并且自认为是个皮革鉴定专家。对自己穿的靴子他总是很得意，那些靴子通常都是松紧靴。每天晚上，他都会在灶台前脱下靴子，认真检查每一只。他掰弯鞋底，在前掌上这里按按，那里按按，试图发现靴子开始穿坏的迹象。

"靴子左脚的前掌比右脚这只的好。"他有一次对我说，"有点意思。右脚的会比左脚先穿坏。"

父亲经常提起一位芬顿大师，他留着大胡子，在昆士兰州举行马上腾跃表演。这位大师穿着白色的丝绸衬衫，系着红色的饰带，一甩马鞭能发出两次"悉尼快闪"。父亲挥舞鞭子的时候也能发出噼啪的声音，不过跟芬顿大师比起来，还是差远啦。

正想着这些事情，父亲来病房里看我了。他小步快走，脸上带着微笑。他把一只胳膊抱在胸前，白衬衫底下藏了什么东西。他站在我床边，低头看着我。

"你怎么样，儿子？"

本来我一直觉得挺好的，但是他带来了家的气息，让我忽然很想大哭。我曾经站在旧邮筒和铁篱笆后，看他骑马、打理家禽和猫猫狗狗。在父亲进来之前，这些东西好像暂时都已十分遥远，对我没什么吸引力了。然而，他一进来，一切又变得真切起来，似乎近在咫尺，我对它们充满了渴望。我还想要妈妈。

我并没有哭，不过父亲看着我，忽然抿紧了嘴唇。他把手探到敞开的衬衫里，从他一直握着什么东西的地方，忽然掏出来一个软绵绵的褐色小东西，它还在挣扎个不停。父亲掀起毯子，把这东西放在了毯子下面，搁在我的胸前。

"接着，抱住它。"他急促地说，"抱紧它。这是梅格的一只小狗崽，是这一窝里最好的。我们叫它艾伦。"

我张开双手，将这个暖烘烘、软绵绵的小身体搂住，抱在了怀里。一刹那，我所有的渴望似乎都烟消云散了。我感到一股纯净的快乐，我注视着父亲的眼睛，他也感受到了我的快乐,朝我笑了起来。

小狗在我的怀里拱动,我低下头来,用一只胳膊支起毯子。我看到它就躺在毯子底下,亮闪闪的大眼睛望着我。看到我在看它,它亲昵地扭了两下。那份生机传递到了我的身体里,让我也变得坚强而有活力,我不再感到软弱。它伏在我身体上的重量刚刚好,它的身上有家的味道。我想永远抱着它。

安格斯一直看着我们,他叫米克过来。米克胳膊上搭着一条毛巾,从病房那头走过来。"别让护士进来,跟她们在外面说会儿话,米克。"然后他又对父亲说,"你知道她们的规矩——狗在这里……不允许……很麻烦。"

"这样就够了。"父亲说,"给他五分钟就够了,就像拿一壶水给快渴死的人一样。"

第4章 早间时光

　　我敬重大人。我觉得他们拥有无穷的勇气，能克服任何困难。他们什么东西都会修理，什么事情都知道，他们强大有力，值得信赖。我盼望着快点长大成人，变成一个男子汉。

　　在我看来，父亲是男子汉的典范。每当他表现得不太正常的时候，我都相信，他一定是为了逗大家开心故意那样做的。我很肯定，他其实是能够控制自己的。

　　这就是为什么我不害怕喝醉酒的人。父亲不常喝醉。就算偶尔喝醉了，我觉得在别人面前，他也依然保持了一份完美的清醒和成熟冷静，尽管他并没有刻意去展示这一面。

　　在酒吧待到很晚，回到家的时候，他会搂住母亲的腰，一边叫着"嘿，来呀"！一边抱着她在厨房里转着圈，跳起奔放的舞步。我开心地在一旁看。男人一喝醉酒就会乱蹦乱跳，大呼小叫，步履蹒跚却自得其乐。

　　有一天晚上，两个护士架了一个醉汉来到病房里，是警察把他带到医院来的。看到他我瞠目结舌，他的样子把我吓坏了，因为他像是被一种自己无法掌握的东西控制了。他浑身发抖，嘴巴大张，舌头耷拉了出来。

门是开着的，护士把他带进来。他望着天花板，大声喊："哈喽！你在那儿干吗呢？下来，让我揍你一顿。"

"那里什么也没有。"一个护士说。

"少来这一套。"

他被人架着朝前走，像个囚犯一样。他跟跟跄跄，冲着墙壁走了过去，像匹瞎眼的马一样，不过最后她们还是把他带进了盥洗室。

护士帮他洗干净，然后把他安置到了米克隔壁的床上。护士长给了他一些三聚乙醛。他一边把药咽下去，一边哇里哇啦大吵一气，大喊着："该死！"接着又伤心起来，说道，"难吃。太难吃了！"

"好了，躺下吧。"护士长命令道，"这儿没人会打扰你，你很快就会睡着的。"

"警察想打我。"他小声嘟囔着，"是他先朝我走过来的……嗯，对，没错，就是这么回事……我到底在什么该死的地方？你是护士，对吧？对啊，你就是……你好啊？我们已经连着喝了好几个礼拜了……我会躺下……我会乖乖不说话的……"

护士长把手放在他的肩上，轻轻推倒他，让他躺在枕头上，然后就离开了。

护士长关上了门，房间里很昏暗，他静静地躺了没多久，就鬼鬼祟祟地坐了起来，望着天花板。他看了看墙壁，又看了看旁边的地板。他摸索着铁床架，就像在检查捕兽夹的结实程度似的。

忽然，他注意到，米克正躺在枕头上望着他。

"你好。"他说。

"你好。"米克回答，"你神经错乱了，是不是啊？"

"胡扯。"那个男人简短地回答，"在这个破地方过夜要花多少钱？"

"不要钱。"米克说，"你这个乡巴佬。"

醉鬼嘟囔了几句。他的脸胖胖的，双颊松弛下垂，脸上覆盖着深灰色的胡楂。他眼睛周围的肌肉有些浮肿，就像刚刚哭过。他的鼻子很大，肉乎乎的，布满了一个个陷下去的小毛孔，像头发根一样。

"我说不定认识你，"他对米克说，"你去过米尔杜拉吗？还是去过洋溢酒吧？或者派安格？伯尔克？……"

"没有。"米克边说，边从柜子里拿出一支烟，"我从来没去过那一带。"

"哦，那我就不认识你了。"

他坐在那儿，两眼直愣愣地看着前方，手毫无意识地在床单上挪动着。忽然，他急促地小声说："那是什么东西？看！就在墙角！有东西在动！"

"那是椅子。"米克看了一眼，说道。

那个男人飞快地躺下，把毯子拉到头上。床单开始簌簌抖动。

看到他这样，我也躺下来，把头埋到毯子下面。

"嗨！"我听见安格斯跟我说话，但是我没有动。

"嗨，艾伦！"

我把毯子从脸上拉下来，看着他。

"没事的，"他劝我，"他喝酒过量，出现幻觉了。"

"怎么回事？"我问他，声音有点颤抖。

"就是喝多了，会看见不存在的东西。他明天就会好的。"

但是我睡不着了。晚上护士进来的时候，我坐起来，看着她在病房里走过。

"护士，过来！"那个男人对她喊，"你看看，这儿有什么东西。拿个蜡烛过来。"

她走到他的床前，举起手中的灯，照亮他。他扯下毯子，手指紧紧抓住自己的大腿。

"看！就在这儿，看！"

他抬起手指，护士弯下腰，灯笼的光都照在她的脸上，她不耐烦地动了动。

"那只是个斑点，睡觉吧。"

"不是斑点。你看，它在动。"

"睡觉吧。"她和善地拍了拍他的肩膀，说道。

护士把毯子拉起来，给他盖上。她若无其事的态度让我也放松下来。不一会儿，我就睡着了。

第二天早晨醒来，我在床上躺了一会儿，睡意蒙眬地想着床头柜里的鸡蛋。前一天晚上我才数过的，不过，因为刚刚睡醒，我的脑袋还有点迷糊，所以怎么也想不起来到底还有几个。

对病人们来说，医院里的早饭真是索然无味。

"吃这个就是为了活下去，"有一次，安格斯对一个新来的这么解释，"不可能有什么别的理由。"

早餐包括一碗粥，还有两片薄薄的面包，上面放了一小片黄油。有些病人买得起鸡蛋，或者有亲戚朋友养了鸡，就会在床头柜里放上一些鸡蛋。在他们看来，这些鸡蛋非常珍贵，每次只剩一两个的时候，就会忧心忡忡。

"我的鸡蛋快没了。"他们会皱着眉头，看着柜子说。

每天早晨，都会有个护士拿着一个盆，来到病房里。

"快点。把鸡蛋拿出来。谁早餐要吃鸡蛋？"

听到她的声音，病人们会急急忙忙坐起来，侧过身去够床头柜。有些人板着脸，一脸痛苦，还有些人则面色苍白虚弱。他们打开柜子门，拿出一个装鸡蛋的褐色纸袋或者纸板箱。大家要在鸡蛋上写名字，再拿给护士，然后就弯着腰坐在床上，东张西望。在灰蒙蒙的晨光里，他们守着自己的鸡蛋，就像悲伤的鸟儿蹲在窝里。

在鸡蛋上写上名字是非常有必要的，因为发错是常有的事情。一个人宣称，他拿给护士的是大个儿的棕色鸡蛋，煮熟之后，发回来的却变成了小个儿的母鸡蛋。有些病人觉得他们的鸡蛋特别新鲜，为此得意扬扬，当鸡蛋发回来的时候，他们会疑心病发作般地嗅了又嗅，吵着说，他们拿到的是其他病人的不新鲜的鸡蛋。

对这场早晨的盛典，那些没有鸡蛋的病人只能眼馋地旁观，有时简直有点愤愤不平。然后他们就会躺下，大声叹气，或者抱怨前一天晚上有多难熬。很多病人会跟这些不幸的家伙分享自己的鸡蛋。

"嗯，这儿有三个。"安格斯会这样跟护士说，"一个是给那边的汤姆的，一个是给米克的，剩下一个是我的。我都在上面做好记号了。跟厨子说一声，别煮得太老了。"

结果呢，每次鸡蛋还是会煮老。专门的盛蛋杯是没有的，病人们只能用手握着温热的鸡蛋，拿个小勺挖着吃。

每个礼拜，母亲会带给我一打鸡蛋，这让我很高兴。因为这样我就可以对病房那边的人喊了："汤姆，今天早晨我帮你交了一个鸡蛋。"他听到我的话，就会露出笑容，我喜欢看到他的笑容。我的一打鸡蛋很快就吃完了。然后每天早晨，安格斯就会给我一个他的鸡蛋。

"你往外送鸡蛋的派头，跟一只浅黄色的奥平顿母鸡没两样。"他曾经说，"你也留几个啊，我的也不多了。"

我算计着，哪几个人还没有鸡蛋，忽然，我想起了那个新来的病人。现在天亮了，他看起来也没那么吓人了。我赶快坐起来，朝他病床那边看过去，但是他还躲在毯子下面。

"他现在在干吗？"我问安格斯。

"他还是会看到奇怪的东西。"安格斯一边回答我，一边从柜子里拿出来一小片黄油，撕开包装。"他昨天一晚上都不舒服，就下过一次床。米克说，今天早晨，他虚弱得像只小猫。"

米克正坐在床上打着哈欠，满脸闷闷不乐地喊了一声。他抓了抓肋下，回答安格斯："他是很虚弱，没错。肯定的……这家伙害我半宿没睡着。你睡得怎么样？"

"不怎么样。我又开始疼了，简直受不了。不可能是心脏，因为是在右边。我跟医生说了，但是他也没说是怎么回事。他们什么都不肯告诉你。"

"没错。"米克说，"我老说，自己的毛病只有自己最清楚。昨天晚上，我翻身的时候压到了胳膊，费了吃奶的劲儿才忍住没喊出来。这个菜鸟。"他朝着缩在毯子下面新来的病人扬了扬头，"他以为这样就算倒霉了。虽然现在难受，但他之前喝得可是够痛快的。我倒愿意拿我的胳膊换他的肚子呢。"

我喜欢听大家早晨的谈话，不过他们说的内容我经常会有些听不懂。但我总想知道得更多一点儿。

"为什么你翻身要压到胳膊呢？"我问米克。

"为什么！"米克大惊小怪地大喊，"你说'为什么'是什么意思？见鬼了，我怎么知道？我翻身是因为我以为这是那条好胳膊。你这个搞笑的小家伙，你这小子。"

他隔壁床的男人呻吟起来，米克转过身去整理床铺。

"是啊，你完了，伙计。你明天就要死翘翘了。好事已经到头了，坏事没完没了。"

"别那么说他，"安格斯反对道，"你会吓坏他的，今天早晨你要不要吃鸡蛋啊？"

"给我两个吧，下礼拜我就还你，等我老伴儿来看我的时候。"

"她不会给你带的。"

"她是不会。"米克赞同地点了点头，"说来真有意思，现在的男人啊，可再也娶不到像我们老妈那样好的女人了。我见的可多了。现在的女人，都是一个样！越活越回去了，你随便打听一下，谁都会这么说。不信你去我老妈的食品储藏室里看看。我的天！连老鼠都下不去脚，满满当当的，全都是泡菜坛子、果酱罐子、调味汁瓶子，还有家酿啤酒——全部都是自己做的。你问问现在的女人，哪一个能自己做罐果酱出来……"他不以为然地比画了一下，换了副口气接着说，"她会给我带鸡蛋的。给我两个吧，今天早晨我快饿死了。"

突然，那个醉鬼猛地坐了起来，把毯子甩到一边，好像要从床上跳起来似的。

"嘿，你给我把毯子拉回去。"米克命令道，"你昨天晚上已经闹得够呛了，消停会儿吧。要是你敢跑，他们会把你绑到床上的。"

那人重新拉起毯子，坐在床上，抓着头发。他忽然停下来，对米克说："我嘴巴里还有药味儿呢，我看到的所有东西都在晃。"

"你要吃个鸡蛋吗？"我对他喊道。我的声音有点颤抖，有点犹豫。

"那边那个孩子问你，早饭想不想吃个鸡蛋。"米克提醒他。

"好，"他还是抓着头发，说道，"我吃一个吧，吃一个。我得养点力气。"

"他要吃。"米克对我喊道，"加一个吧。"

我忽然间喜欢起这个人来，我决定让母亲帮我再多带些鸡蛋来，也给他吃。

早饭后，护士们穿梭在病床之间，脚步匆匆，整理着前一天晚上换下来的被子。她们来到每一张床前，弯下腰。病人们躺在枕头上，抬头看着她们。护士们眼神专注，盯着手头上的工作，无暇在意病人们的目光。她们叠起铺盖，拍打和抚平每一条褶皱，准备应付总护士长的检查。

如果不是很忙的话，有些护士还会跟我们开个玩笑。有几个护士很友善，很好相处，她们会跟病人闲聊，管总护士长叫"老母鸡"，总护士长过来的时候，她们会咬着耳朵小声提醒"当心"！

康拉德护士就是其中之一，她个子矮矮的，长得胖乎乎的，跟病人聊天的时候经常咯咯地笑。安格斯最喜欢她。别人送给他一个橘子，他都会留给她。

有一天，她微笑着经过他的床前时，安格斯对我说：

"那个小姑娘真不错，我要喊她去看'布兰奇一家'，说到做到！"

一年一度，巡回剧团来到了我们镇上，剧团由"乐器演奏家和杰出的表演者"组成，宣传海报激动人心，早就在病人们中间议论开了。

"说到'布兰奇一家'，有一件事不得不提啊。"米克说，"他们可真是值那个票价啊。有个家伙……去年有这么个家伙，听我说啊，他真是棒极了……这小子用啤酒瓶子演奏了《戴玫瑰花冠的姑娘》，哎哟我的乖乖！精彩得让人想哭。他就是个小矮个儿……一点都不起眼……要是在酒馆里遇到他，你根本不会注意到这么个人。天啊，今年是看不成了，真是太遗憾了！"

演出后的第二天早晨，天刚亮，康拉德护士就急匆匆地走进病房，安格斯正等着她，急切地想听她说说看演出遇到的新鲜事。

"哎，你觉得怎么样？"他对她喊道。

"噢！真是太棒了！"她说，因为早晨洗过澡，她饱满的双颊亮闪闪的，"我们坐在第二排。"

她停顿了一下，看了看门口桌子上的报告簿，然后快步走向安格斯，一边抻平他的床单，一边跟他讲。

"真是棒极了，"她热情洋溢地说，"人满满的，一直挤到门口。门口检票的那个人还披了个红条纹的黑斗篷。"

"那一定是布兰奇老头。"米克从病房的另一头喊道，

"不用说，他总在有钱的地方打转。"

"他才不老呢。"康拉德护士不服气地说。

"哦，那就是他儿子了。"米克说，"都一样。"

"继续说。"安格斯说。

"有没有一个小个子，用啤酒瓶子表演《戴玫瑰花冠的姑娘》？"米克想知道。

"有的，"康拉德护士不耐烦地对他说，"不过这次他表演的是《家，甜蜜的家》。"

"有唱歌唱得好的吗？"安格斯问，"有没有人唱苏格兰歌曲？"

"没有，没人唱。有个男人——你要是听了，肯定也会忍不住朝他尖叫——他唱了《父亲穿的铆钉靴》。全场都为他沸腾了。还有个瑞士人，他穿着瑞士人的衣服，从头到脚都是瑞士打扮，他用约德尔调唱了歌，不过……"

"什么是约德尔调？"我问。我努力朝床的这边凑过来，想尽可能地靠近康拉德护士，好听清楚她说的每一句话。对我来说，这场演出让人热血沸腾，兴奋不已，一点都不输给马戏团演出。光是能看到披红条纹黑斗篷的男人，已经是够美妙的经历了。这场演出似乎赋予了康拉德护士某种从未有过的神气，她现在看起来魅力十足、引人注目。

"一个男人，唱歌的调子很高，就像……"她转过头来，飞快地跟我说了一句，又接着对安格斯讲，"就像我以前在本迪戈认识的一个男孩。他个子高高的，而且……"她咯咯地笑起来，把散落下来的一缕碎发塞回帽子里，"这个男孩——不管别人怎么说——说起约德尔调，我觉得他唱得可一点都不比这个瑞士人差。你知道，麦克唐纳先生，我跟他约会来着，我可以听他唱一整晚呢。我告诉你哦，虽然我唱歌唱得不是很好，不过也经常自己唱着玩儿。而且，虽然有点自夸，对音乐我真是懂得不少。我研究了七年呢，肯定多少懂一些的。我是懂音乐的，我很喜欢昨天晚上的演出。不过这个唱约德尔调的，他确实没有波特唱得好，我不管别人怎么想。"

"嗯。"安格斯干巴巴地说，"你说得对。"他好像不知道接下去该说什么了。我希望他能再多问一些问题，然而康拉德护士转过身来，开始整理我的床铺了。她从我上方弯下腰，把毯子的边缘塞到床垫底下，她的脸贴近我的脸颊。

"你是个好孩子，对不对？"她注视着我的眼睛，微笑着说。

"是的。"我紧张地回答。我无法移开视线，我努力地想克服紧张，却一句话也说不出来。

可能是一时心血来潮，她弯下腰，亲了亲我的额头，然后发出一声轻笑，向米克那边走过去。米克对她说："我觉得我也需要那种优待。人家都说，我打心眼儿里也还是个孩子呢。"

"你，一个结了婚的男人，还说这种话！你妻子会怎么想？我觉得你可真是个坏男人。"

"唉，对，我也是坏男人。我根本没工夫做好男人啊，姑娘们也不喜欢好男人。"

"姑娘们当然喜欢好男人。"康拉德护士不服气地说。

"不，"米克说，"姑娘们就跟孩子一个样。每次我姐姐的孩子做了什么坏事，他妈妈都会说，'你越来越像米克舅舅了。'该死，他们可都觉得，我是世界上最好的舅舅呢。"

"你别那么骂人。"

"嗯，"米克赞同，"我不应该这样，你说得对。"

"不许弄皱被子。总护士长今天一早就会过来巡视。"

总护士长是个结实的矮胖女人，她下巴上有颗痣，痣上长了三根黑黑的毛。

"总感觉她应该把它们揪掉。"有一天她离开病房后，米克观察着说，"但是，女人有时候很古怪。一旦揪了，她们就会觉得，好像承认了它们存在似的。所以就这么留着，假装不存在。哦，好吧，就让她留着吧。哪怕不算这几根毛，她照样还是能赢得赛马会的'负重'大奖呢。"

总护士长从一张病床走到另一张病床，脚步匆匆。一个小护士毕恭毕敬地紧跟在她身后，主动汇报她认为有必要告知的病人信息。

"他的伤愈合得很好，总护士长。我们给这位病人服用了美远志。"

总护士长坚信，言语激励对病人是很有好处的。"良言一句三冬暖。"她曾经这样说，她一字一顿地重重吐出最后三个字，像念绕口令一样。

她的制服总是浆得硬邦邦的，只有行动时才会微微摆动。有时候给人一种感觉，她好像只是一个牵线木偶，是因为身后小护士的牵系才有了生气，能够活动。

当她终于出现在病房门口的时候，早间谈话已经结束了，病人们或坐或躺，仍带着些许期待。不过，因为被严格规定不能弄皱床单，以及对病情怀有担忧，这种跃跃欲试的心情还是被压抑了一些。

之前谈论总护士长时，米克是不太恭敬的。不过现在，当她走近他的病床时，他的态度可以说是战战兢兢，毕恭毕敬。

"今天早晨感觉怎么样啊，伯尔克？"总护士长带着一种做作的快活问道。

"还不错，总护士长。"米克也快活地回答，不过，他还是忍不住说，"这边的肩膀不太对劲儿，不过我猜会好的。我的胳膊还是抬不起来。这要紧吗？"

"没事的，伯尔克。医生对治疗结果很满意。"她对他笑了笑，然后走开了。

"她就会跟你说满意、满意、满意。"等总护士长走到听不见的地方，米克酸溜溜地嘟囔道。

每次来到我的病床前，总护士长都表现得像是要对小孩子说点逗趣又安慰的话，从而给旁听的大人留下深刻印象。这让我感到很不舒服，就像被推到了一个舞台中心，必须要表演点什么似的。

"好啦，勇敢的小小男子汉，今天早晨感觉怎么样呀？护

44

士告诉我，你经常在早晨唱歌呢。什么时候唱给我听一听吧，好不好呀？"

我窘得不知道该说什么好。

"他会唱《嘘！嘘！黑猫咪快出去》。"小护士走上前来说，"他唱得可好了。"

"我想你长大了可以做个歌唱家呢。"总护士长说，"你想当歌唱家吗？"

没等我回答，她就转过身去对护士接着说，"好多孩子长大都想做司机，我侄子就是。我给他买了一个玩具火车，他喜欢得不得了，小东西。"

她又转向我："明天晚上睡觉，一觉醒来的时候，你的腿就会包在一个可爱的、圆圆的茧里面了。很有意思吧？"然后她对护士说，"他的手术在十点半，护工会帮忙做准备工作。"

"什么叫手术？"她们走后，我问安格斯。

"哦，他们在你的腿上捣鼓一些东西……把它修理好……没什么大不了的……他们会在你睡着的时候做的。"

我看得出来，他不想跟我解释。那一刻，一种恐惧的感觉攫住了我。

有一次，父亲把一匹小马留在马车跟前，缰绳系在了绑带车轮上。父亲进屋喝茶去了，这匹马忽然受惊，又蹿又跳，挣断了绷紧的缰绳，冲出大门，绝尘而去。马车散了架，倒在门柱跟前。

听到声音，父亲赶忙冲了出来，他站在那儿，端详了一会儿地上的残骸，转身对我说——我就跟在他身后，"好吧，去他的，管他呢！我们走，先把茶喝完再说。"

就在安格斯停下来，不再做更多的解释的时候，不知道为什么，我想起了这件事。就像深吸了一口氧气一样，我又有了力量。

"好吧，去他的，管他呢！"我说。

"这么想就对了。"安格斯说。

第5章 一份意外的礼物

为我治病的是罗伯孙大夫，他个子高高的，总是衣着光鲜，穿着礼拜日盛装。

我把衣服分为两类——礼拜日盛装和平日穿的衣服。平日里偶尔也可以穿礼拜日盛装，但只有在特殊情况下才行。

我的礼拜日盛装是一件蓝色的粗毛料衣服，装在一个棕色的纸板箱里，用薄薄的棉纸包着，有一种美妙的新衣服的味道。

但是我不喜欢穿这件衣服，因为不能弄脏。父亲也不喜欢穿礼拜日盛装。

"赶快把这件破玩意儿脱了吧！"每次从教堂回来，他都会这么说。他极少去教堂，只有当母亲一再坚持的时候，他才肯去一次。

而罗伯孙医生每天都穿得十分隆重，这让我非常吃惊。不光这样，我还数了数，发现他有四套礼拜日盛装。所以我觉得他一定非常富有，住在带草坪的房子里，房前有草坪，驾着橡胶轮子的艾伯特马车——这些都是有钱人的象征。

有一天，我问医生："你有艾伯特马车吗？"

"嗯，"他说，"我有。"

"是橡胶轮胎的吗？"

"是的。"

从那以后，我就一直觉得不知道该怎么跟他说话了。我认识的人都是穷人。我听说过一些有钱人的名字，也见过他们驾车经过我们那儿。但是，他们对穷人从来都不屑一顾，也从来不跟穷人说话。

"卡鲁泽丝夫人来了！"姐姐会大喊，然后我们会一起冲到大门口，看她经过。一个马夫驾着她的那对棕色的马儿。

就像目送女王经过一样。

如果罗伯孙先生跟卡鲁泽丝夫人交谈，我可以理解，但是，我无论如何都没办法适应他跟我讲话这件事。

他皮肤苍白，明显终年不怎么晒太阳，脸颊上一些地方呈暗青色，那是剃须刀刮过留下的须根。我很喜欢他的眼睛，是淡蓝色的，周围满是皱纹，每当笑起来的时候就皱成一团。他的手瘦瘦长长的，闻起来有肥皂的香味，碰上去有冰凉的感觉。

他按了按我的背和腿，问我疼不疼。然后，他站直身体低头看着我，对护士长说："已经弯曲得很严重了，背上一侧的肌肉受到了严重影响。"

检查完我的腿，他拍了拍我的脑袋，说道："我们很快就会把它弄直的。"然后又对护士长说，"必须重组他的腿骨。"他的手移动到我的脚踝处，接着说，"这里的肌腱要截短，好让脚抬起来。要在脚踝前方截断它们。"

他移动着手指，慢慢地轻抚着我的膝盖上方。"要让它们在这儿对齐。"

我永远记得他手指的动作，因为他标记的轨迹，就是我将要承受的伤口。

在给我的腿动手术的前一天早晨，经过我的病床时，他停了下来，对身边的总护士长说："看起来他适应得很好，一点也没有担惊受怕的样子。"

"对，他是个非常聪明的小伙子。"总护士长说，接着用那种做作的激励病人的语气说道，"他还会唱《嘘！嘘！黑猫咪快出去》呢，是不是呀，艾伦？"

"是的。"我说。我又感到了那种难为情，每次她这么对我，我都会有这种感觉。

医生认真地看了我一会儿，忽然，他走上前来，拉开了我的毯子。

"翻过身来，我看看你的背。"他命令道。

我翻过身去。有那么一阵子，我能感觉到，他冰凉的手指沿着我弯曲的脊柱探询地向下移动。

"很好！"他一边这样说着，一边直起身子。他掀起毯子，让我翻回身来。

我再次面对着他，他揉了揉我的头发，说："明天，我们就会把你的腿弄直。"然后又微笑着补充道，"你是个勇敢的孩子。"他微笑的样子让我觉得有些奇怪。

我接受了他的赞扬，却一点都没有感觉骄傲，我在想他为什么这样说呢？我希望能让他知道，曾经我还是个飞毛腿呢。我正想告诉他时，他却已经转向"老爹"了。"老爹"坐在轮椅里，咧着嘴扯出一个笑容，露出了掉光了牙齿的牙床。

"老爹"对于这家医院来说，就像一只家养的老猫一样。他年纪很大了，靠养老金过活。他的双腿瘫痪了，整天坐着轮椅，在病房里和走廊上四处打转。轮子的外圈有一个圆形的把手，他的手瘦长结实，紧握着把手，使劲儿向前推，转动轮子。他坐在轮椅上，弯着腰，飞快地穿过病房。我很忌妒"老爹"，我希望自己也能坐在这样一个轮椅上，在医院里横冲直撞，最后还能赢得轮椅运动会的冠军，像自行车骑手一样大喊"最后一圈"！

每次医生来查房，"老爹"总会待在我床边。当医生在病房里巡视的时候，他一直满怀期待地注视着。他全神贯注，时刻预备着等医生走到跟前的时候，说上几句引人注意的话。这种时候，你对他说什么都白搭，他才不会听你的。不过，其他时候他总会絮叨个没完。

这个老头是个悲观主义者，总是抱怨个不停，他不喜欢每天洗澡。"因纽特人不洗澡，照样很结实，拿斧头都砍不动。"他会这样来为自己辩护。

护士长让他每天洗澡，他觉得这样对胸口不好。

"护士长，别再把我放进水里了，湿乎乎的，我会得肺炎的。"

闭着嘴不说话的时候，他的脸上满是皱纹。花白的头发细细的，稀稀拉拉地长在他圆圆的头顶上，几乎要盖不住亮闪闪的头皮，还有头皮上褐色的小斑点。

我有点不喜欢他，不是因为他的外表——我觉得他的外表挺有意思的——而是因为，我觉得他有点粗鲁，有时候他说话的方式让我感觉不舒服。有一次他对护士长说："护士长，我今天早晨没有拉屎。这要紧吗？"我飞快地看了护士长一眼，想看看她有什么反应，不过她的脸色一点都没变。

他的抱怨也让我不太高兴，我觉得，他不应该老说自己感觉坏透了，有时候也应该说说自己感觉还不错。

"你好吗，'老爹'？"米克偶尔会问他。

"糟得不能再糟了。"

"你看，你毕竟还没死嘛。"米克愉快地打趣。

"倒是还没有，不过看我现在这个样子，分分钟都可能断气啊。""老爹"会忧郁地摇着头，摇着轮椅，来到还没有厌倦他的抱怨的新病人床前。

他很尊敬总护士长，总是小心翼翼地避免冒犯她。这主要是因为她有权力把他赶出医院，送去老年人之家。

"在那种鬼地方，要是病了可就活不长了。"他对安格斯说，"一旦老了病了，政府就会忙不迭地甩掉你这个包袱，越快越好。"

所以，对总护士长说话的时候，他总是尽可能地和气讨喜，迫切地想讨好她。他会说一些情况，暗示他正身患重病，无论如何都必须待在医院里。

"我觉得我的心脏一动都不动，就像块羊肉放在肚子里一样。"有一次，总护士长问他感觉如何的时候，他这样回答。

我的脑海中出现一幅画面：屠夫的案板上放了一颗心脏，湿乎乎、冷冰冰的。我感觉很难受，就对安格斯说："我今天很好，我觉得我今天很好。"

"这就对了。"他说，"状态良好，继续保持。"我真喜欢安格斯。

那天早晨，总护士长巡视病房的时候，"老爹"正坐在轮椅上，停在病房取暖用的炉火前。她问"老爹"："是谁把窗帘卷起来的？"

壁炉旁的窗户上挂着窗帘，微微的风透进来，一直把窗帘吹向炉火的方向。

"是我弄的，总护士长。""老爹"承认，"我怕窗帘会刮到火里。"

"哼，你的手一定脏死了。"她怒气冲冲地说，"整个窗帘上都是你的黑手印。以后要收窗帘，记得叫护士来。"

我在听着他们说话，"老爹"注意到了，他之后对我说："你知道，总护士长其实是个很好的女人，她昨天还救了我的命。我觉得，她就是对窗帘这回事有点不高兴了。不过你知道，就算是在自己家里，我也会这么干的。小心火烛，再怎么谨慎也不为过。"

"我爸爸见过一栋房子失火，整个儿都被烧光了。"我告诉他。

"对啊，对。"他不耐烦地说，"他应该见过……看看他走路的样子吧，就知道他肯定见多识广。火苗烧着了窗帘，人却不在跟前——火灾就是这么发生的。"

隔三岔五的，会有一个长老会的牧师来探望"老爹"，这个人总是穿着黑色的衣服。"老爹"还住在河边小屋的时候，他们就相识了。"老爹"住院之后，他仍然会来看他，给他捎来烟草和信件。他年纪轻轻，说话的态度真挚诚恳，每当有小护士流露出想跟他交谈的意思时，他都会像匹受惊的马儿一样躲闪后退。"老爹"很急切地想促成他的婚事，他介绍了好几个护士给他。我总是百无聊赖地听着"老爹"夸奖这个人，看老爹建议护士们嫁给这个人的时候，护士们是什么反应。不过，当他向康拉德护士提出这个建议的时候，我忽然感到一阵惊恐，我坐了起来，我预感到，她很可能会接受这个老头儿的提议。

"这可是个好小伙子，跟你很般配。""老爹"告诉她，"他家很不错——可能不是特别整洁。不过，话说回来，你可以帮他收拾嘛。你只要说'我愿意'就行了。他是个正派的小伙子，当然了……"

"我考虑一下吧。"康拉德护士答应他，"或许我可以去他家看看。他有马和马车吗？"

"没有。"老爹说，"他家没有地方养马。"

"我想要马和马车。"康拉德护士轻轻地说。

"我将来会有马和马车的！"我冲她大声喊。

"那好呀，我嫁给你好了。"她笑着对我挥了挥手。

我躺回床上，一刹那，我兴奋地觉得自己长大了，内心充满了责任感。我确定无疑，现在，我跟康拉德护士已经订婚了。我调整着脸上的表情，直到觉得自己的样子活脱脱像一个勇敢的探险者，正在望向茫茫大海的彼岸一样。我在脑海中重复了好几遍"好的，我们会把这个记到您账上"。因为，我总是把这句话跟长大成人联系在一起。每当我想感觉自己是个男子汉，而不是个小男孩的时候，都会重复这句话给自己听。我确定，我是在某天跟父亲出门的时候听到这句话的。

那天接下来的时间里，我一直在盘算着，要怎样才能搞到一匹马和一辆马车。

罗伯孙医生离开我，走到"老爹"跟前对他说："今天上午感觉怎么样啊，'老爹'？"

"唉，医生，我感觉快要散架了，我得把自己紧紧地包起来。我一定得吃点药了。你觉得一剂盐水会不会让我好过点？"

"我想会的。"医生表情严肃地说，"我给你开一点。"

医生穿过病房，停在那个醉汉的床边，他正坐在床上等着，嘴角不时地抽动着，满脸焦急。

"你怎么样？"医生干巴巴地问。

"我还是有点晃，"那人说，"不过没事。我想我今天下午就可以出院了吧，医生。"

"我觉得你的头脑还是不太清醒，史密斯。今天早晨，你不是还一丝不挂地在病房里乱跑来着吗？"

这个病人呆呆地看着他，然后飞快地解释道："是的，是有这么回事。我起床洗脚来着。我的脚热得要死，像要烧起一样。"

"或许明天吧。"医生简短地说，"你大概明天就可以走了。我会办手续的。"

医生快步走开了，这个病人坐在床上，弯着腰，手指揪着床单。他猛地躺了下去。

"哎哟！"他呻吟道，"哎哟喂，我的天哪！"

罗伯孙医生离开病房之后，母亲进来看我了，之前她一直在外面等着。她向我走过来，我感觉有点害羞，有点难为情。因为我知道她又要吻我了，我觉得这有点娘娘腔。父亲就从来不亲吻我。

"男子汉都不亲吻。"他告诉我。

在我看来，表达感情是一种脆弱的表现。不过，要是母亲不吻我的话，我又会觉得失望。

我已经几个礼拜没见到她了，现在，她看起来就像一个全新的妈妈。她的微笑，她柔软的身体，她淡金色的头发在颈后盘成一个小小的发髻——这一切对我来说都是如此熟悉，我以前居然从未注意过。而现在，看着她，看到这些细节，我满心欢喜。

外祖母是爱尔兰人，来自狄波拉里。外祖父则是德国人，一个温柔慈爱的男人。他在一家德国乐团里演奏低音管，后来跟随这个乐团来到了澳大利亚。

母亲一定很像外祖父，她继承了他的肤色。她的外表亲切可人，喜怒哀乐都写在脸上，人人都能看得一清二楚。多少个寒冬，她驾着敞篷马车，风里来雨里去，她的脸饱经风霜，留下了细细的皱纹。她从来都不施脂粉，不是因为不相信化妆品，而是因为没有钱买。

母亲来到我床前，一定是注意到了我的难为情，因为她小声说："我很想亲亲你，不过，这里太多人看着了，所以我们就假装亲过了吧。"

父亲来探望我的时候，总是由他主导着谈话，虽然他也是个很好的倾听者，不过和母亲聊天的时候，话题总是由我来主导。

"你带够鸡蛋了吗？"我问她，"这里有个可怜的人没有鸡蛋。他盯着椅子看，椅子就会动。"

母亲抬头望了望那个人——因为我边说边朝他那边看了一眼——说道："带了，给你带了好多呢。"

她把手伸进包里，说道："我还给你带了点别的东西。"她拿出一个用绳子捆好的棕色纸包。

"这是什么？"我兴奋地小声说，"给我看看。我要打开。给我！"

"要说'请'。"她手里握着纸包，提醒我。

"请！"我一边重复一边伸出了手。

"这是卡鲁泽丝夫人给你的。"她说，"我想让你自己打开，不过我们也很期待，想看看里面到底是什么。"

"她是怎么给我的？"我问。我接过纸包，把它放在膝盖上，"她到家里来了吗？"

"她乘着马车，来到我们的前门口，把这个交给了玛丽。她告诉玛丽，这是给她生病的小弟弟的。"

我扯着绳子，想把它弄断。我跟父亲一样，每当手上使劲儿的时候，脸上就会露出龇牙咧嘴的怪样儿。他每次打开折叠小刀的时候都会那样。（"这是我妈妈给我的。"他说。）

"哎呀！看看你，那是什么表情！"母亲说，"来，给我吧，我来弄断它。你的柜子里有小刀吗？"

"我那里有一把。"安格斯说，他一直在旁边看着我们，"我记得，就在靠近抽屉口的地方。打开那边那个抽屉。"

母亲找出他的小刀，割断了绳子。我剥掉包装纸，上面引人注目地写着"艾伦·马绍尔阁下收"。我看到一个扁平的盒子，盖子上画了风车、独轮车还有四轮马车，都是用打了孔的铁条制作的。我兴奋极了，掀开盖子，看到盒子里就是这种小铁条，旁边还有一个小格子，里面放了螺丝、螺丝刀、扳手和轮子。这是我的了，我简直不敢相信。

这个玩具的确很棒，不过更令人难以置信的是，它是卡鲁泽丝夫人送我的。

几乎可以这么说，卡鲁泽丝夫人就是图拉腊的象征。她建造了长老会教堂、主日学校，还给牧师们的住宅建了新的侧厅；学校的年度奖学金是她捐赠的；所有农户都欠她一大笔钱；她是"希望乐团""圣经唱诗班"，还有"澳大利亚妇女联盟"的主席；她拥有图拉腊大山、图拉腊湖，以及图拉腊河一带最肥沃的土地。在教堂里，她有一把专门的软垫座椅，位子跟前的赞美诗都是有特制的皮革封面的。

所有的赞美诗，卡鲁泽丝夫人都烂熟于心，唱诗的时候她会微微抬头看向上方。不过，当用女低音唱"上帝离汝渐近"和"引领慈爱之光"的时候，她会低头颔首，表情坚毅，因为要唱得音调非常低才行。

每当牧师宣布要唱这些赞美诗的时候，父亲都会躲在赞美诗册子的后头，小声嘀咕："她又来了。"母亲不喜欢他这么说。

"她确实有一副好嗓子。"有一次我们周日晚餐的时候，母亲这么对他说。

"是还不错。"父亲说，"这点我也承认。不过，就算她是吊车尾的水平，也一样能把咱们大伙儿都挤下去。要是她老这么干，总有一天会出事的。"

卡鲁泽丝先生已经去世了。不过，据父亲说，他在世的时候总是看什么都不顺眼，对什么事情都要抱怨一下。他要抱怨的时候会举起一只胖乎乎的手，清清喉咙。从母牛走在路上，到人们世风日下不讲究礼仪，他都要抱怨。他对我父亲也很不满。

卡鲁泽丝先生的父亲是一家英国公司的代表，他在1837年来到墨尔本，从那座城市出发，驾着阉牛拉的运货车，满载着物资一路西行。他听说在一百英里外，乃至更远的地方，在那些辽阔的森林原野里，有着肥沃的火山灰土地等待着人们去开垦。不过，据说那里的黑人土著不是很友好，正因为如此，他们的小团队带了来复枪。

最终，老卡鲁泽丝先生占据了几百平方英里的肥沃土地，这片土地现在已经被划分成了几十个农场，全部都做了抵押，光是利息就是一大笔收入。

老卡鲁泽丝先生建造了一座蓝砂岩的大宅子，后来，这座精心选址的宅院传给了他的儿子。他儿子死后，就成为卡鲁泽丝夫人的财产。

在这幢宏伟的大宅子周围，有着三十英亩草地。这是一大片英式风格的花园，小径整整齐齐，花圃井井有条，就连盛开的花朵，都严格朝着同一个方向。

在榆树和橡树的树荫里，在英格兰品种的灌木丛的遮蔽下，栖息着野鸡、孔雀和颜色奇异的中国野鸭，它们啄食和刨挖着秋天飘落下来的腐叶。一个男人穿着长筒橡胶靴，在其间穿行，偶尔会举起枪来，射击来偷吃果子的玫瑰鹦鹉和红吸蜜鹦鹉，发出尖锐的爆响声。

春天，在墨绿色的澳大利亚蕨草丛之间，银莲花和水仙花吐露芬芳。园丁们推着满载的手推车，穿行在蜀葵和福禄考花丛中。他们拿着锋利的铲子，铲掉丛生的杂草，铲走堆积在树胶底下的枯枝败叶，斩断绿兜帽兰和秋水仙的残根，装进手推车里推去焚烧。

整整三十英亩草地，到处干净平整、井井有条。

"现在这个样子，当初那些土著人怎么也认不出来了吧。"有一天，我们驾车经过大门口的时候，父亲对我说。

两排榆树中间，有一条石子路，从大门口直通宅院。大门里边有一间小屋，那是"门房"，守门人一家就住在那里。每当听到嗒嗒的马蹄声，或者马车碾过石子路的车轮声时，守门人就会赶忙从屋里跑出来，摇开大门，向进来的人脱帽致意。来访的当地人驾着艾伯特式双人小马车，城里的来访者坐着皮革弹簧的四轮马车。女士们腰肢纤细，身姿笔挺地坐在四轮敞篷马车里，目光越过对面边座上的小男孩和小女孩——人们都会经过门房，有的会居高临下地点点头，或者微笑一下，有的就干脆忽略掉守门人和他的脱帽致意。

沿着这条路走到半途，有一个小围场，用栅栏围了起来。那里曾经生长着高高的蓝桉树，光溜溜的枝条伸展开来，底下是袋鼠形状的草坪，还有鸸鹋形状的灌木丛。不过现在，草坪和灌木丛都已经不见了，黑黝黝的松树遮住了阳光，树下的地上铺满了褐色的松针。

有一只红色的小鹿，不停地绕着围场奔跑，在靠近篱笆的地方留下了一道足印。有时候它会扬起头，发出一声嘶鸣，叫叽喳喳的喜鹊们便停止歌唱，急匆匆地飞走了。

穿过这片围场，在树木的枝干空隙之间，隐约可见的便是那座两层高的蓝砂岩建筑了。它巍然屹立、宏伟大气，还附带阁楼、畜栏和喂食槽。环绕着宅院的鹅卵石小路上，马车夫们一边为马儿刷毛，一边发出英国式的嘘声。马儿们不停地跺着脚，甩着短短的尾巴，徒劳地试图赶走苍蝇。

一条宽阔的大道从马厩直通大宅的门廊。有时候，会有官员或者英国绅士携着女伴从墨尔本来到这里做客，他们想体验一下牧场生活，或者看看"地道的澳大利亚"是什么样儿。马车会停在门廊下。他们下车后，马夫会驾着马车，沿着宽阔的大路驶向马厩。

每当这样的夜晚，卡鲁泽丝家的大宅里就会举行舞会。宅邸后面，长满了欧洲蕨的小山上，生长着一丛幸免于被砍伐的金合欢树。有些比较大胆和热切的图拉腊当地人会站在那儿，俯瞰那些灯火通明的大窗子。窗户里面，女士们穿着晚礼服，拿着羽毛扇子，在四人华尔兹开场的时候，对舞伴们欠身致意。音乐飞扬，一直传到这些人的耳中，让他们忘记了寒冷。真像一个童话故事，他们用心聆听着。

有一次，父亲也和他们一起在那儿，他还带了一个喝了一半的酒瓶子。明亮的窗户后面，人们随着音乐翩翩起舞，每当舞曲的一个小节结束，他就发出一声欢快的呐喊。父亲把酒瓶子当成舞伴，绕着金合欢树翩翩起舞，和着音乐大声欢呼。

过了一会儿，一个矮胖的男人走了出来，来查看这叫声到底是怎么回事。他戴着一条金表链，上面挂着一只镶金的狮爪，一枚他母亲的镶嵌小像，还有几枚纪念章。

他命令父亲离开，父亲不理他，继续欢叫着，他一拳向父亲挥过来。接下来发生了什么呢？用父亲的话说："我往旁边一闪，就躲开了，然后一个箭步上前，像弹木琴一样，照着他的肋骨上上下下来了几下。他张大嘴巴，大口喘气，差点把我的帽子吹下来。"

父亲扶起这个家伙，一边帮他掸着衣服，一边对他说："我觉得啊，你带了太多花里胡哨的玩意儿了，这对你没好处。"

"对啊。"那个人稀里糊涂地说，"太多了……是的，是的……我有点晕……"

"喝点吧。"父亲把酒瓶递给他，说道。那个人喝完之后，和父亲握了握手。

"那家伙还不错。"父亲后来解释道，"他只是惹了不该惹的人。"

卡鲁泽丝家的大部分马匹都是父亲驯服的，他还跟马夫头儿皮特·芬雷是好朋友。皮特经常到我家做客，他会跟父亲一起讨论《公报》上的文章，还有他们读过的书。皮特·芬雷是侨居在这里的，他靠来自英国的汇款为生。不管什么事情，他都能说得头头是道。卡鲁泽丝一家都是寡言少语的人。之所以会有睿智的美名，是因为他们知道在恰当的时候说"嗯，是的"或者"嗯，不是"。

　　皮特聊起天来口若悬河，热情洋溢，人们爱听他讲话。卡鲁泽丝先生经常说，皮特这种机敏的谈吐来自良好的教养，很不幸，他现在家道中落了。

　　皮特自己可不觉得落魄。"我家老头子太一板一眼了。"他告诉父亲，"规矩多得简直要命，我费了好大的劲儿才摆脱掉那些玩意儿。"

　　卡鲁泽丝先生发现，对他来说，要招呼好来家里做客的大人物们有点困难。在他与这些访客们共度的夜晚里，总是充满了漫长的、令人尴尬的沉默。那些来访的官员，或者有爵位的英国人，不会对"嗯，是的"和"嗯，不是"感兴趣。于是，卡鲁泽丝先生总会派人到马厩里，把皮特叫过去，因为来访的都是贵客，他们希望能有一个侃侃而谈的氛围，愉快地喝白兰地。

　　收到卡鲁泽丝先生的召唤，皮特会马上到大屋这边来。他从后门进来，来到一个专门预备的小房间里。屋里有一张床，铺着锦缎的被子，床上放着折叠得整整齐齐的衣服，那是卡鲁泽丝先生最好的西装。皮特会穿上西装，来到会客室，在那里，他会扮作一个来访的英国人，被介绍给大家。

　　晚餐桌上，他的话总是令客人们乐不可支，也为卡鲁泽丝先生说"嗯，是的"和"嗯，不是"提供了一个恰到好处的机会。

　　客人们离开后，皮特会脱下卡鲁泽丝先生的西装，回到他在马厩后面的小屋。

有一次，他来找父亲，说卡鲁泽丝先生想让父亲来一场骑术表演，因为有几个贵客想来牧场住上一阵子，他们兴冲冲地渴望看点地道的澳大利亚的东西。

刚一开始，父亲对这个建议嗤之以鼻，他说："让他们见鬼去吧。"不过过了一会儿，他就表示，如果价钱能给到十先令，他就愿意表演。

"十先令可是十先令啊。"他解释道，"干吗跟钱过不去呢？"

皮特觉得，就算价钱再高点，卡鲁泽丝先生应该也会乐意接受的。

对什么是"地道的澳大利亚"的东西，父亲不是很确定，虽然他曾经对皮特说，要是他们想看的话，大可以来他的食品储藏室看看。父亲有时认为，地道的澳大利亚就是贫穷，不过，只有难过的时候他才会这么想。

到了去卡鲁泽丝家表演的那天，父亲脖子上系了一条红色的方巾，头戴一顶蒲葵帽子。他骑着一匹名叫"快活小姐"的栗色母马，只要用脚跟一磕它的肚子，它就会猛地跳起来冲出去。

它有十六手①高，会像袋鼠一样蹦跳。客人们坐在宽敞的走廊上，优雅而得体，小口啜着饮料，父亲则穿过树木飞驰而

---

① 手，量马高度专用的量词，"一手"指一手之宽。——译者注

来，像个丛林土匪一样，发出狂野吓人的呼喊。

"我绕过弯道，全速冲到大门前，门上有五根门闩呢。"他是这样讲述这个故事的，"起步还是不错的——地上有些小石子儿，不过也有泥土，所以不会打滑。我控制着马，直到它的步子稳下来了，才让它发力。我总说，马儿吃的只是草，却会突然之间大爆发，你想让它干什么，它就能干什么。我骑着'快活小妞'进门，它活蹦乱跳的。嗯，起跑是急了些，不过有活力嘛，你知道的。反正它早晚都是要快跑起来的，这是肯定的。大门开得高高的，可以直接走进去了。你知道吗，据说卡鲁泽丝家会因为大门上有点刮痕就把人解雇。我真是不赞成。"

他做了个不屑的手势，然后接着说：

"我一感觉'快活小妞'要跳起来，就顺势一抬身子，跟它保持一致，好尽量减轻它的负担。它跳起来的时候，我跟马鞍之间的距离能挤进你的脑袋呢。不过，我担心的是它的前腿；一跳过去我就一直紧贴着它。

"老天，那匹马可真会跳！还带着我也蹦了起来！它一扭身子，又往上蹿了两英寸。落地之后，它还又往前跳了两跳，后腿踢打着，我坐在它背上，特别舒服稳当，就跟粘在上面一样。

"我勒住缰绳，它仰起后背，直起身子，刚好停在卡鲁泽丝家那些人跟前，就在游廊边上，他们刚咽下最后一口格罗格酒，朝着摇椅走去。

　　"嗯，我后脚跟踩了'快活小姐'的腰一下，把它弄疼了，这下子它可发了疯，像头猪一样大声狂叫起来。它使劲儿到树上蹭，想把我蹭下来——它居然那么干，这匹可恶的疯马。我拽着它绕圈子，用帽子拍打它的肋骨，它又朝旁边的廊柱跳过去。这匹疯马东扭西歪的，每转一圈，就撞翻一把椅子，或者一张桌子。地上到处都是格罗格酒，杯子碎了一地，男人们跳起来，女人们失声尖叫。有几个小伙子跳到我跟女人们中间，她们脸上的那个表情，就像看见大英雄了似的。女人们紧紧抓住他们，那场面，就好像船要沉啦，救生圈扔出去啦，吻别吧，上天保佑吾王，就这些乱七八糟的玩意儿。真是见鬼！你可没见到那场面。"

　　每次故事讲到这里，父亲都会开始没完没了地大笑，最后，他拿手绢擦擦眼睛，说："哎哟，见鬼！"他吸了口气，总结道，"最后好不容易，我才让它安静下来。它还把弗雷德里克·萨里斯贝里爵士——还是叫什么名字的——给撞飞了出去。他飞过火鸡，一头扎进了孔雀群里。"

　　"这些事是真的吗，父亲？"我有一次问他，"是真的吗？"

　　"嗯，是啊……嗯，等一下……"他苦着脸，用手摩挲着脸颊，"嗯，不是，儿子，可能不是这么回事。"他下定了决心，"类似的事情确实发生过。不过，你知道，跟人讲过几次之后，就会不由自主地想把故事编得更精彩、更有意思些。我也不是在说谎，我是在讲一个有意思的故事。让人们痛快地大笑一场总是好事。伤心难过的事情已经够多了。"

"关于小鹿的那些故事也是这样吗？"我问他。

"嗯。"他说，"是吧，有·点。我骑过它，不过就那么回事了。"

原来，卡鲁泽丝先生对父亲不满，是因为父亲骑了他的鹿。

"它就在那儿转啊转啊转啊，"他告诉我，"可怜的家伙……当时我正跟几个小子在那儿，我站在栅栏上，它打我底下经过的时候，我一跳，就跳到了它背上。他们都觉得我不够勇敢嘛，当然啦。"他停了一下，望着前方，抚摸着脸颊，露出一个淡淡的微笑，接着说了一句"真要命"！这种语气说明，那只鹿的反应很激烈。

关于这次恶作剧，他一直都不肯多说，可能他觉得有些孩子气吧。每次我问起："它跑了吗？"他只会说："它什么它？"

不过，关于这件事，我问了皮特·芬雷。我认为父亲避而不谈，肯定是因为他被摔下来了。

"那只鹿把父亲摔下来了吗？"我问皮特。

"没有。"他说，"你父亲把鹿摔出去了。"

后来有人告诉我，那只鹿被父亲弄断了一只角，这才是让卡鲁泽丝先生恼火的真正原因，他一直养着那对鹿角，是为了把它们挂到壁炉台上，当作装饰。

卡鲁泽丝先生去世之后，卡鲁泽丝夫人放掉了那只鹿。不过，我长大后偷偷溜进那幢庄园的时候，还是能看到一圈又一圈深深的足印，那是它留下来的。

正是因为这些往事，也因为在图拉腊，所有人——除了父亲之外——对卡鲁泽丝夫人心怀敬畏。所以，我几乎用一种虔诚的目光，看着床上的这个盒子。我觉得它的价值远远超过我收过的所有礼物。它很珍贵，不只是因为可以玩——对我来说，一个带轮子的蜡烛盒还更有意思些——而是因为它证明了卡鲁泽丝夫人知道我的存在，她认为我很重要，重要到值得让她买一份礼物送给我。

在整个图拉腊，从来没有任何其他人收到过卡鲁泽丝夫人的礼物——只有我。她有一辆橡胶轮胎的艾伯特马车，还有一对灰色的马，还有孔雀，还有很多很多钱。

"妈妈，"我抬起头来看着她，手里依然紧紧抓着那个盒子，"卡鲁泽丝夫人把礼物递给玛丽的时候，玛丽有没有碰她一下啊？"

第6章 手术

第二天早晨，我没吃早饭，不过也不怎么饿。我既不安，又兴奋，有那么一阵子，我感到特别害怕，我想要妈妈。

十点半的时候，康拉德护士推着一辆手推车走进来，车的样子像个带轮子的窄桌子。她来到我床边，对我说："来吧，坐起来。我来推你。"她拉开了我的毯子。

"我能上去。"我说，"我自己能上去。"

"别啦，我来抱你上去吧。"她说，"你不喜欢我抱你吗？"

我飞快地看了看安格斯，又望了望米克，想看看他们有没有听见。

"上啊。"米克喊道，"她可是最可爱的小领头羊啦，别处都碰不到的。让她抱你上去吧！"

她伸出手臂，把我抱起来。她停了一下，笑着低头看我："我才不是小领头羊呢，对不对？"

"嗯。"我回答，那时我并不知道领头羊的真正含义。在屠宰场里，人们训练它，让它领着待宰的羔羊，步入死亡的围栏。

她把我放到冰凉平坦的手推车上，让我躺下，给我盖上一床毛毯。

"我们出发啦！"她快活地说。

"打起精神来。"安格斯鼓励我，"你很快就会回来，回到我们中间的。"

"是呀，等他醒来的时候，就在自己的热被窝里啦。"康拉德护士说。

"祝你好运！"米克喊道。

经过那个醉汉的床边时，他也用一只手肘支起身体，嘶哑着嗓子对我说："谢谢你的鸡蛋，伙计。"他提高了声音又说，"祝你好运！"

库柏护士长和一个护士站在工作台前，钢制的医疗器械放在台子上的一块白布上。

"哦，你来了！"库柏护士长喊道，她走过来，摸了摸我的头。

我注视着她的眼睛，想在其中找到一些安慰。

"害怕吗？"她问。

"嗯。"

"小傻瓜，没什么可怕的。只要一分钟你就睡着了，再过一会儿，等你醒过来的时候，就又在自己的床上了。"

我不懂这怎么可能。我很肯定，护士一挪动我，我一定会醒来的，我怀疑他们这么说只是想骗我。等我醒过来的时候，我根本就不会在自己的床上，而是会有什么特别痛苦的事情发生。不过，我相信康拉德护士。

"我不害怕。"我对库柏护士长说。

"我知道你不怕。"她用信任的口气说。她抱起我，把我放在手术台上，然后在我的脑袋下面塞了一个小枕头。"现在别动啦，不然你会滚下来的。"

罗伯孙医生快步走进来，他一边揉着手指，一边微笑着低下头看着我："《嘘！嘘！黑猫咪快出去》，你唱的是这首歌，对不对？"

他拍拍我，转过头去。"艾伯特马车和黑猫咪，嘿！"一个护士走上前来，帮他整理白色的医生袍，他的声音低了一点，小声唱着，"艾伯特马车和黑猫咪，嘿！嘿！"

克拉克医生走了进来，他头发灰白，紧紧抿着嘴唇。"理事会还没把大门附近的坑给填上，"他说着转向护士的方向，护士正高举着他的白色长袍，给他套上，"我不知道……这年头，谁的话还能相信呢？这件袍子好像太大了……不，现在好了。"

我看着白色的天花板，想起每当大雨过后，我家大门口附近就会有一个个水洼；我能轻易地跳过去，玛丽就不行。我能跳过任何水洼。

克拉克医生绕了过来，站在我的脑袋旁边，拿着一沓纱布，弄成贝壳形状，盖在我的鼻子上。

罗伯孙医生冲他做了个手势，他拿过一个小蓝瓶子，倒出一些液体，把纱布浸得湿湿的。我透不过气来，大口呼吸，用力地左右摇晃着脑袋，但是，他一直用纱布捂着我的鼻子，接着我仿佛看到五颜六色的光芒，看到了云朵，然后就飘到云上去了。

库柏护士长和康拉德护士曾经保证过，我会在自己的床上醒来，但我却没有。我仿佛穿过重重迷雾，在晃晃悠悠的世界里艰难前行，不知道自己身在何方。忽然一个激灵，我醒了过来，再次看到了手术室的天花板。又过了一会儿，我看见了护士长的脸。她正在对我说着什么，可是我却听不见。不过很快我就听清了，她在说"他醒过来了"。

我静静地躺了一会儿，然后记起了一切。我忽然感觉自己被骗了。

"你们说过，我会躺在自己床上的。"我喃喃地说。

"是，我们还没来得及送你过去，你就醒过来了。"护士长解释道，然后又补充说，"你现在一丝也不能动，腿上的石膏还湿着呢。"

我这才意识到腿沉甸甸的，石膏紧紧裹住我的腰和屁股，像石头一样钳住了我。

"躺着别动。"护士长说，"我要出去一小会儿。你看着他。"她对康拉德护士说，她正把手术器械收拾起来，放回玻璃箱子里。

康拉德护士向我走来。"好孩子，现在感觉怎么样？"她问。

在我看来，她的面庞是那样美丽动人。我喜欢她圆鼓鼓的双颊，像苹果一样红扑扑的；我喜欢她闪闪发亮的小眼睛，藏在浓密乌黑的睫毛下面。我希望她不要走开，留下来陪我，我想给她马和马车。不过，我感觉很不舒服，而且我很害羞，我没办法开口把心里话说给她听。

"不要动，好吗？"她告诫我。

"我觉得我可能动了一下脚指头。"我说。

一再被警告不要动，反而让我更想动一下，看看会发生什么事。我觉得要等我知道可以动了，才能心满意足，不再这么想了。

"连脚指头也不要动。"她说。

"我不会了。"我告诉她。

我一直躺在手术台上，直到午饭时分，才被小心地推到床上。床上放了钢铁架子，把毯子高高地支了起来，以免碰到我的腿，这样我也看不到病房对面的米克了。

这一天是探视日，病人们的亲朋好友陆续到来了。他们带着大小包裹，目光落在自己要探望的病人身上，大步流星地穿过病房走过去。不过，哪怕他们目不斜视，两边的病人们也不容忽视。来访者们走近的时候，病人们往往会不太自然。他们的目光故意望向远处，直到来人走到床边，才假装刚刚注意到。

有些病人没有来看望的亲友，不过，他们也不乏探访者。童子军的小姑娘、牧师或者神父都会来跟他们谈天——每当这种时候，总是少不了佛布斯小姐。

佛布斯小姐每个探视日都会来，她满满当当地带着鲜花、小册子和保暖袜子来到医院。佛布斯小姐肯定已经有七十岁了。她拄着拐杖，走起路来颤颤巍巍的，谁要是敢无视她的存在，她就会拿拐杖轻轻敲打那个人的床尾，说道："哎，年轻人，我希望你听医生的话，这样才能好起来，知道吗？喏，这是给你的红醋栗蛋糕。好好嚼，否则会消化不良的。记着，每一口食物都要好好嚼。"她总是带给我一颗薄荷糖。"可以清肺。"她说。

像往常一样，她停在我的床脚，温和地说："你今天做手术了，是吧？嗯，医生们知道该做什么。他们做的肯定都是对的。所以没关系啦，好孩子，没关系的。"

我的腿很疼，又很孤单。我开始号啕大哭。

她非常担心，快步绕过来，来到床的这边，不知所措。她很想安慰我，却不知道该做什么。"上帝会帮助你承受痛苦的。"她认真地说，"给！这个给你。"

她从手提包里拿出几本小册子，交给我一本。"读读这个吧，好孩子。"

　　她摸了摸我的手，不太自然地走开了，不过她回头看了我好几次，一脸不安的表情。

　　我看着手里的小册子，我想，里面可能包含着某种魔力，某种鼓舞人心的信息，可以让我重新站起来行走。

　　这本小册子有个标题——你为何身陷困境？

　　我看不懂，就把小册子放进储物柜里，继续小声啜泣。

　　"你现在感觉怎么样啊，艾伦？"安格斯问。

　　"我觉得身子很重。"我说，过了一会儿，我又告诉他，"我的腿很疼。"

　　"很快就不疼了。"他安慰我。

　　但是没有。

　　躺在手术台上的时候，右腿和腰周围的石膏都还是湿湿的、软软的。那个时候，我的大脚趾一定是小小地痉挛了一下，而我的肌肉已经麻痹了，没办法使它再恢复到自然状态。还有屁股那里，大概也动了几下，把石膏从里边往上挤了挤，结果石膏弯了起来，像一把钝钝的小刀一样，刺痛我的膝盖骨。后来的两个礼拜里，拱起来的石膏渐渐侵入了肌肉，最后连骨头也被磨得疼了。

　　躺着不动的时候，我的身子是稍稍弯曲的，抬起的大脚趾依然疼得厉害，屁股上撕裂的疼痛却变轻了一点。只有在疼痛的间隙里，我才能短暂地睡着一会儿。但即使是在睡着的时候，也会梦到自己在其他痛苦的世界里穿行。

　　听到我描绘的情形，罗伯孙医生紧皱着眉头，他低头看着我，若有所思。

"你确定，疼的地方是脚趾？"

"是的，一直在疼。"我告诉他，"不停地疼。"

"一定是膝盖。"他对总护士长说，"他可能想象成是脚趾。至于屁股上的疼……"他转向我，"你的屁股也一直都疼吗？"

"一动就疼。躺着不动的时候就不疼。"

他戳了戳我屁股上的石膏。

"疼吗？"

"噢！"我高声叫道，试图躲开他，"噢，疼！"

"嗯！"他沉吟道。

一开始，我还不服气地反抗，我会忍着疼。但是手术一个礼拜后，我投降了，我开始绝望。我也不怕被当成小孩子了，这些都无济于事。我开始经常哭泣。我无声地痛哭。我睁着大大的眼睛，透过泪水，望着头顶上高高的白色天花板。我宁可自己已经死了。

我开始在心里反复念着："我宁可死了，我宁可死了，我宁可死了。"一遍又一遍，断断续续。

几天之后，我发现，如果我一边重复这句话，一边跟着左右摇晃脑袋，注意力就能从痛苦中被分散。我一边在枕头上摇晃脑袋，一边睁大眼睛，白色的天花板很快变得模糊起来，我身下的床像长了翅膀一样，从地上飞了起来。

就像在明暗之间激烈地盘旋飞翔，最初的晕眩过后，我不再疼痛，只感到阵阵恶心作呕。

我一直摇一直摇，直到大脑一片空白，连继续摇头的念头也不见了，才渐渐停下。那些晃动着的、模糊成一团、闪着微光的影子渐渐变得清晰，变成了病房里的床、窗户和墙壁。

通常，我都是在夜里这样做，以寻求解脱。不过有的时候，如果疼得厉害了，我白天也会趁护士不在病房里的时候这么干。

安格斯一定是注意到了我摇脑袋的行为，有一天，我刚开始晃脑袋，他就问我，"你这是干什么啊，艾伦？"

"没什么。"我说。

"告诉我吧，"他说，"我们是伙伴啊。为什么晃脑袋？你很疼吗？"

"这样做就不疼了。"

"噢！"他说，"是这样吗？怎么就不疼了？"

"我就感觉不到了，我就晕了。"我解释道。

他什么都没说，不过后来，我听到他跟康拉德护士说，应该想办法帮我治一治。

"他很坚强的。"他说，"要不是难受，他不会这样的。"

那天晚上，护士给我打了一针，我一夜无梦，睡了个好觉，不过第二天又开始疼了。我吃了药，护士嘱咐我，要老老实实地躺着睡觉。

护士一离开病房，我就又开始晃脑袋。但是她料到了，她透过玻璃门看见了我的举动。

那是弗利伯恩护士，大家都不喜欢她。她很严肃，也很能干，但是只有当事情非做不可的时候，她才会去做。

"我可不是来伺候人的。"一个病人让她拿杂志过来的时候，她这么说。要是有人让她做点什么事，占用她一小会儿时间的话，她就会说："没看到我正忙着吗？"

她马上走了回来。"你这个淘气的家伙。"她严厉地说，"马上停下，不许这么做。你再那么晃脑袋，我就告诉医生了，他会要你好看的。不许这样，给我老实躺着，我会盯着你的。"

她紧紧抿着嘴巴，快步走开了，走出门口的时候，她又回头瞪了我一眼。

"现在，给我记住，要是再让我抓到你晃脑袋，你就死定了。"

安格斯皱着眉看着门口。"你听见了吗？"他对米克说，"真怪了，她这样的人也能当护士。见鬼……"

"她！"米克不屑地挥了挥手，"她说我脑子有病，我倒想让她看看什么叫脑子有病。下次她要再惹我，我一定狠狠地骂她一顿。你等着瞧，我说到做到。别理她，艾伦。"他对我喊道。

屁股上石膏侵入肌肉的部分局部感染了，在接下来的几天里越发恶化，我忽然开始觉得大腿根火辣辣地疼。在此之前，脚趾上的钝痛已经让我难以忍受了，现在，屁股上又有了这种灼烧般的疼痛……我开始啜泣，又绝望，又疲惫。我发现安格斯看着我，一脸难过的表情。我用手肘支起身体，看向他，我的样子一定很绝望，因为他忽然露出很关切的神情。

"安格斯，"我的声音颤抖着，"我疼得受不了，我希望别再疼了。我觉得我要不行了。"

他慢慢地合上正在看的书，坐了起来，看向病房门口的方向。

"那个该死的护士去哪儿了？"他粗暴地对着米克大喊，"你能走路，去叫她们。让'老爹'去叫她们，他会去的。这个孩子已经受够了。想想看，他父亲看到了会怎么想？赶快出去，叫个护士过来，'老爹'，快点！"

不一会儿，一个护士走了进来，问安格斯："怎么了？"

他朝我点了点头："你看看他，他疼得厉害。"

她掀起毯子，看了看被单，又把毯子放下了。她什么也没说，快步走开了。

我记得医生、总护士长和护士们都围到我身边。医生又锯又砍，弄开了我腿上的石膏。我感到火辣辣的疼，我的脑子迷迷糊糊的，所以我记不起，当时父亲和母亲到底有没有来。我记得父亲给我带了一些鹦鹉的羽毛，但那已经是一个星期以后的事了。

第7章 新病友

再次清醒过来的时候，我发现安格斯的病床上躺了一个陌生人。在我迷迷糊糊的这一个礼拜里，安格斯和米克都出院了。安格斯留给我三个鸡蛋，还有半罐腌菜，米克交给康拉德护士一个果酱罐子，里面装满了灌木蜂蜜，他嘱咐她，"等我好了以后"交给我。

我很想念他们。病房看起来整个儿都不一样了。现在，病人们躺在白色的病床上，要么病恹恹的，要么还因为陌生的环境而情绪压抑，提不起精神互相欢声笑语，他们也还没学会分享鸡蛋。

"老爹"比以前更忧郁了。"这个地方跟以前不一样了。"他对我说，"我还记得以前病房里的热闹劲儿——那是别处都没有的。还有那几个小伙子，真是机灵。看看现在这帮人吧，让人都懒得看第二眼。他们只是吃多了肚子疼来到这儿，却翻着眼珠子，像得了肺痨一样。他们不理会别人的痛苦，满脑子只想着自己这儿疼、那儿疼。要不是我病得随时都要断气了，一定会叫总护士长让我出院的。告诉你，她真的是个好女人！”

躺在安格斯床上的那个男人是个大个子，他刚入院的时候，康拉德护士帮他裹毯子，吃惊地大喊："哎呀！好大的个子！"

他很高兴，有些不好意思地笑了，四处张望着看大家是不是都听到了。他往床里缩了缩，双手抱在脑后，伸开长腿，他的脚指头裹着毯子，从床脚栏杆的空隙里伸了出去。

他的大块头让我很吃惊，我问他："你会骑马吗？"

他瞥了我一眼，看到我不过是个小孩子，就不搭理我，继续观察病房。他会不会觉得我很冒失呢？我这样想，但随即我又觉得很生气，我劝自己，才不要在乎他怎么想呢。

但是，他老是跟康拉德护士说话。"你不错。"他对她说。

然而当她等他继续说下去的时候，他似乎又讲不出什么别的来。有几次，她帮他测脉搏的时候，他试图抓住她的手，不过她都急忙抽回去了，这时他就会说："你不错。"

每次站在他床边，她都得小心点，一不留神，他就会拍她的后背，然后说："你不错。"

"不许再那么做了。"有一次，她严厉地对他说。

"你不错。"他说。

"你以为说这种话，就可以当什么都没发生了吗？"她冷冷地瞪着他，眼睛里是严厉的神色。

我实在不理解这个人。他从来不对其他人说"你不错"。

有一天，他整个下午都皱着眉头，在一张纸上写着些什么。那天晚上，康拉德护士过来帮他换被单的时候，他说："我为你写了一首诗。"

她看起来很吃惊，怀疑地问："你会写诗？"她停下手头的工作看着他。

"是的。"他说，"自然而然地，诗句就浮现在我的脑海中。什么样的诗我都会写。"

他把那张纸递给她。读着那首诗，她的脸上渐渐浮现出快活的表情。"写得真好。"她说，"真的，写得真好。你在哪里学会写诗的？"

她把那页纸翻过来，看了看背面，又重新读了一遍。"可以给我吗？写得可真好。"

"没什么。"他毫不在意地摆了摆手，"明天我再给你写一首，你留着吧。我随时都能写出来，不需要思考。对我来说，写诗是一种天生的才能。"

康拉德护士转过身来，整理我的病床，在帮我叠被子的时候，她把那张纸放在了柜子上。

"你可以读一下。"看到我朝那边看，她说。她递给我，我慢慢地、吃力地读着。

康拉德护士

康拉德护士帮我们整理病床，
为何一个念头老在脑袋里晃，
整家医院里，她是最最棒。
这可是真理，原因听我讲，
没有一个护士，好看得像她一样，
对待病人好，别人一半也比不上。
只要你需要，她总随叫随到，
人人都爱她，没人有二话。

读完之后，我不知道该说什么。关于康拉德护士的评价，我很赞同。不过，这么说的人是他，我就不喜欢。这可是一首诗呀，一定很了不起。在学校的时候，我们都得读诗，老师总是说诗有多么的好。

"很好。"我心事重重地说。

我多么希望，写这首诗的人是我。比起一个会写诗的男人，马和马车似乎都黯然失色了。

我感觉累了，希望自己是在家里，那里没人会写诗。我可以骑在凯特的背上，又蹦又跳，在院子里撒欢儿，父亲在一旁大喊："坐直了……手放低……抬头……控制好它嘴上的嚼子……腿向前踢。对了，很好，坐直了别动……干得好。"

我多么希望，康拉德护士可以看到我骑着凯特的身姿。

第8章 阳光与糖果

现在，我的腿从膝盖到脚踝都上了夹板。腿和腰上的石膏终于去掉了。疼痛消失了，我也不再想死了。

"骨头愈合得很慢，"我听见罗伯孙医生对总护士长说，"腿上的血液循环状况很差。"

有一天，他跟总护士长说，"他很苍白……总是不见阳光……每天让他坐上轮椅，推着他到太阳底下坐一会儿吧。你想不想坐轮椅出去转转？"他问我。

我想回答他，却说不出话来。

那天下午，护士长把一辆轮椅推到我床边。看到我脸上的表情，她笑了起来。

"现在，你可以跟'老爹'赛跑了。"她说，"快来。坐起来，我来抱你。"

她把我抱到轮椅上，轻手轻脚地放低我的腿，靠着后面的藤编靠背。我的脚无力地摇晃着，脚尖指着地面，够不着底下的木头踏板。

我低头看了看踏板，有点失望，因为我的腿不够长，够不着它。我觉得，这给我的轮椅赛跑带来了很大的困难。不过我敢肯定，用不了多一会儿，"老爹"就得休息一下，我就能追上他了，我的胳膊可是强壮得很呢。

我对自己的胳膊充满自信。我握住轮子外圈的扶手，不过还是有点头晕，所以我让护士长推着，走出了病房门，穿过走廊，来到了外面明亮的世界。

穿过房门，走向花园的时候，清新的空气和明媚的阳光迎着我扑面而来。我就像一个从海中浮起的潜水者一样，抬起身子，在椅子里坐直，迎接它们的拥抱，感受着闪闪发亮的蓝色气息，温柔地抚过我的面庞。

已经有足足三个月，我没有见过一朵云彩，没有感受过阳光照耀在身上的温暖。现在，一切都回来了，宛如新生，完美无瑕，光芒四射，美好得前所未有。

护士长把我留在阳光底下，我坐在几棵木麻黄旁。尽管没有风，我却仿佛听得到它们在轻声细语，正像父亲说过的那样，它们总在窃窃私语。

我在想，在我不在的这段时间里，究竟发生了什么事情呢？是什么让世界发生了这么大的改变呢？我看到高高的尖篱笆外面，一只小狗溜达着穿过街道。我从没见过这么可爱的小狗，这么讨人喜欢，这么生机勃勃。灰色的画眉鸟欢叫着，它的叫声像一份珍贵的礼物。我低头看着轮椅底下的沙砾。每一粒沙子都有了色彩，幻化成奇异的小山和山谷。有些沙砾躲到了草叶底下，小草点缀在路边，草茎低伏，呈现出温柔的弧度。

我听到孩子们玩闹的叫喊声，还有小跑的马儿嗒嗒的马蹄声。狗汪汪地叫，休息室背后的远方，一列火车正呼啸而来。

木麻黄的树叶低垂下来，就像粗粗的头发。透过树叶的空隙，我能看到天空。桉树的叶子闪闪发亮，在阳光下闪耀着钻石般的光，这不曾预料的光芒刺痛了我的眼睛。

我低下头，闭上眼睛，任阳光拥抱着我，有如温暖的怀抱。

过了一会儿，我抬起头，开始试着操纵轮椅。我像"老爹"一样握住把手，试图转动轮子。但是沙砾太深了，小路的两边还布满了石头，我怎么都推不动。

我开始想试试看，自己吐口水能吐多远。我认识一个男孩，他能从马路这头吐到那头。不过他的门牙掉了。我舔了舔牙齿，没有一颗松动的。

我研究了一下木麻黄树，最后确定除了一棵不值得爬之外，其他的我都能爬得上去。

过了一会儿，一个男孩子沿着街道走了过来。他一边走，一边拿着一根木棍，在道旁的木桩上吧嗒吧嗒地敲打着，身后还跟着一只棕色的小狗。我认识这个男孩，他叫乔治，每个探视日，他都会跟着母亲到医院来。他经常送我东西——漫画呀、香烟卡片呀，有时还有糖果。

我特别喜欢他，因为他是个猎兔子的好手，他还有一只雪貂。而且他人也很和善。

"我有很多东西愿意给你呢。"他有一次告诉我，"可惜他们不让我送。"

他的狗名叫斯奈普，个头很小，小得能钻进小动物的洞穴里。不过，乔治告诉我，它要是发起狠来，能跟任何对手斗上一斗。

"要当个好的猎兔人，必须得有条好狗。"这是乔治的信条之一。

我很赞同这一点，不过我觉得，要是母亲能答应，养条灰猎犬也不错。

这跟乔治的想法不谋而合，他也喜欢灰猎犬。他闷闷不乐地对我说："女人都不喜欢灰猎犬。"

没错，我也这么想。

我觉得乔治很聪明，我告诉了母亲。

"他是个好孩子。"母亲说。

我有点疑心，我希望他别太乖。"我不喜欢娘娘腔，你呢？"后来我问他。这个问题是用来考验他的。

"去他的，我当然也不喜欢啦！"他说。

这个答案让我很满意。我也得出了结论，他并没有母亲认为的那么乖。

看到他沿着街道走来，我心里满满的都是快乐。

"乔治，你好吗？"我喊道。

"还不赖。"他说，"不过妈妈说，让我直接回家。"

"唉。"我失望地叫道。

"我这儿有一包糖果。"他告诉我，他的口气平常，就像说起司空见惯的事。

"什么味的？"

"伦敦什锦口味的。"

"我觉得那种最好了。有圆圆的吗？你知道的，就是好多粘在一起的那种。"

"没有了，"乔治说，"我都吃完了。"

"唉！你都吃了啊！"我喃喃地说，情绪一下子低落下来。

"过来篱笆这边，我把剩下的都给你，"乔治催我，"我不想吃了，我家里还有好多呢。"

对这种要求，我是绝对不会拒绝的，我不假思索地挣扎着想过去，却动弹不得，只好告诉他："我还不能走路，正在治疗呢。我腿上有夹板，要不然我一定会过去的。"

"嗯，那我扔过去吧。"乔治说。

"太好了，乔治！"

乔治后退了几步，走到马路上，开始助跑。我看着他越来越近。他可是个完美投手——他的动作有教科书上的水准，没错，乔治就是个完美投手。

他目测了一下距离，肩膀放松……

"好的，来啦！"他大喊道。

　　他姿势优美地跳了起来，开始向前跑——这就是完美投手的动作呀——他连迈了三大步，然后扔了出来。

　　哼，连个小丫头都能扔得比他好。

　　"我滑了一下。"乔治懊恼地解释道，"该死的，我脚下滑了一下。"

　　我没看到乔治打滑，不过毫无疑问，他肯定是滑了一下，而且滑得还不轻呢。

　　我看着草地上的那包糖果，离我有大概八码远。"听我说！你能不能绕到大门那里，然后走进来，帮忙捡起来拿给我呢？"

　　"不行啊。"乔治解释道，"妈妈正等着我带牛油回去做饭呢。她让我必须直接回家，先放那儿吧，我明天拿给你。没人会去碰它的。哎呀，我真得走了！"

　　"好吧。"我听天由命地说，"只能这样了。"

　　"嗯，我走啦。"乔治喊道，"明天见，拜拜。"

　　"拜拜，乔治。"我心不在焉地回答。我看着那包糖果，努力开动脑筋，想要拿到它。

　　对我来说，吃糖果是一件非常快乐的事。每个月要付杂货店账单的时候，父亲总是带上我。店主给我们收据以后，会对我说："好啦，小伙子，你有什么想要的吗？我知道了——糖果是吧。好吧，看看我能给你点什么。"

他会拿一张白纸卷成一个圆锥，装满自制糖块递给我，我会说："谢谢你，西蒙斯先生。"

我总会先把糖放在手里拿一会儿，再拿出来看看，或者吃掉它们。纸包下那种硬邦邦的触感——每个小小的硬块都代表着一块糖——还有它们拿在手里沉甸甸的分量，是那么的美好诱人。我想先享受这种感觉，回到家之后，再跟玛丽一起分着吃。

自制糖块是不错啦，不过杂货店店主给我之后，大人们会允许我一下子吃光，这就使得它们显得没那么珍贵。因为这说明大人们觉得这个不值钱，事实也的确如此。

还有一些糖果很贵，我只能尝一点点。有一次，父亲带回家一块价值三便士的牛奶巧克力，母亲分给我和玛丽一人一小块。牛奶巧克力在我的舌尖融化，那滋味儿可真美妙啊，我常常回忆起那种味道，就像回忆一件了不得的大事一样。"跟排骨比起来，我绝对更喜欢牛奶巧克力。"我对母亲说，她正弯着腰在烧烤架上烤排骨。

"以后什么时候我再给你买吧。"她对我说。

有时，我帮过路人牵马，会得到一个便士。每到这种时候，我都会跑到面包店里，那里出售各种糖果。我站在橱窗外，瞪大眼睛看着里面展示的各种美味——朗姆酒摇摇乐、牛奶棍、银霜棒、止咳棒、冰冻果子吸吸露、甘草糖束、大茴香球，还有雪球。糖果包、糖果束和糖果棒之间，躺着几只濒死的绿头苍蝇，腿微微抽动着，有时还会发出嗡嗡的声音。对此我视而不见，我只看到糖果。我会一站就是很久，难以抉择该买什么。

在极少数的情况下，做了同样的活计，能得到一个三便士的硬币，我立马就会被同学们团团围住，他们尖叫着："艾伦得了三便士！"男孩子们马上就都知道了这个消息。

这时，重大问题就来了，"你是要一次都花完呢，还是留点明天用？"

答案决定了每个孩子能分到多少，他们紧张地等待着我的决定。

答案总是一样的，我会大声宣布："一下子都花完！"

这个决定总会引起赞同的欢呼，接着便是一场混战，大家会为谁走在我的两边，谁走在我的身前身后吵闹不休。

"我是你的好朋友啊，艾伦……你知道我的，艾伦……我昨天还把苹果芯子给你了……我先来的……放开我……我们一直是好朋友的，是不是啊艾伦？"

在我们学校，公认的规矩是，谁要是抓住了你，他就有权向你提要求，或者说，至少你得认真考虑一下他的要求。我走在一小群拥挤的孩子中间，每个男孩都伸出一只手，死命把我揪住。我手里紧紧握着那个三便士硬币。

我们在橱窗前停了下来，各种各样的建议像潮水一样朝我涌来。

"记住，一个便士能买八个大茴香球，艾伦……我们有几个人，萨姆？有八个，艾伦……甘草糖束比别的糖果都经吃……冰冻果子吸吸露的味道棒极了……你还可以用吸管喝……放开我……我先到他旁边的……太棒了，三便士！艾伦，只要你说一声，我随时都愿意跟你一伙儿啊。"

我盯着草地上的那包糖果。只靠我自己，恐怕是拿不到的。但那时，我脑子可不是这么想的。那些糖果是我的。它们是给我的啊。该死的腿！我一定要拿到。

轮椅停在小路边上，糖果就躺在路边的草地上。我握住扶手，开始使劲儿左右晃动轮椅，从一边摇到另一边，晃到最后，轮椅歪向一边竖了起来。我猛地一抬身子，轮椅就朝一侧倒了下去，我被翻倒在草地上，摔了个嘴啃泥。上了夹板的腿撞到路边的石头边儿上，一阵剧痛传来，我恼火地嘟囔出声，一把草被我连根拔起。苍白的草根带起大团粗糙的泥土，似乎带来了一种奇异的安慰。过了一会儿，我开始挣扎着朝糖果的方向爬去，我不断前行，身后留下了枕头、一条毯子、一本漫画书……

我终于够到那个纸包了，我一把将它抓在手里，露出了微笑。

有一次，我爬上一棵树，帮父亲把滑轮的一根绳子挂到枝丫上，他站在树下快活地大喊："你做到啦！老天，你做到啦！"

我做到了，我想。我打开纸包，开心地看了看，然后拿出一块锦言糖果，上面写着：我爱你。

我满怀喜悦地含着糖果，细细品尝着那一丝甜意，每过一会儿，就把它从嘴里拿出来，看看上面的字是不是还能看清。字迹渐渐模糊了，变成了一些无意义的凹痕线条，最后消失了。我手里只剩下一个粉红色的小圆片。我躺在草地上，透过木麻黄树的枝丫望向天空，嚼碎了嘴巴里的糖果。

真开心呀。

第*9*章　出院

发现我躺在草地上的时候，护士们大惊失色，这让我很意外。她们还叫来了总护士长。一大群人围在我病床前，每个人的脸上都是一副又急又气的质问表情，这也让我不能理解。

我反复说："我是去拿糖果的时候翻倒了。"护士长反复问我："但是为什么要自己去拿呢？为什么不叫个护士过来？"我回答："我想自己拿。"

"真弄不懂你。"她抱怨道。

我也弄不懂，她为什么不能理解。我知道，父亲就一定会理解。我告诉他的时候，他说："你就不能想个办法爬下来，不要弄翻轮椅吗？"

"不行。"我说，"我的腿不能用，你知道的。"

"我知道。"他说，然后补充道，"嗯，反正你终归是拿到了。如果是我，我也不会叫护士的。她当然也能帮你拿到糖果，但是那就不一样了。"

"嗯，那就不一样了。"我说，我前所未有地感到自己如此爱他。

"但是下次别再把自己弄伤了。"父亲警告我，"小心点。别再把自己弄翻了，就为了拿袋糖不值得。除非有什么大事——比如着火了或者什么的。我会给你带糖来的，不过这个礼拜恐怕不行。"

"这个礼拜我也不想吃了。"我安慰他。

接下来的几个星期里，每当我坐在轮椅里，待在走廊上的时候，都有人密切留意我。然后有一天，医生带来了一副拐杖。

"把这个当你的腿吧。"他告诉我，"撑着这个走路，你觉得你能行吗？来吧，我们试试看。"

"这是我的了吗，千真万确？"我问医生。

"那当然啦。"他说，"千真万确……"

我坐着轮椅，被推到花园里，医生把我推到木麻黄树下的草地上。

"这地方不错，我们就在这儿试试吧。"

总护士长和几个护士都跑出来，看我第一次试着用拐杖走路。她们围成一圈，医生把手放到我的胳膊底下，把我从轮椅上提起来，托着我，让我直立在他面前。

总护士长把拐杖塞到我腋下，然后，医生慢慢将我放低，直到整个身体的重量都压在了腋下的支架上。

"好了吗？"他问。

"还没。"我说，我忽然感到有点没把握，"还没好，一会儿就好了。"

"放松点。"他指导我，"先不要试着走路，先站着。我扶着你呢，你不会摔倒的。"

我的右腿，就是我称之为"坏腿"的那条腿，已经完全瘫痪了，它现在瘦得皮包骨头，伤痕累累，扭曲变形，在屁股底下无力地晃动着。我把左腿称为"好腿"，它只是局部麻痹，还能承受身体的重量。一连几个礼拜，坐在床边上的时候，我都在试着使用这条腿。

由于脊柱弯曲，我的身体明显向左侧倾斜，而挂上拐杖之后，我暂时站直了，身体也拉长了，所以这样站着显得比坐在轮椅上高了一些。

我的腹部肌肉也局部麻痹了，胸部和胳膊却并未受到影响。在接下来的几年里，我觉得自己的双腿不值得关注，因为它们让我恼火。尽管有时候，从我自身之外的角度来看，它们其实也很可怜，我为它们感到难过。而胳膊和胸部是我的骄傲，它们强壮得超出了我身体的任何部分。

我毫无把握地站了一会儿，盯着前方，几码之外的草地中间，有一小片光秃秃的土地。

我要走到那儿，我暗暗地想。我停了一会儿，不知道到底该调动哪块肌肉。我感到腋下被拐杖顶得有些疼。我明白过来，如果我想走路，必须将拐杖向前挪动，身体的重量必须不时地压在我的好腿上。

医生已经松开了手，不过，他还是用双手在我身体两侧虚扶着，以便在我万一摔倒的时候扶住我。

我举起拐杖，重重地向前伸出去。当浑身的重量再次压到腋下的支架上时，强烈的挤压感传来，我的肩膀猛地向上紧紧收缩。我向前摆动双腿，右腿拖在泥地上，像鸟儿折断的翅膀。我停了一下，看着面前光秃秃的土地，大口呼吸。

"做得好！"我迈出第一步的时候，医生喊道，"再来。"

我又做了一次同样的动作，然后又往前挪动了三次，最后终于到达了目的地，我站在那一小片土地上，疼痛不已。但我走路了！

"今天就这样吧。"医生说，"回到轮椅上，明天再试。"

几个礼拜后，我已经可以绕着花园溜达了。尽管也摔倒过几次，但我却有了信心。我开始在走廊上练习跳跃，我在地上画了一条线，看自己能跳多远。

当被告知可以回家了，母亲第二天就会来接我的时候，我并没有想象的那么兴奋。医院已经渐渐成为我的一部分，不管是思想，还是行动。我的生活变得有秩序，我有一种难以名状的感觉，仿佛离开医院，在这里得到的安全感也会消失。我有点害怕离开，然而我又心怀渴望，我想看看经过医院的街道到底通向何方。高坡的另一边，汽车轰鸣，卡车猛响，出租马车载着手提大包小包的人们来来往往，那里到底在发生什么事呢？我还想再看到父亲驯马。

母亲来的时候，我已经穿戴整齐，坐在病床边上看着空荡荡的轮椅,我再也不能坐它了。父亲的钱不够,没办法给我买一辆轮椅。不过,他用旧童车改装了一下,做了一辆长长的三轮车,母亲正推着它。她要推我到街上,父亲把马车停在酒馆的院子里,他正在为驾车的那两匹马钉蹄铁。

康拉德护士跟我吻别,我很想大哭,但我忍住了。我把所有剩下的鸡蛋都留给了她,还有一些《战争号角》杂志和父亲带给我的鹦鹉羽毛。我没有别的东西可以给她了,不过她说这些已经够多了。

总护士长拍了拍我的头,对母亲说,我是个勇敢的小伙子。她还说,小小年纪就瘸了腿,从某种意义上说还算幸运的,因为现在进行自我调整很容易,很快就能适应双腿残疾的生活。

"孩子们的适应能力很强的。"她安慰母亲。

总护士长这么说的时候,母亲看着我,似乎满怀着深深的哀伤。她没有回答,我觉得母亲的这种举动有点失礼。护士们向我挥手告别,"老爹"摇晃着我的手,说我再也见不到他了。他分分钟都可能断气。

母亲拿了一块小毯子裹住我,我躺在三轮车上,手里紧紧握着一只黏土做的小狮子,那是康拉德护士送给我的。

母亲把我推到街上,沿着道路走着。我们翻过高坡。我原以为,高坡的这一边会有什么奇妙的东西,其实没有。这里的房子跟别的房子没什么两样,火车站只是一个棚子。

她推着我越过路缘石,穿过排水沟,然后又开始上坡。不知道怎么回事，一只轮子轧在了铺路石的边缘上，手推车歪了一下，我摔进了排水沟里。

手推车半压在我身上，母亲使劲儿把它挪开。她焦急万分，想看看我伤着了没有。而我根本顾不上这些。我在忙着找我的黏土狮子。找到了，它就在小毯子底下，果然不出所料，它的脑袋摔掉了。

听到母亲的呼喊，一个男人跑了过来。

"能请你帮个忙，把我儿子搬回车上吗？"她问他。

"发生了什么事？"那个男人喊道，他抓起手推车，猛地把它提了起来。"这个孩子怎么了？"

"我把他摔下去了。请小心点！别伤到他，他腿瘸了！"

母亲最后高声说的那句话令我震惊，我陡然意识到，在这场虚惊中我所处的地位。在我的心目中，"瘸"这个字让我想到的是一瘸一拐的马，代表着一无用处的废物。

我在排水沟里用手肘支起身体，一脸震惊地看着母亲。

"我腿瘸了，妈妈？"我用力大声问，"你为什么说我腿瘸了？"

第10章 回到家里

　　我总以为，"瘸"这个字是用来形容别人的，从来没想过它会用在我身上。但是，我老听人家说我腿瘸了，也只好接受这种说法。不过我依然坚信，尽管对某些人来说，瘸腿的确是一件让人沮丧的事，但对我来说，却没什么。

　　跛脚的孩子并不会意识到，不能走路的双腿会带来怎样的麻烦。当然，他也会有不方便、感到心烦的时候，却依然信心满满，坚信这残疾不会成为障碍。他依然可以做想做的事，成为想成为的人。只有当别人告诉他以后，他才会把跛脚当作麻烦。

　　孩子们可不管你是瘸腿，还是四肢健全。挂着拐杖的孩子也会被支使着来回跑腿，要是动作慢吞吞的，有时还会被抱怨。

　　在童年时代，无用的腿并没让我觉得难为情。只有当学会了解读别人的目光后，我才开始感到羞耻。那些眼神里面有赤裸裸的情绪，我真不想看到那种目光。说来奇怪，只有那些身体孱弱、有缺陷的人才会这样看我，眼神里带着这种不加掩饰的厌恶；身强体壮的人却从来不会。那些健康强壮的人不曾因残疾变得衰弱，残疾离他们是如此的遥远。只有那些饱受无助痛苦折磨的人，在面对其他同样受痛的人的时候，才会感到畏惧和厌恶。

孩子们无拘无束地谈论着我那没用的腿，还有我扭曲的肢体。

"快来看啊，艾伦的腿真有意思，能把腿放到头顶上。"

"你的腿是怎么搞坏的？"

做母亲的痛苦地听到，她的儿子直言不讳地大声宣布："妈妈，快看艾伦。他的腿能整个儿扭过来。"她赶紧让儿子住嘴，不要再说了。她没注意到，跟前的两个孩子都是欢天喜地的——她的儿子满心骄傲地向她展示，艾伦也很开心。

瘸腿经常使我显得更加重要，有时候，我还能因此享受特权。

在玩马戏团游戏时，我被安排演驴子的角色。"因为你有四条腿。"我又踢又叫，演得棒极了，玩得很痛快。我很高兴，我的四条"腿"终于能大显身手。

大人们会觉得，有些做法是不得体、不恰当的。但是，当孩子们觉得好笑的时候，他们可不会受这些想法的限制。我拄着拐杖的怪模样，经常遭到他们嘲笑。我摔倒的时候，他们会快活地大呼小叫。我也跟着他们一起大笑，那种感觉确实有点荒谬。但当时，我深深地觉得，挂着拐杖走路摔倒，是一件非常滑稽可乐的事。

有时候，我们得爬过高高的木篱笆。我通常是被推过去的，在下面接着我的孩子们会一哄而散，把我摔个嘴啃泥，大家都觉得这有意思极了。不光是那些帮我翻篱笆的孩子，连我自己都这么想。

那时候我是无忧无虑的。我不疼，而且还能走路。但回到家，我发现来探访的大人们却不这么想。他们并不认为我是真的快活。他们把我的快乐称为"勇敢"。大部分大人都会当着孩子的面，直言不讳地谈论有关孩子的事情，仿佛小孩子就听不出来在谈论自己似的。

"虽然吃了这么多苦，但他还是个快乐的孩子呢，马绍尔太太。"他们会这么说，似乎都很惊讶。

"为什么我不该开开心心的呢？"我想。别人都觉得我不应该这么快活，这让我很困扰。我怀疑，我的生命中是不是有某种灾难，尽管我还没有意识到，但却早晚有一天会让我倒大霉。我想知道那到底是什么。最终，我只能认为，他们都是在凭空想象，觉得我的腿还是很疼。

"我的腿不疼呀。"当人们看到我微笑的脸，露出惊讶的表情时，我总是欢欢喜喜地对他们说。"看！"我会用手提起那条坏腿，把它弯到头上。

看见我这么做，有些人会吓得发抖，我更加迷惑不解了。

对我来说，双腿是如此熟悉，我看待它们，就跟一般人看待正常的四肢一样。我一点都不觉得它们会让人厌恶。

有些父母会跟孩子说，跟我玩的时候要小心一点，得轻手轻脚的。还有些父母觉得，他们家孩子对我太没有同情心了，得好好纠正。结果，却只是把孩子们搞糊涂了。有些孩子听了爸爸妈妈们的话，很想照顾我。有时候，大人会阻止伙伴们对我的举动。

"别撞他，你会伤着他的腿的。"

但是，其实我愿意别人来撞我，尽管我天性并不好斗，但我努力养成了一种勇往直前的性格。我要证明，我不是没用的，我不是可耻的累赘。

我的头脑一直很普通，所以，我对生活的态度也跟普通孩子一样。我的腿残疾了，但这种生活态度不会改变。但是后来，我受到了另眼看待，人们对我的态度，跟对伙伴们的截然不同。这时，我才开始受到这些因素的影响，我才开始感觉自己是个瘸腿的孩子。

残疾的孩子并没有特别的心态，他们对待世界的态度也不会跟健康的孩子们不同。当这些孩子拄着拐杖蹒跚前行的时候，摔倒的时候，或者自然而然地用手挪动失去行动能力的下肢的时候，他们既不感到挫败，也并不痛苦。他们并不发愁，要怎样才能从一个地方去往另一个地方，他们只是一心想着要去那里，就跟每一个跑过水洼，或者走过街道的孩子一样。

在童年时代，你自己并不会因残疾而感到痛苦；真正痛苦的，是看着你的那些大人。

回到家的头几个月里，我对此有点感觉，但那只是一种直觉，并非来自理性的思考分析。

住过了宽敞的病房，家里的房间忽然显得那样窄小，跟个小盒子似的。我得调整一阵子，才能适应家里的生活。

父亲把手推车从马车上搬下来，推着我走进厨房。我简直大吃一惊，厨房怎么变得这么小。餐桌上铺着长毛绒桌布，上面绘着玫瑰图案，光是这一样就把整个房间填得满满当当的，几乎没地方塞我的小推车了。炉灶前面，砖砌的灶台上，一只陌生的猫正在舔着自己身上的毛。

"这是谁的猫？"我问道。我很诧异，在这个熟悉的房间里，竟然有一只我从没见过的猫。

"这是布兰奇生的小猫。"玛丽解释，"你知道的，你还没去医院的时候，它就已经怀孕了。"

玛丽急着想告诉我，我离开后发生的每一件事。"梅格生了五只小狗，我们给最小的那只棕色小狗起名叫艾伦。就是爸爸带到医院去，给你看的那只。"

对于我的归来，玛丽非常兴奋。她已经问过母亲了，是否可以推着我出去散散步。玛丽比我大，热心又体贴。不用帮母亲干活的时候，她就会埋头看书。不过，当遇到有人虐待小动物时，她就会一下子义愤填膺，挺身而出，这花了她不少时间。有一次，一个人骑在马鞍上，弯下腰抽打一头小牛，那头小牛已经筋疲力尽，它跟不上母亲的脚步了。玛丽站在我家大门的栏杆顶上，对着那人眼泪汪汪地大叫。小牛跌倒了，它的身体都被汗水打湿了，留下一道道褐色的痕迹。玛丽飞快地跑过小道，捏紧拳头站在它身边。那人再也没打它。

玛丽有乌黑的头发，棕色的眼睛，帮忙拿东西的时候，总是蹦蹦跳跳的。她宣布，将来要做个传教士，帮助贫穷的澳洲土著人。不过，她有点害怕会遭到他们的袭击。

简是我们家最大的孩子，家里所有的鸡都是她在喂，她还养了三只小羊羔，那是一个过路的牲口贩子送给她的，因为当时它们实在走不动了。她身材高挑，走路的时候总是昂首挺胸。面包师的妻子马尔瓦尼太太让她帮忙带小宝宝，每个礼拜给她五先令，她只需要交给母亲一点，剩下的就可以想买什么就买什么了。

她穿着长长的连衣裙，头发扎起来。她有一双鞣皮的系带长靴，几乎齐膝高。马尔瓦尼太太认为这双靴子很时髦，我也这么觉得。

以前我跟她一起走路的时候，她说："哎，你要做个小绅士，碰到马尔瓦尼太太，要向她脱帽致敬。"

我要是一直想着脱帽致敬的话，到时候准会那么做的，可惜我过一阵子就忘了。

我回到家时，简正在马尔瓦尼太太家，所以，玛丽一个人告诉了我所有的事，关于金丝雀和凤头鹦鹉派特，关于我的宠物鼠貂，还有那只帝王鹦鹉，它还是没长出尾羽来。她每天都喂它们，一次都没落下。她放了两个金枪鱼罐头的盒子进去，给金丝雀当水罐。派特的笼子底要刮一下了，不过就这一点活儿。她还说，拿着鼠貂的时候，它还是爱抓人，不过没那么厉害了。

我坐在我的小推车里，母亲把我的拐杖藏起来了，我每天只能用一个小时。我看着母亲铺开桌布，布置晚饭的餐桌。玛丽从后廊的木柴箱里拿了柴火进来，后廊的木板已经有些腐朽了，所以她也放轻了蹦蹦跳跳的脚步。

现在，我回到家了，医院似乎已经离我非常遥远，曾经发生在那儿的事情也渐渐离我远去，只留在我的记忆中，成为一个故事。此刻，周围这些细微的事物，带着一种崭新的生机、全新的魔力，重新回到我的生活当中。母亲正从褐色的碗柜里拿杯子出来，碗柜上装着挂钩，它们引起了我的注意。真是奇妙啊，就好像我从没见过它们闪亮的曲线一样。

车子旁的食物柜上放着一盏灯，凹槽灯柱，铸铁底座，灯上还有一个爱德华七世时代的粉色圆球。晚上，家里人会把这盏灯取下来点亮，放在桌子中间。灯下的桌布上会留下一圈明亮的光晕。

食物柜的两边都有洞眼，食物的味道从孔洞中钻出来。柜子顶上放了一张长方形的捕蝇纸，纸上厚厚地涂了一层褐色的、黏糊糊的物质。上面密密麻麻地落满了苍蝇，好多还在挣扎，有些还隐约抖动着翅膀，发出嗡嗡的声音。夏天，家里到处都是苍蝇，你得不停地挥手把它们从食物上赶走。父亲总是把茶托反过来，盖在茶杯顶上。

"我真不明白。"他曾这样说，"就算茶里曾经落过苍蝇，好多人还是能喝得下去，我可办不到。"

炉灶上有一把黑色的大水壶，正在冒着热气。壶嘴张开，就像一条择人而噬的蛇一样。炉灶上方是壁炉架，围着一圈褐色的粗呢壁炉帘，经过烟熏火燎，已经黯然无光了。壁炉架上放了一个茶叶盒，还有一个咖啡罐，罐子上画了一个长着大胡子的土耳其人。壁炉架上方，就是那幅惊马图。能再看见这幅画可真好。

我身边的墙上挂着一个大大的画框，上面画了一个小男孩，正在吹泡泡，这幅画是《皮尔斯年刊》的附赠品。我怀着一种新鲜的兴趣，抬起头看着小男孩，以前我不喜欢他女孩气的毛发，还有过时的衣服，但是一段时间没有看见他，这种想法烟消云散了。

画下面的一枚钉子上挂了一个针插，针插是用蓝色丝绒做的，上面插满了针，里面塞的是木屑，你要是用力捏，就能感觉到。

后廊门背后还钉了一枚钉子，上面挂了一些旧挂历，最顶上是一个用来装信的硬纸袋，那是杂货店主去年送的礼物。收到的时候，它是扁扁的两片。父亲拿起其中一片，上面写着西蒙斯先生的名字，周围缠绕着红色的罂粟花图案，父亲把这片纸板掰弯，边角插进比较大的另一片纸板的缝隙里，一个纸袋就做成了。现在，里面已经塞满了信件。

厨房里还有两道门。一道门通往我的卧室，那是一个四四方方的小房间，里面有个大理石台面的脸盆架，还有一张单人床，上面铺着拼布被子。通过那扇开着的门，我能看见房间里糊满报纸的粗麻布墙，每当狂风刮过房子的时候，墙壁都会起起伏伏，就像屋子在呼吸一样。以前，小猫布兰奇老是睡在我的床脚，梅格则睡在它旁边的睡袋垫上。有时我睡着了，母亲会轻手轻脚地走进来，把它们赶出去。不过，它们总是会再溜回来。

另一道门通往玛丽和简的卧室，她们的房间跟我的一样大，却放了两张床，还有一个带抽屉的梳妆台，最顶上的两个小抽屉之间悬着一面能活动的镜子，两个抽屉里放了玛丽和简的胸针。

后廊门对面是一段短过道的入口。一面已经磨旧了的长毛绒帘子，将过道和厨房隔开，把屋子分成了两个区域。在厨房这边，你可以在椅子上又蹦又跳，大吵大闹，还可以在桌子底下捉迷藏，怎么玩儿都行。但是，在帘子那边，起居室的那一边，就绝对不允许胡闹，也不准穿着脏衣服或者满是泥巴的鞋子进去。

过道通往起居室，屋里的油布被刷洗得闪闪发亮，壁炉被新刷成了红赭色，旁边整整齐齐地码放着木柴。冬天的晚上，如果有客人来访，就可以点起柴火了。

起居室的墙上挂满了相框。有用贝壳做的，有用包了丝绒的木头做的，有用金属做的，还有一个是用软木做的。有的相框很长，里面放了整整一排照片。

还有两个大大的雕花相框，其中一个里头的照片上，是个长相凶巴巴的男人，他留着小胡子，一只手放在一张小桌子上，站在一个瀑布前。这是我的祖父老马绍尔。

另一个大相框里，是一位老太太，坐在一个开满玫瑰花的凉亭里。她披着一条黑色蕾丝的大披巾，坐在一张原木椅子上，腰板笔直，身后站着一个瘦瘦的男人，穿着紧身裤，一只手搭在她的肩上，眼神严肃地望着摄影师。

这两个不苟言笑的人是外祖父和外祖母。看了这幅照片，父亲总是说，外祖父的膝盖强壮得像匹小马驹一样，不过母亲说，那都是因为紧身裤的关系。

待在起居室里的时候，父亲总会读点什么。他会看罗伯特·布莱奇福特写的《清白无罪——一个受迫害者的抗争》，还有麦尔斯·富兰克林的《我的辉煌履历》。他很看重这两本书，这是皮特·芬雷送给他的，他们经常谈论这两本书。

"我喜欢讲真事的书。"他有时会说，"我宁可因为真相难过，也不想被瞎话逗乐，我说真的。"

父亲走进屋，他刚才一直在马房里给牲口喂草料。他一屁股坐在马毛椅子上，每次我滑到那个椅子上，马毛总会穿透裤子扎到我。父亲说："刚从西蒙斯那儿弄来的那袋子草料，里面满是燕麦。我今年从他那儿买到的草料，就数这袋最好了。据他说，那是老帕蒂·奥洛克伦种的。"他朝我笑了笑，"回到家感觉怎么样啊，伙计？"

"哦，棒极了！"我告诉他。

"嗯，那就好。"父亲说。他龇牙咧嘴地扯着松紧靴。"过会儿我推你到院子里转转，带你看看梅格的小狗。"他又说。

"你干吗不多买点呢，要不然可就没了。"母亲建议。

"嗯，我会的。我去订一些。老帕蒂的庄稼秸短，穗多。"

"我什么时候可以再拄拐杖走路啊？"我问他。

"艾伦，医生说了，你每天必须静躺一个小时。"母亲提醒我。

"那可得当回事啊。"父亲一边嘀咕着，一边端详着靴子上的洞。

"得跟他说清楚啊。"

"嗯嗯，是这么回事。艾伦，你要记住，每天必须躺一阵子。当然，你也可以拄拐杖走上一小会儿。我觉得我得在拐杖头上垫点马毛。会疼吗，放在你胳膊下面的话？"

"会疼。"我说。

父亲把靴子拿在跟前，停下来关切地看着我。

"把你的椅子拖到桌子那儿。"母亲对他说。她走过来，把我推到父亲身边，然后站在我跟前，低下头轻轻地笑了。"好了,"她说,"现在,咱们家又有两个男子汉啦,哎!我就不用再那么操心啦。"

第*11*章　熟悉的一切

　　吃过午饭，父亲推着我，在院子里四处溜达。他推着车，来到派特的笼子跟前，第一眼看过去，我觉得有点心烦，笼子底实在需要打扫一下了。不过很快我就抛开了这个念头，我看到了派特。这只老凤头鹦鹉正蹲在栖木上，磨着喙，发出熟悉的刺耳声音。我把手指从网眼里伸进去，摩挲着它的脑后，它低着头，羽毛上白色的碎绒飘落下来，蹭到了我的手上，我再次闻到了鹦鹉的气息，这种气息总让我想起丛林中的翅影，像深红色的闪电。它用有力的喙轻轻衔住我的手指，我能感觉到，它用干燥坚韧的舌头快速地轻轻拍打着我。

　　"你好！派特。"它说，声音跟我一个样。

　　旁边的笼子里，帝王鹦鹉蹲在栖木上，脑袋还在一点一点的，而鼠貂汤姆则在呼呼大睡。父亲把它从黑乎乎的小盒子里拿出来。它张开宁静的大眼睛，望了望我，又在父亲的手里缩成了一团。

我们向马厩走去，我能听到马儿们喷着鼻息、把草料从鼻孔里喷出来的声音。它们走动的时候，蹄铁踏过粗糙的石头地面，发出尖锐的声音。

这座马厩是六十年前盖的了，茅草屋顶的分量似乎压得它摇摇欲坠。尽管支撑着的立柱是结实的桉树树干，马厩还是朝一边倾斜了。立柱顶端分叉，上面安置着原木的屋顶大梁。四面墙是树干剖成的厚木板搭起来的，透过木板之间的空隙，你能窥见黑黢黢的畜栏，闻到马粪和尿湿的稻草发出的刺鼻味道。

墙上装着铁环，拴马的绳子就系在上面。马儿们在饲料槽里进食，饲料槽是用一大段原木做成的，人们用扁斧把木头掏空，然后用宽刃斧头把它修成方方正正的形状。

茅草屋顶下，除了马厩之外，还有一个草料房，屋檐下叽叽喳喳的小麻雀叫得正欢。草料房里的粗木地板上，草料铺得有一寸多高。再旁边是马具房，木板墙的木头支架上挂了一套套马具——马项圈、马颈轭、马缰绳、马屁股带，还有马鞍子，应有尽有。父亲驯烈马时专用的马鞍子——一个金尼尔马鞍，挂在一个特别的木桩上，打了蜡的护膝露在外面，闪闪发亮。

墙根底下，有凹槽的方形木头支撑着木板墙，木头上放了好几罐牛蹄油、黑色皮革油，以及一瓶瓶松节油、所罗门溶剂，还有牲畜药水。马梳和刷子放在墙上的架子上，两条卷起来的马鞭挂在一边的钉子上。

同在这个茅草屋顶下，还有一个马车棚，车棚里放了一辆三座马车，还有一辆四轮马车。四轮马车翻倒在地，两根长长的山核桃木的车辕伸出屋檐，直指青天。

马厩后门通往马场，那是一块圆形的场地，粗粗削过的木柱和木板围成篱笆，足有七英尺高。高高的篱笆向外倾斜，这样即使马惊跳起来，父亲的腿也不会撞上木板，或者被挤到柱子上了。马场前，生长着一棵古老的红桉树。每到开花季节，大群的吸蜜鹦鹉就会飞到花丛中，找寻花蜜。它们有时会围在外层的枝丫上，上下翻飞；一受到惊吓，就会成群地飞起来，嗡嗡叫着围着树打转。虬结的树干旁，放着坏掉的运货马车轮子、锈迹斑斑的货车车轴、轻便马车的弹簧和链条，还有一个马车座椅，经过风吹日晒，椅垫上钻出了一簇簇灰色的马毛。裸露的树根上面，堆了一堆生锈的旧马蹄铁。

马场的一个角落里，长着一丛金合欢树。树下铺着厚厚的一层马粪。因为大热天里，父亲驯养的那些马儿们就会停留在这儿的树荫下面。每匹马都低着头，后腿放松，甩着尾巴，驱赶被马粪的味道吸引来的苍蝇。

金合欢树旁就是大门了，大门直通道路。路的对面是一片未经开垦的丛林，为数不多的袋鼠还不肯离开到更渺无人烟的地方去，这里就是它们的栖身地了。在桉树的树荫下，掩着一小片沼泽地，黑色的野鸭在这里聚居，宁静的夜晚，还能听到麻鸦低沉洪亮的鸣叫声从这里传出来。

"今天晚上沼泽怪兽要出来啦！"每当听到这种叫声，父亲都会这么说，不过这真的让我很害怕。

　　杂货店、邮局还有学校，都在差不多一英里以外，只要沿着路走就能到。而这里，是一大片开阔的土地，被划分成一块块肥沃的农场，这些都属于卡鲁泽丝夫人所有。

　　一座大山耸立在镇子背后，那是图拉腊大山。山上长满了欧洲蕨和矮树，山顶是个火山口，孩子们会从那儿滚鹅卵石下来，鹅卵石一路颠颠簸簸，横冲直撞，穿过一片片蕨类植物，一直滚到远远的山脚下才停下来。

　　曾经有好几次，父亲驾着车登上图拉腊大山的山顶。他说，在坡地上会撒野的马往往更稳当，比那些在平地上暴跳的马更值钱。

　　我把他说的话视为金科玉律，牢牢记在心里。父亲告诉我的关于马的每一件事，我都铭记在心，像我的名字一样，成为我自己的一部分。

　　"这儿有一匹还没驯熟的小马。"他一边推着我走进马厩，一边说道，"这匹马会翻白眼，我可从来没听说过马也会翻白眼。这样的马脾气可坏得很，只要逮着一点机会，它能把蚊子的眼睛都踢飞。这匹马是布拉迪的。他总有一天会被这家伙害死，记住我说的话吧。"

　　"哇呜！"他朝那匹马吆喝道，那是一匹屁股扁平的马，它向前迈了一小步。"你看！它现在就想踢人了。我已经让它习惯戴马嚼子了。戴着马嚼子，它倒还不难对付，不过我敢打赌，我让它刹住的时候，它保准会一头冲进市场里。"

　　他离开我，朝那匹马走过去，手掌抚过颤抖的马尾。

"别动，悠着点。嘿，嘿，老伙计。别动……"他温柔地对马儿说，有那么一会儿，那匹马站住不动了，扭过头来看着父亲。

"待会儿我要给它套上马具，给它系上兜带。"他说，"现在这个样子可不成。"

"你给它上马具的时候，我可以跟着你吗，爸爸？"我问。

"嗯，行啊，可以，"他一边装烟斗，一边慢慢地说，"你可以帮我驯马，也可以帮我牵着它。你能给我帮大忙呢。不过，"他用手指把烟草按下去，塞紧，"我觉得，我最好先带它跑两圈，不远。当然啦，光跑这两圈也是驯不好的。不过，我希望你能在原地坐着，先观察它一下，我会带它经过你身边，你告诉我它跑起来的姿态怎么样。这可是个大任务，我希望你能帮我一把——告诉我，它们跑得怎么样。你对马很有感觉。据我所知，没有人对马的感觉比你更好了。"

"我会告诉你的！"我大声喊道，我忽然迫切地想要父亲帮忙。"我会认真观察它的腿的，告诉你它是怎么跑的，一点细节也不会落下。我喜欢做这个，爸爸。"

"我知道你会的。"父亲点上烟斗，说道，"能有你，我可真幸运。"

"我是怎么来的呢，爸爸？"我问他。我想显得友好一点，跟他套近乎。

"你在妈妈肚子里待了一阵子，然后就出生了。"他告诉我，"她说，你就像一朵花，从她的心底里开出来。"

"就像布兰奇生小猫咪一样，是吗？"我问。

"嗯，跟那个差不多。"

"这让我感觉不太舒服，有那么一点。"

"嗯。"父亲停顿了一下，目光穿过马厩门口，望向丛林，然后接着说，"第一次听说的时候，我也这么觉得。不过后来，我就觉得挺好的了。当你看着一匹小马驹跟在母马身边，挨挨擦擦的，那种感觉说不出来，简直让人比什么都开心。你知道吧……它们一边跑，一边紧紧地挨着母马。"他推着柱子，示意给我看，"是啊，出生之前，马驹就在母马的肚子里。围在母马身边蹦蹦跳跳，就像还想回到妈妈身体里一样，我觉得这是一件挺美好的事。这可比光是把你带过来，送给妈妈强多了。你要是这么想，就会觉得好多了。"

"对，我也这样认为。"我立马就改变了观点，"我喜欢小马驹。"

我觉得，我喜欢上了那些怀了小马驹的马。

"我可不愿意光是被带来。"我说。

"嗯，"父亲回应道，"我也不愿意。"

第12章　野餐会

父亲把我推到院子里，让我看着他给马车上油。

"周六有野餐会，你知道吗？"他抬起一个车轮，问我。

"野餐会！"我欢呼起来，想到一年一度的主日学校聚会，我忍不住兴奋起来，"我们去吗？"

"去啊。"

忽然间，失望像一根针一样刺痛了我，我脸色变了。"我不能跑了。"我说。

"不，"父亲突然猛地一拽那只抬起来的车轮，看它兀自转动了一会儿，说，"不要紧的。"

但我知道，这并不是无关紧要的事。父亲总是对我说，有朝一日我会成为一名飞毛腿，赛跑的时候大赢一把，就跟他当年一样。可是，在我好起来之前，我谁都赢不了，而在野餐会之前我是不可能好起来了。

不过，我不想让父亲伤心，于是我说："管他呢，我就当还跟以前一样好了。"

在野餐会上，孩子们进行赛跑比赛的时候，我一直是个子最矮、年龄最小的选手，裁判们齐心协力，确保我能比那些年纪更大、块头也更大的选手更早冲到终点线。他们让我从半路起跑，实际上，我根本不需要这种优待，因为平时我能跑得飞快。不过，因为我从来没赢过比赛，所以他们想帮我一把。

每次送我参加这类比赛，父亲总是信心满满。上次野餐会的时候，我还能像其他小朋友一样奔跑。那天早晨吃早饭的时候，父亲详详细细地教我发令枪响的时候该怎么做。我热情饱满地答应了他，这让他也很振奋。"今天的比赛，艾伦肯定能赢。"他在餐桌上宣布。

对我来说，父亲的预言准极了。他说我今天会赢，我就一准能赢，不会有其他可能。接下来，在出发前的一个小时里，我一直站在门口，宣布给每个经过的人听。

野餐会在三英里外的图拉腊河岸边举行。去年的这一天，是父亲驾马车载我们去的，我和父亲母亲坐在前座，玛丽和简面对面坐在后面。

农夫和丛林居民们都会驾着车，前往野餐会。对他们来说，这一路是炫耀自家马匹的大好机会。于是，在通往溪边的这三英里路途上，车轮疾驰，碎石飞扬，马蹄翻飞，他们为着马儿的荣誉一较高低。

三车道的马路两旁，大片的草地铺展开来，真正的道路是石子路，不过，路旁草地上也留下了人们骑马经过的痕迹。柔软的土地上印着三条深深的、长长的凹痕，外面两条是车轮驶过的车辙，中间更宽的一条，则是马蹄踩踏留下的印子。这条小路绕过树桩，绕过池塘，穿过树丛，直到最后被一条深沟挡住了去路，才回到了石子路上。

但没过多远，越过障碍之后，车辙又出现在了草地上，弯弯曲曲地向前延伸，直到消失在远处地平线上的山峰背后。

尽管坑坑洼洼，父亲还是总爱驾着马车走这条路，他用鞭子轻轻敲打着"王子"，马车便欢快地摇晃，颠簸着前进了。

"王子"是一匹栗色的马，它的鼻梁高高的，父亲说它跑起来能像飞一样快。它步伐均匀，身姿矫健。快跑的时候，它的前后蹄经常相互磕碰——后蹄的马掌会碰到前蹄的马掌，发出清脆的嗒嗒声。

我喜欢听这声音。同样，我也喜欢走路的时候，靴子发出的咯吱咯吱的声响。咯吱咯吱响的靴子意味着，我是一个能走路的男子汉，而"王子"的蹄声则表明，它是一匹能奔跑的马。不过，父亲不喜欢"王子"碰蹄子的毛病，他加重了"王子"前马掌的重量来纠正。

"王子"跑在泥土路上，每当父亲勒紧缰绳的时候——父亲说这能让它精神起来——它就会收紧耳朵，压低屁股，甩开有力的四肢大步奔跑。马车轮子在它身后吱嘎作响，一路高歌。

我也想放开嗓门高歌一曲，我喜欢风吹在脸上的感觉，喜欢泥土和沙砾崩到双颊上的刺痛，喜欢看到父亲手握缰绳，超过一辆辆马车。那些车夫都是父亲的熟人，他们身体前倾，抖动着松垮的缰绳，或者甩起鞭子，竭尽全力赶着马车向前奔跑。

"驾，驾。"父亲吆喝着。这是驯马人的呼喊，声音中带着一种急切的感染力，马儿们听到就会加速飞奔。

现在，我膝盖上盖着毯子，坐在阳光里，看着父亲给马车上油，我想起了去年的一天，在驰往二里河河滩的比赛中，他赢了麦克弗森先生。

不知道什么缘故，父亲从来都不回头看那些跟他比试的人。他只是面带微笑，盯着前方的路。

"要是遇到坎儿，可就要栽跟头了。"他曾经告诉我。

我总爱往后看，看到强壮的马奔跑在你家车轮后，打着响鼻，口喷白沫，这种感觉真让人激动。

我记得回头的时候，看到了麦克弗森先生。

"他追上来了，爸爸。"我提醒父亲。我看见那个黄棕色胡子的男人手持马鞭，抽打着他那匹灰白马的肚子，驾着马车紧跟在我们的车后。而此时，我们前方，泥土路很快就要与石子路交会了。

"让他见鬼去吧！"父亲嘟囔着。他在座位前站了起来，俯下身体，拉紧缰绳，快速地朝前方一百码之外瞥了一眼，泥土路和石子路在那里交会。过了排水沟之后，土路与石子路又分开了，不过排水沟上很狭窄，只能容许一辆车通过。

"冲过去！"父亲喊道。他甩了"王子"一鞭子。"王子"迈开大步，沿着这条与石子路平行的轨迹，向前奔去。

"下地狱去吧！"麦克弗森先生喊道，"赶紧跑开，不然你就死定了，马绍尔！"他是教会的长老，对地狱非常了解。但是，他可不太知道"王子"的能耐。

"让我来好好教训教训你！"父亲大喊，"驾，驾！""王子"的表现超出了父亲的预期，马车从麦克弗森家的灰马跟前斜插过去，冲上石子路，越过排水沟，扬起漫天的灰尘，然后又重新驰上土路，绝尘而去。留下麦克弗森先生在后面大声咒骂，徒劳地甩着鞭子。

"滚他的！"父亲叫着，"他还以为能赢过我，要是我刹车的话，他也得停下来，动都不能动。"

在去往野餐会的路上，父亲总爱不停地骂骂咧咧。

"别忘了我们这是去哪儿。"母亲提醒他。

"没忘，"父亲快活地说，"地狱嘛，"他大声喊着，"罗杰斯驾着小花马追上来喽，驾！驾！"

不过，我们已经爬上了最后一个坡，野餐会场地就在山坡下，小河从一旁流过。巨大的铁路桥横跨河流，投下棱角分明的阴影，水中的倒影随波微颤，草地上的影子则寂然不动。

孩子们一早就在这块平地上玩儿起来了。大人们弯着腰收拾篮子，拿出杯碟，从纸盒中取出蛋糕，把三明治摆在托盘里。

一道篱笆在附近的坡上弯了个弯儿，马儿们就被拴在这儿。它们耷拉着脑袋歇息，马具都已经解开了，挂在身上。一些马儿摇晃着脖子上的饲料袋，喷着鼻息，赶走鼻子里的灰尘。大桥的阴影下，一辆辆空马车停在马桩之间。

父亲驾着马车，在这些马桩之间打转，还没等他出口说："吁！吁！"我们就已经从马车里蜂拥而出。他拉住缰绳，把马停住。

我向小河奔去。光是看着它就让人心旷神怡。河水奔流，在经过竖起的草茎时，形成一条条脊状的曲线。水面上，扁扁的芦苇叶子叶尖颤动，水底不时冒出银色的气泡，缓缓上升，在水面上炸开，一圈涟漪便荡漾开来。

岸边生长着古老的赤桉树，枝条低垂到水面上，一些枝条垂得特别低，流水扯动叶子，一忽儿拉紧，一忽儿放松。草地边上有倒下的枯树干，还有腐烂的树桩，它们曾经矗立于此。你可以踩着根结爬到树梢上，沿着树干往下看，能一直看到它消失在水下。经过风吹日晒，树干都已经皲裂灰白了，不过我喜欢这种触感。我仔细地研究树干的质地和纹理，希望能找到鼠貂留下的爪痕，或者只是想象，这些树木活着的时候是什么样子的。

河的对岸，几头小公牛从草丛中抬起头望着我。一只大青鹭从芦苇中笨重地飞起来。玛丽走过来，告诉我得回到马车旁准备比赛了。

我们手拉手穿过草地，向母亲走去，我告诉玛丽这场比赛我一定会赢。母亲坐在马车旁准备午餐，她在草地上展开一块台布，父亲跪在旁边，从一条冷冻的羊腿上割下一片片羊肉，对从屠夫那儿买的肉他总是心存怀疑。他声称，只有把吃得饱饱的羊从草地上捉来，新鲜宰杀，这样的肉才会好吃。

"这些羊一直被牧羊犬欺负，还挤在圈里。"他曾说，"青一块紫一块的。把一只羊丢在那儿，几天不给它喂食，口味不可能不变坏。"

此时，他正翻来覆去地摆弄着羊腿，切下肉放进盘子里，嘴里还嘀咕着。

"这只羊活的岁数，"他告诉我，"差不多跟我一样大了。坐下吧，吃一口尝尝看。"

午饭后，我跟在他身后溜达，直到男孩子们赛跑的铃声响起。

"过来，我带你进去。"他原本正在聊天，突然停下来对我说。他跟那人摆摆手，"待会儿见，汤姆。"他拉起我的手，我们一起来到皮特·芬雷跟前，他正忙着指挥一群男孩子站到起跑线跟前。

"往后点。"皮特不断地重复着这句话。他在男孩子们面前走来走去，快速地挥动着胳膊。"不要挤，散开。好多了，别急，慢慢来，准备跑的时候我们会告诉你的，再往后点……"

"差不多就行啦。"父亲一把将我推上前。

皮特转过身来。"啊哈！"他叫了一声，低头看着我，脸上带着开心的笑容，"他今天不跑了吗？"他问父亲。

"怎么会，他简直等不及要冲出去了。"父亲说。

皮特看了一眼我们待会儿要跑的跑道，说："比尔，让他从草丛那儿起跑，从那儿跑可能会赢。"他拍拍我的头说，"来吧，拿出点本事来让你老爸瞧瞧。"

准备比赛的场面和热火朝天的气氛，让我觉得非常有趣。男孩子们站在起跑线前跳上跳下，俯下身子手指撑地，做着准备活动。父亲跟我说用不着做这些。我跟在他身后，穿过跑道两旁的人群。我认识的人都在人群里，笑眯眯地看着我们。卡特太太也在，她给过我一块糖果，这会儿正冲着我挥手。

"加油跑，艾伦！"她大声喊。

"就这儿吧。"父亲说。他停住脚步，弯下腰，帮我脱下鞋子。光脚站在草地上，会让人心里痒痒的，忍不住就想跳起来。我在草地上蹦来蹦去。

"别动了现在。"父亲说，"乱跳的马从来不会赢。老实站在这儿，面向终点。"他的手指向人群尽头，在那里，有两个人正扯着一条带子，站在赛道两边。看起来是一段很长的距离，但是我向他保证："我一定用最快的速度跑过去。"

"听我说，艾伦，"父亲蹲下身来，面对面看着我。"别忘了我跟你说的，发令枪一响，你就一直往终点跑，不要往后看。枪一响你就跑。就跟在家里一样，使劲儿向前跑。我这就去终点那儿等你，盯紧终点，不要回头。"

"要是我赢了，会有奖品吗？"我问。

"会的，"他说，"现在做好准备，发令枪马上就要响了。"

他向后退了几步。我不想让他离开，他不在我身边的时候很多事情我就得靠自己。

"准备。"他站在人群前面，突然大声喊道。

我转头向后看，不明白发令枪为什么还没响。男孩子们都在起跑线上站成一排。那里多有意思啊，而我却一个人孤零零的。我想回去，跟他们站在一起。这时，发令枪响了，他们跑了起来。他们起跑的速度那么快，简直让我大吃一惊。他们仰着头，你追我赶地较着劲儿，但是，他们跟我的比赛还没开始呢。不在一条起跑线上，怎么可能一起比赛呢。

父亲大喊着："跑！跑！快跑啊！"

他们跑到我跟前了，是时候跟他们一较高下了。可是他们根本就不等我，我一个人在后面拼命追着。我生气极了，还有点不知所措，不知道究竟怎么回事。等我跑到终点的时候，带子早就被冲掉了。我停下脚步，大哭了起来。父亲跑过来将我一把抱住。

"搞什么鬼！"他生气地大喊，"发令枪一响你为什么不跑？又回头等那些孩子？"

"我要等着他们，才能跟他们比赛啊。"我呜咽着说，"我才不想自己一个人跑赢比赛呢。"

"好了，别哭了。"他说，"你还是会成为一个飞毛腿的。"

但是，那已经是一年前的事了。

如今，我坐在手推车上，残废的双腿上盖着毛毯。父亲转动着车轮，给轮子上油，也许，他也在想着那一幕。

"这回你不能跑了。"他终于开口说道，"但是，我希望你能看着他们跑，你站在终点线旁，他们跑就是你在跑，第一个孩子冲线的时候，你也和他一起冲线了。"

"怎么可能呢，爸爸？"我不明白他的意思。

"就这么想呗。"他说。

父亲走进马具室去取车轴润滑油了，我认真地思考着他的话。他走出来，把润滑油扔在马车旁边，在抹布上擦了擦手，说："以前我养过一条黑母狗，是一条混血袋鼠犬，它跑起来快得像子弹一样，能追上飞奔的母鹿，还曾经在一百码之外拦住一只老袋鼠。它单挑过一大群野狗，先把它们攮散，然后追着一个不放，最后它使劲儿一跳，咬着尾巴根儿把那只狗甩了出去。它跟其他狗不一样，从来不咬前腿，但是它百发百中，从来没失过手。它是我养过的最好的一只狗，曾经有人出五块钱买它。"

"那你怎么不卖呢，爸爸？"我问。

"这个，你知道，它可是我从小养大的，我还给它起了个名字，叫贝茜。"

"要是它还在就好了，爸爸。"我说。

"是啊，我也希望它还在。不过有一次，它的前腿扎了一根刺进去，后来倒是拔出来了，应该是吧。但是打那以后它的前腿上就一直有个该死的大疙瘩，它就没那么厉害了。不过，我还是会带它出去，别的狗一个劲儿地跑，它就一个劲儿地叫。我从来没见过哪条狗能有那么威风。跟你说，它从来都不自己去追赶猎物。

"我还记得，那次它是怎么截住那只老袋鼠的。那家伙背靠着树干，当阿斑——阿斑是我养的另一只袋鼠犬——当阿斑靠近它的时候，被那家伙一下子咬住了，阿斑从前腿到肚子边上都撕破了一道大伤口，贝茜就开始狂叫。真要命，它叫得可真凶啊！我从来没见过哪只狗叫得像它那么厉害的，简直像要把自己撕碎了一样。但它就是光靠狂叫，就把那只老袋鼠给吓住了。"

"我喜欢听它的故事，爸爸。"我希望能父亲能多讲一些。

"听着，你要像它一样。要敢打、能跑、比赛、骑马，当你在一边儿看的时候，也要尽情大叫。忘了你的腿吧。从现在起，要忘记它们。"

 第*13*章　学校和伙伴们

　　每天早晨，住在同一条路附近的孩子们会来到我家，推着手推车，送我去学校。他们很喜欢干这个活儿，因为这样，每个人就可以轮流和我一起坐车啦。

　　推车的孩子会像小马一样神气活现，奔腾跳跃，我则会一边大喊着："驾！驾！"一边挥舞着假想中的马鞭。

　　这些孩子当中有乔·卡迈克尔，他是我的好伙伴，他家几乎就在我家对门。有弗雷迪·浩克，不管做什么，他都比别人更出色，他是我们学校风头最劲的人物。还有斯基特·布朗森，你一打他，他就会叽叽歪歪地说要"告诉老师"。

　　在这条路附近住的还有两个女孩子，一个是爱丽丝·贝克，学校里所有的男孩子都喜欢她，可是她只喜欢弗雷迪·浩克。另一个女生是麦琪·穆里根。她个子高高的，知道三句非常厉害的骂人话，谁要是惹火了她，她就会一口气把三句话连珠炮似的都说出来。她动作飞快，眨眼之间就能抽你一耳光。

所有人当中，我最喜欢让她来帮我推车。

偶尔有几次，我们玩"跳马"的时候，不小心把手推车给弄翻了，麦琪就会骂出那三句话。她一边拉我起来，一边对其他人大喊："快来人！趁着还没大人过来，快帮我把他塞回车上。"

她留着两条长长的红色辫子，垂在背后。有时候，学校里的男孩子们会对着她大叫："你头上的生姜该拔了！"她会念着歌谣朝他们喊回去，"撒谎精说自己，讨厌鬼像袋狸。"

她一点不害怕男孩子，也不怕公牛。

有一次，麦克唐纳家的公牛跑了出来，跟路上的另一头公牛打了起来，我们都停下来在一边看。麦克唐纳家的公牛个头儿非常大，它不停地向前顶着那头牛，一直把它顶到了一棵树跟前，然后朝它的肋下撞了过去。路上的这头公牛大叫一声，转身就跑。鲜血沿着它的后腿流了下来。它朝我们这边冲了过来，麦克唐纳家的公牛紧追不舍，还一边跑一边使劲儿顶它。

乔、弗雷迪和斯基特都赶紧朝篱笆跑过去，麦琪却没有走，依然跟我待在一起。她紧抓着手推车的扶手不放，努力想把我从小道上拉出来，可是来不及了。麦克唐纳家的公牛经过的时候，牛角从旁边一顶，手推车就被撞飞了起来。还好，我落在了一堆蕨草丛里，没有受伤，麦琪也没伤着。

不过，手推车的轮子撞弯了。麦琪像消防队员一样背着我，把我送回了家。乔和弗雷迪数过，一路上她只歇了四次。

到了学校，他们会把手推车放在门口，我挂着拐杖走到教室里。

学校大楼是一座长长的石头建筑，窗户又窄又高，坐着的时候，根本看不到窗外的景色。窗台很宽，上面覆满了粉笔灰。其中一个窗台上放了一只旧花瓶，里面插着几朵已经枯萎的花。

教室的两头，各有一块长长的黑板。

每块黑板下面都有一条凹槽，里面放了几支粉笔、一块黑板擦，还有大大的三角板和尺子。

两块黑板之间的墙壁上有一个壁炉，里面塞满了落满灰尘的记录簿。壁炉上方挂了一幅画，画着一群血迹斑斑的士兵，他们穿着红色的大衣，瞪大眼睛，向前倾着身子，手中的来复枪越过死去战友的身体向外射击。同伴们的尸体无力地躺在他们脚下。在这群士兵中央，有一个人站得比其他人都高，手里举着一面旗帜。他挥着拳头，嘴里呐喊着什么。这幅画的标题叫《背水一战》，不过，普林格小姐也不知道他们这是在哪儿"战"。塔克先生说，这幅画反映了不列颠英雄主义的极致，他一边说，一边用长长的教鞭轻轻敲打着这幅画，好让你知道他在说什么。

普林格小姐教小班，塔克先生教大班。普林格小姐的头发是灰色的，她总是越过眼镜看人。她戴着一个高高的鲸骨领圈，这使得她很难点头同意让你到外面去。我总是很想到外面去，因为这样就可以站在阳光底下晒晒太阳，看看图拉腊大山，听听喜鹊叽叽喳喳叫了。有的时候，我们三个人一起出去，回来时经常会为谁第一个进教室吵吵闹闹。

塔克先生是班主任，他不戴眼镜。就算低着头不看他，他也能让你心惊胆战。他的目光锐利、严肃、冷峻，看起人来就像鞭子一样。他总是在教室角落的一个搪瓷水盆里洗手，洗完手就会向讲桌走过去。站在桌子跟前，他一边打量着学生们，一边用一块小小的白毛巾擦干手。他从大拇指开始，仔仔细细、一根一根地擦干每一根手指。他的手指修长雪白，你能看见皮肤下面的一根根青筋。塔克先生轻快地擦拭着手指，不慌不忙，一边擦，一边盯着我们。

这时候，没有人敢动上一动，也没有人敢说话。擦完手，他会把毛巾叠起来，放进讲桌的抽屉里，咧开嘴唇，露出牙齿朝我们笑笑。

他让我害怕，就像怕一头大老虎。

他有一根藤条教鞭，每次动手打人之前，总要先在空中挥一挥，然后用手撸一下，像是在把它擦干净一样。

"来吧。"他会露出牙齿，微笑着说。

谁能挺得过藤条的抽打，谁就是好样的。谁要是挨了打哭叫起来，那以后在操场上玩游戏的时候，就再也不会有人听他的话了。就连比较小的男孩子都要勇敢地面对鞭打，相信自己能够坚持过去。

我的骄傲让我迫切地想在伙伴们看重的某些领域证明自己，而对我来说，大部分领域已经不可能了。所以，当面对鞭打的时候，我的态度更加轻蔑，尽管我其实比大部分孩子都更害怕塔克先生。藤条抽下来的时候，我绝不会像有些孩子那样把手收缩回来，也不肯露出痛苦的表情。因为我不相信那样会减轻痛苦，或者能让塔克先生少打几下。挨完打之后，我疼得几乎握不住拐杖的扶手，我的手指发麻，没办法弯曲。所以，我只好用手背抵在扶手下面，才能勉强回到座位上。

普林格小姐不用藤条。她用的是一条宽宽的皮带，皮带的末梢分成三条较细的小尾巴。这些尾巴打起人来应该更疼，但是普林格小姐很快就发现不是这么回事。从那以后，她就抓着分叉的那一端，用宽的那一头抽打我们。

她挥舞皮带的时候，嘴唇总是紧紧地抿着，不出一声，不过她打不了太重。她经常手里拿着这条皮带巡视全班，时不时地用它拍打一下裙子，就像放牧人甩鞭子吓唬牛群一样。

打人的时候，她非常镇静，而塔克先生则不同，要打人的时候他总是暴跳如雷，急不可耐。他会一下子蹿到讲桌跟前，砰的一声打开盖子，一边在讲桌里的点名册和卷子中间翻找藤条，一边大吼大叫："汤普森，给我出来！我看见你做鬼脸了，你以为我背朝着你就看不见吗！"

塔克先生要打人的时候，谁都无计可施。我们都战战兢兢，大气也不敢出，这种我们无法理解也无法解释的暴怒吓得我们呆若木鸡。他的脸涨得通红，说话的声调都变了，在我们看来，这都意味着某种可怕的事情，我们在自己的位子上瑟瑟发抖。

我们知道他是怎么看到汤普森在他身后做鬼脸的。壁炉上方画框的玻璃能映出身后的教室，每次他朝那里看的时候，不是在看那些死去的战士，也没在看那个手握旗帜呼喊的人，他是在看孩子们的脸。

孩子们经常讨论藤条和皮带。有一两个孩子年纪大一些，用俨然这方面专家的口吻对我们说，我们都心怀敬意地听着。他们告诉我们，如果能拿一根马鬃，塞到藤条头上裂开的小缝里，那么只要抽一下，整根藤条就会裂成两半。听了这话，我梦想着沿窗户爬进空无一人的学校，把马鬃塞进藤条里，然后溜之大吉，谁也不会注意到。我可以想见，第二天，看到手中裂成两半的、毫无用处的藤条的时候，塔克先生脸上那因挫败而狂怒的表情，我则笑嘻嘻地站在他面前，伸出手等着他抽打我，而我心知肚明，他没办法打我了。那种景象真是让人心满意足。

但是，把马鬃塞进藤条意味着先要撬开上锁的抽屉，这点我们是做不到的。所以，我们就在手掌上抹树脂，我们相信这样手掌就会变得粗糙结实，挨打的时候就不会受伤了。

我渐渐变成了抹树脂的专家，我用一种不容辩驳的老手的口气，告诉别人该抹多少，怎么抹，还有不同树脂的作用都是什么。

不过后来，我开始改用金合欢树树汁了。我把热水浇到树皮上，然后用泡出来的褐色汁液泡手。我宣称这样可以让手变得坚韧，为了证明这一点，我向大家展示我的手掌，上面有长时间摩挲拐杖的扶手磨出的老茧。我做了很多这种制剂，一瓶金合欢树树汁可以换四个弹珠，要是接近黑色的树汁的话，就能换六张香烟卡片。

一开始，我坐在教室的回廊上，和普林格小姐坐在一头。回廊上有几排课桌，呈阶梯状逐级升高，到最后几乎快碰到屋顶了。每张课桌前能坐六个人，孩子们坐在没有椅背的凳子上。课桌伤痕累累，上面涂写着各种姓名首字母缩写、圆圈、方框，还有用小刀刻的道道。有些课桌的桌面上还挖穿了圆圆的洞，可以把橡皮或者铅笔从这儿丢下去，扔到底下敞开的桌洞里。课桌上有六个放墨水瓶的坑，墨水瓶放在里面会更加稳定，旁边还有几条凹槽，是放钢笔和铅笔用的。

小班的学生用石板写字。石板顶上钻了一个小洞，洞上拴了一根绳子，绳子一头系了一小块抹布。

当你想把石板擦干净的时候，得朝它吐一口唾沫，然后用抹布把字迹擦掉。用不了多久，抹布就会有臭味了，就得跟母亲要块新的。

为了吐得一口好唾沫，大家一般都会扁着嘴，使劲儿吸，还得运用好下巴。能吐出一大口唾沫绝对是件值得骄傲的事。你可以给邻座的男孩看，把石板斜过来，让唾沫在石板上流过来流过去，留下一道湿湿的痕迹，直到快把它耗光，再玩下去已经没意思了才停下来。这时，你才会用抹布把石板擦干净，注意力回到普林格小姐讲的课上。

普林格小姐坚信，不断地重复一件事，就能把它永远印到你的脑子里，并且你就能完全懂得她的意思。

首先是学字母表，你每天都得翻来覆去地读，然后全班一起用一种唱歌的腔调念诵："C-A-T，猫；C-A-T，猫；C-A-T，猫。"

那天晚上，你告诉母亲自己会写"猫"了，然后她就会觉得这真了不起。

但父亲可不这么想。当我向他展示我学到的新知识的时候，他说："让'猫'见鬼去吧！你得学着写'马'啊。"

我用心学习的时候，学得是很快的。但是，我老爱在课堂上咯咯笑，还喜欢说话，所以老是会被打手心。每堂课我都会有点没学到的，我开始讨厌上学了。据普林格小姐说，我的字写得也很糟糕，每次看我拼写的单词时，她都会咂一下舌头，发出厌恶的声音。我喜欢自由绘画课，因为这时我就可以画桉树叶子了，我可以画得跟大家都不一样。而限制绘画课上，我们就得画立方体，我画得总是不方。

每个礼拜，我们会上一次科学课。我喜欢这门课，因为在科学课上，大家围着桌子站成一圈，可以推推搡搡，非常有趣。

塔克先生打开柜子，里面放了几个玻璃试管，一盏酒精灯，一瓶水银，还有一个中间系了一小段绳子的皮革圆盘。他把这些东西放到桌子上，说道："今天，我们要研究一下空气的重量，空气的重量是每平方英寸十四磅。"

对我来说，这毫无意义。不过，麦琪就站在我身边，这让我很想表现一下，所以我主动说，父亲曾经跟我讲过，你肚子里的空气越多，身体就会越轻，在河里就越不容易沉下去了。

137

我觉得，这跟这节课的主题是有点关系的。然而，塔克先生慢慢地把手里的皮革圆盘放回桌子上，用一种我不敢正视的目光瞪着我，声音从他的牙缝里挤出来："马绍尔，你给我听着，我们对你的老爹不感兴趣，对你老爹观察到的任何事都不感兴趣，即使这些事情说明了他的儿子有多愚蠢。你给我好好听课。"

然后，他把皮革圆盘弄湿，把它按到桌子上，没有一个人能把它拉起来，除了麦琪。她用力一拉，把上面的绳子都拽下来了，这证明了空气根本就没有什么重量。在推我回家的路上，麦琪告诉我，我说的是对的，空气根本就没什么重量。

"我真想送你一份礼物，"我告诉她，"可惜我什么都没有。"

"你有漫画书吗？"她问。

"我床底下有两本，"我赶紧说，"都给你！"

第*14*章　现实与梦境

拐杖逐渐成了我身体的一部分。我的双臂发育得格外健硕，远远超出了身体的其他部位。我的胳肢窝也锻炼得很强韧。拐杖已经不会再磨伤我，我走起路来也没有任何不舒服的感觉了。

我练习不同的走路方式，并用形容马的步态的术语来命名，我会"快走"、"踱步"、"小跑"和"快跑"。我经常重重地摔倒，不过，我已经学会用不伤到腿的姿势着地。我把摔倒的不同情形分了类，一有摔倒的趋势，我就知道这下子会是"狠摔"还是"轻摔"。在我摇摇晃晃往前走的时候，要是两条拐杖都打了滑，我就会后背着地，这是最糟糕的一种摔法，因为我的身子通常会倒得很扭曲，有时候，那条坏腿还会被压在身下扭伤。这样的摔倒疼得不得了，我得捶着地面，使劲儿忍耐，才能不叫出声。如果只有一条拐杖打滑，或者卡在石头、树根里的话，我会向前摔，这样可以用手撑着地，从来都不会受伤。

我的身上总是有红肿、瘀青和擦伤，每天晚上，我都得花上一段时间处理一天下来累积的伤口。

不过，我并未因此感到泄气。这些讨厌的不便，被我当作正常生活的一部分，我从不认为这是我的腿残带来的后果，此时的我还没有接受自己腿残的事实。

我开始走着去学校，逐渐对"精疲力竭"这四个字感到适应——对每个瘸腿的人来说，这种状况是那么熟悉，这是他们习以为常的。

我不喜欢拐弯，当我想到哪儿去的时候，总是尽可能地走直线。我宁可径直穿过荆棘丛，也不愿意绕开；我宁可爬篱笆，也不愿意绕上几步路从大门走。

正常的孩子会跑跑跳跳、转转圈子或一路边走边踢踢小石子，来发泄过剩的精力，我也很想这么做。有时候走在路上，为了表示自己感觉良好，我也会笨拙地跳几下。看到我如此笨手笨脚地表现自己的快活，大家都觉得我怪可怜的，他们用怜悯的目光看着我。于是我赶紧停下来，等走出他们的视线后，再重新进入自己的欢乐世界，一个没有他们所认为的悲伤和痛苦的世界。

不经意间，我的价值观也开始改变了。以前，我会自然地尊敬那些一心扑在书本上的孩子，而现在，我开始关注那些在体育方面成绩突出的人。我崇拜足球运动员、拳击手和赛车手，不再欣赏脑瓜出色的人。我跟野孩子们玩儿在一起，说话也变得满是火药味。

"放学后我揍你，泰德，等着瞧。"

虽然说得很蛮横，但我不会轻易动手。除非别人打我，不然我不会随便揍别人的。

我讨厌暴力。有时候，看到有人打马或者踢狗，我会慢慢走回家，搂住梅格的脖子。我紧紧地搂着它。它安然无恙，这好像也令我得到了抚慰，我会觉得好受一些。

我常常会想起动物和飞鸟，振翅飞翔的鸟儿就像音乐一样让我感动。我观察狗群奔跑，它们所展现的运动之美，让我的心刺痛。看到飞奔的骏马，我会因为莫可名状的感情而颤抖悸动。

我没有意识到，崇拜充满力量的运动，是我对自己无法亲身经历的一种补偿心理。我只知道，每当看到这些，我便会精神振奋。

我和乔·卡迈克尔经常带着一群狗去打兔子，我们踏过灌木丛，穿过小围场，看狗群追赶受惊的野兔。奔跑的时候，猎犬们身姿起伏，它们把头贴近地面，肩膀和脖子呈现出劲美的曲线。它们压低身体，迅速而漂亮地急转弯，对野兔紧追不舍，每一次我都看得心潮澎湃。

晚上，我走进丛林，感受泥土和树木的芬芳。我跪倒在苔藓和蕨草之上，脸贴着泥土，将土地的香气深深地吸入肺中。我的手指穿过草根，插入土里，泥土的质地、触感和充满其中的细如发丝的草根，给我带来了强烈的欢乐。这种感觉太神奇了，我开始觉得，自己的脑袋距离路边的青草、野花、蕨草和石块都太过遥远，很难好好地欣赏它们。我多想像只小狗一样，鼻子贴着地面奔跑，这样，就不会遗漏任何一缕芬芳，错过任何一块奇妙的石头或植株了。

我会爬过蕨草，沿着湿地边缘，在交错的枝蔓中分开一条观察的通道。我会伏卧在地，贴近蕨草卷曲的新叶。大地深沉黝黯，孕育着生机；叶子破土而出，像婴儿稚嫩的小手，温柔地轻抚着地面。啊！它们是那么柔软，那么细腻，那么惹人怜爱！我不由得低下头，用脸颊轻轻地触碰它们。

我希望可以找到某种启示，来解释和抚慰我饥渴的心灵，而我却感觉力不从心。于是，我开始做梦，在梦里，我可以随心所欲地漫步，这不灵便的身体再也不能限制我。

每天晚上吃完茶点，睡觉之前，雾气从沼泽地上升腾而起，弥漫开来，黑暗的天色如期而至，早出的鼠貂从空树干中探出头来，四处张望。每当这时，我会站在大门口，我的视线穿过篱笆的栏杆，投向道路对面的丛林，它们在天际之下静立着，等待黑夜的到来。远处是图拉腊大山，月亮正从山后升起，那是我最喜爱的月亮，皎洁的月光让大山的剪影显得越发轮廓分明。

蛙鸣咕咕，夜枭桀桀，有时候，鼠貂也会在一旁吱吱地叫着。听着它们的啼叫声，我张开了想象的翅膀，幻想着自己猛地冲出去，奔跑着穿过夜幕。我四脚着地，抽动着鼻子，沿着地面找寻着野兔和袋鼠的踪迹。也许我就是一只野狗，或者只是一只独自生活在丛林中的狗——对于这点我一直不是很确定——我不知疲倦地大步奔跑着，但我永远不会离开丛林。我属于丛林，丛林也把一切都献给了我。

在梦境中，我从行动不便的现实中逃离，体会着不知疲倦的加速飞奔，轻而易举的跳跃，还有动态的优雅魅力，只有在运动中的人类和奔跑的动物身上，我才看到过这些。

我幻想着，自己是一只奔跑在夜色中的狗，我不用再体验艰辛和疲劳，经历疼痛难耐的摔跤。我压低鼻子，在撒满落叶的大地上奔跑，我穿过灌木丛，紧紧跟随着飞奔的袋鼠。它们急转的时候，我也回身跃起，扑倒它们。我跑过树林，跨过小溪，穿过月光和云影，迂回曲折。我的身体强健，肌肉结实有力，充满了不竭的力量，一种紧张而欢乐的能量令我焕发生机。

随着一只野兔或袋鼠被擒，我的狩猎之梦会宣告结束，令我感到骄傲的是追逐的过程，是与丛林融为一体的过程。

我想，健全的身体应该不会感到精疲力竭。我感觉，疲惫都是由于拄着拐杖走路引起的，正常人的生活中根本不可能存在疲惫。因为使用拐杖，我无法一口气跑到学校，我爬山会心擂如鼓，在其他孩子前进的时候，我却要背靠树干大口喘气。但我并不怨恨拐杖，我没有怨恨的感觉。在梦中我把它们抛在身后，而当我不得不拾起它们的时候，我也毫无怨言。

在这段调整期，现实和梦境两个世界，对我来说都充满乐趣。我从一处所获得的激励，让我能够从容经历彼处。现实的世界塑造了我，而梦中的世界，则由我亲手塑造。

第15章　朋友与仇敌

无论是赛跑，打架，爬树，还是玩弹弓，弗雷迪·浩克都比学校里其他任何人更厉害。打弹珠，他是冠军；掷香烟卡片，他也比别的男孩扔得远。他是个文静的孩子，从不说大话，我全心全意地崇拜他。他在收集香烟卡片，只差一张，就能集全一整套"大英帝国的武器和盔甲"了。

他把这套卡片放在一个烟草盒子里，每天都要看上一两次，我看着他拿出那个小纸包，弄湿大拇指数着卡片。数来数去，总是四十九张。

我希望能帮他弄来缺少的那张卡片，我会跟遇到的每个大人搭讪："先生，您有香烟卡片吗？"但是一直都没有结果。

到后来我已经认定，这一定是全世界最稀有的一张香烟卡片。就在这时，有一天我拦下了一个骑马经过我家门口的人，他从口袋里掏出这张卡片送给了我。

简直难以置信，我弄到手了！我反复读了好几遍上面的号

144

码——三十七，没错。弗雷迪少的那张就是三十七号。

第二天，我急不可待地在路上等他出现，他离我还有四分之一英里远的时候，我就开始朝他大叫起来，把这个消息告诉了他。等他走近了些，听清我的话之后就跑了起来。他一跑过来，我就把卡片递给他。

"一个骑着马的家伙给我的。"我兴奋地告诉他，"他问我，'你在收集什么？'我跟他说，'大英帝国的武器和盔甲。'然后他说，'见鬼，我可能有一张！'见鬼，他真的有一张！现在你集齐一整套啦。"

弗雷迪看了看这张卡片，又反过来看了看编号。然后他读了一遍卡片上盔甲的说明，最后说："没错，就是这张，感谢上帝！"他从口袋里掏出烟草盒子打开。

他把这张新卡片按编号放到那一沓里，在一根柱子上轻轻磕了磕，把它们弄得整整齐齐。然后，他舔了舔大拇指，慢慢地数了起来，一边数，一边大声地念出每张卡片的编号。我跟他一起重复这些编号。

"五十！"数完最后一张，我得意扬扬地大声喊道。

"看起来没错。"他说。

他又在柱子上磕了磕那一沓卡片，然后从最后一张开始，又重新数了一遍。

"这下你收集齐一整套了，弗雷迪。"他数完之后，我开心地说，"真是太好啦！"

"嗯。"他把这沓卡片放回烟草盒子里，"太好了，一整套都齐了。"他伸直胳膊,举起那个盒子,看着它笑了。

"嘿,接着。"他忽然把这个盒子塞到我手里,"给你啦,我是为你收集的。"

在学校里,他很少跟我一起玩,因为他总在忙着赢弹珠,赢香烟卡片,还有抽陀螺。

我玩弹珠的技术很差,总是输。弗雷迪有一颗乳白色的高级弹珠,价值一先令。他把这颗珠子送给了我,好让我跟别人玩打弹珠游戏。一起玩的每个孩子都要在圈子里放下一颗弹珠,但是只有玩得最棒的人,才敢拿这么珍贵的高级弹珠冒险。每次我输掉这颗弹珠,都会去找弗雷迪,跟他说:"我又输啦,弗雷迪。"

"输给谁了?"他会问。

"比利·罗伯孙。"

"没事,"弗雷迪说。然后他就会去帮我赢回来,对我说:"给你。"说完,他就又回去玩自己的游戏了。

每当我和别的男孩子吵架的时候,他总会过来,站在那儿,一边踢着脚下的小石子,一边听我们说话。有一次,史蒂夫·麦金泰尔对我说要踢我的屁股,我跟他说:"你休想!"史蒂夫后退了几步,要朝我扑过来。弗雷迪一直在旁边听着,他对史蒂夫说:"踢他就等于踢我。"

他那么说之后,史蒂夫就不来踢我了。不过,当我们朝教室走去的时候,他小声对我说:"放学之后你给我等着,走着瞧吧。"我猛地挥出一条拐杖,他躲闪不及,被我打在了小腿上，然后所有的孩子很快分成了两派，有的孩子说我想挨揍了，要揍我一顿，有的说要揍史蒂夫。

我跟史蒂夫的不和由来已久，从抢水喝的时候就开始了。学校里有一个方形的铁水槽，里面盛了供应全校人使用的水。水龙头上挂了一个大大的锡杯，杯底锈迹斑斑。水溅到地上被孩子们的靴子踩过，到处一片狼藉。孩子们吵着要喝水，在泥泞不堪的水洼里踩来踩去，就像挤在饲料槽里喝水的牲畜一样。

夏天，每到课外活动的时候，就会有一大群人冲向水槽，男孩女孩们挤挤挨挨，推推搡搡。有人才喝了一半，锡杯还在嘴边，其他人就抢着抓过锡杯，把杯里剩下的水灌到自己的喉咙里，没等放下，就又有几十只手朝他伸了过来。喝水的人一撒手，杯子立马就会被其他人抓住喝光。

不断有人大喊着表明身份。正在喝水的那个人会受到恳求、威胁、谴责，或者被提醒他忘记了接受过什么恩惠。

"我在这儿，在外面，比尔……这儿呢……递过来。我把弹珠借给你来着。下一个给我，吉姆……嘿，吉姆……给我……里面的水够我们俩喝的。该死的，让开路，睁大眼睛看看你在挤谁……我先来的。下一个是我。你滚蛋吧！"

水洒出来，打湿了裙子、衬衫……男孩子们一只脚蹦跳着，用手抓着另一条小腿，高喊着："噢——噢——噢！"女孩子们尖叫起来："我要告诉老师！"喝足了水的孩子们挤出人群，用手背擦着湿乎乎的嘴巴，得意地咧开嘴笑了。

我也要跟其他人一样争夺。在这种情况下，没有人会因为我腿有残疾而让我，他们会把我撞倒在地，挤到一边，根本没人注意我拄没拄拐杖。

我会色厉内荏地威胁他们："我马上就来收拾你。"这让那些小霸王非常吃惊，也使得他们变本加厉。

虽然听起来，好像我马上就会将威胁付诸行动似的，但是在跟史蒂夫·麦金泰尔打架之前，我的威胁一次都没有落实到行动上。

当时我正在喝水，史蒂夫猛地向上拍了一下锡杯，我浑身都弄得湿淋淋的，他趁机把锡杯从我手里抓了过去。我一拳捣在他的肚子上，这下拐杖从我胳膊底下掉了出去，我一下子摔倒了。我倒在地上，揪住他的腿，把他也拉倒在泥泞中。不过，他比我先爬起来，正准备揍我一顿，这时，上课铃响了。

在接下来的一个礼拜里，我们互相恐吓，每个人身边都围着一小群同伴，悄悄地出着主意。大家公认我的胳膊很有力气，而史蒂夫的幕僚们公开宣称，只要一脚踹掉我身下的拐杖，我就完蛋了。站在我这一边的男孩子们不同意这一点，因为躺在地上打架我更擅长。我不知道我最擅长什么，不过，反正我一点都不想输。

"要是他踢倒我，"我对弗雷迪说，"嗯，我会爬起来，再给他一顿好揍。"

我的理论基于一种很简单的前提："只要不投降，就永远不会被打败。"这世上没有什么东西能让我投降，所以我肯定会赢。

弗雷迪正数着弹珠，把它们一个一个地装进一只束口袋子里，他说："我会替你揍他的，我再给你一个弹珠吧。"

这我不能答应，我要自己对付史蒂夫。必须跟他打上一架，要不然我就成了娘娘腔的胆小鬼。要是不跟他打架，今后我说什么，都不会再有人听了。

我解释给弗雷迪听，他建议我在跟史蒂夫打架的时候，背后靠着一堵石头墙，因为那样的话，他要是打不着我，就会一拳挥到石头上了。

我觉得这个主意不错。

那天晚上放学回到家，我告诉母亲，第二天要和史蒂夫打架，就在杰克孙家牧场里的老树桩后面。

母亲正在炉灶上做饭，闻言转过身来，叫道："打架？你要跟人家打架？"

"是呀。"我说。

她从炉灶上拎起一把黑黑的大水壶，说："我可不喜欢你打架，艾伦。不能不打吗？"

"不行的。"我说，"我要跟他打架。"

"别这样。"她恳求我。忽然，她不说话了，看着我，脸上带着一种为难的表情，站在那儿思索着什么。

"我……你爸爸怎么说？"

"我还没告诉他呢。"

"现在就去告诉他吧。"

我朝牲畜场走去，父亲正跟在一匹小马背后，一圈一圈地打转，这匹小马身后拖着一根木头，样子有点紧张。它拱着脖子，咬着马嚼子的嘴边还有一些唾沫。它走走停停，父亲一直跟它说着话。

我爬到篱笆的栏杆上，对他说："我明天要跟史蒂夫打架。"

父亲勒住马，走上前去，拍打着它的脖子。

"什么意思——打架？"他问，"你要用拳头揍他一顿吗？"

"没错。"

"出了什么事？"

"他把水泼了我一身。"

"还不算太坏啊，是不是？"他问，"我就喜欢打水仗，我挺喜欢的。"

"他老是作弄我。"

"嗯，那就不太好了。"他看着地面，慢慢地说，"谁帮你压阵？"

"弗雷迪·浩克。"

"哦，他还行。"他小声地自言自语，然后接着说，"我猜你是非得大打一架才肯罢休了。"他抬起头来看着我，"你没有主动找事打架吧，儿子？我可不愿意那样。"

"没有。"我说，"是他惹我的。"

"我知道了。"他看着那匹马，"等一下，我先把这匹马解开。"

我看着他解下小马的护胸，放下缰绳。我从篱笆上爬下来，在马厩门口等着他。

"好了，不说废话了。"他说着走了出来，"这个叫史蒂夫的小子个头有多大？我不记得他长什么样儿了。"

"他个子比我大，不过弗雷迪说，他还是个小毛孩子呢。"

"嗯。"父亲跟我讨论，"但要是他打你怎么办？他只要离得远远的，你够不着他，他就能给你捣乱。你或许能打着他一下，但是只要他朝你的下巴捣上一拳，你就会像个大头钉一样被掀翻在地。我跟你说，这可不是因为你打架不厉害，"他急忙补充道，"你是个很厉害的小伙子，真干起架来就跟打谷机一样。不过你要怎么才能站稳呢？你怎么能一边揍他，一边拄着拐杖不倒呢？"

"倒了也没事，"我急切地告诉他，"那我就会把他拽倒。他就跑不了了。"

"那你的背呢？"

"没事的，不疼。要是他踢我的后背，倒是会疼，不过我会躺在地上的。"

父亲拿出烟斗，把烟草塞进烟锅里，他看着自己的手指，若有所思。"真可惜，你只能这样跟他打架。能不能用别的方式打呢，比如弹弓什么的？"

"噢！他可会打弹弓了。"我连忙对他说，"他能隔着一条马路，打中一只大山雀。"

"用棍子怎么样？"父亲犹犹豫豫地建议。

"棍子！"我叫了起来。

"是呀，如果用棍子跟他打架，你就很有优势了。你的胳膊比他有劲儿。这样你还可以坐在草地上，面对着他，结结实实地抽他一顿。他们一说'开始'，或者什么的，你就打他。要是他像你说的那样，胆子很小的话，只要一开始挨上几下，他就会投降了。"

"要是他不肯用棍子打架怎么办？"

"那就想法子，激他用棍子跟你打。"父亲解释道，"如果他还是磨磨叽叽地不肯，你就当着别的孩子的面，叫他胆小鬼，他会上钩的。要有耐心，慢慢来，别发脾气。尽可能打他的关节。要是他跟他老爹一个样的话，那他也是个孬种。有一回我在酒吧里见过他老爹，探头探脑的，好像要跟谁干一架似的。老雷利叫他出去到草地上打，他就认输了。这小子也很可能跟他一样。告诉他，用棍子，不用拳头，到时候你就看他的表情吧。"

那天晚上，透过开着的卧室门，我听到父亲在跟母亲说话，母亲正坐着那儿帮我补袜子。我听见父亲说："玛丽，我们必须得让他锻炼锻炼，你知道的。不管遇到什么麻烦，他都得学着应付。这次不让他吃苦头，早晚也会有下次。的确很吓人，但是没办法。我们不能老把他当小孩子，我们得让他成为一个男子汉。不管有多冒险，我都希望他能试试看。要是摔伤脖子和丢掉小命，两者只能选一样的话，我宁可他的脖子冒点险。总之，我就是这么想的。也许你觉得我说得不对，但是我敢用全部家当打赌，我是对的。"

母亲对他说了几句什么话，他回答道："没错，我知道，我知道。我们必须得冒那个险啊。我也害怕得不行呢，但是我估计，最糟糕的情况，无非就是他头上肿个包，或者留一两道伤疤。"他停了停，接着说，"那个叫史蒂夫的小子才要倒大霉了。"他仰起头，轻声笑起来，母亲望着他，灯光照亮了他的脸庞。

 第 *16* 章　打架

　　打架总在放学后。快要打架的那几天，孩子们都沉浸在一种既紧张又兴奋的气氛当中。总有几个女生会威胁着要"告诉老师"。对这些全校著名的"告状精"，大家会同仇敌忾地声讨痛骂她们，她们会气冲冲地甩着辫子转过身，鼻孔朝天地大步走开。讨厌这些"告状精"的同学，会愤愤地瞪着她们。

　　不过，要告状也需要胆量。因为，几乎整个学校的孩子们都在盼着打这场架。那些有名的爱打小报告的女生，往往装腔作势地朝校门走了几步，就会犹豫着停下了，然后回骂那些瞪着她们的男生是蠢猪。

　　女生们不会参与打架，因为在她们文雅的小心灵中，这种行为太过粗野了。不过，她们会离得远远地观望，私底下兴奋地大声叫骂，这是麦琪后来告诉我的。

　　她总是会到打架现场来。一群孩子簇拥着我，往杰克孙家的小牧场走去。她瞅机会告诉我，会坚决站在我这边。她快速

地小声说："要是他揍你，我就揍他妹妹。"她是我忠实的朋友，这是最好的证明。

"我会让他好看的。"我自信满满地告诉她。

我对结果毫不怀疑。支持我的男孩子们做了很多准备工作，但是比起做他们的中心人物，我更喜欢做个饶有兴趣的旁观者。双方壁垒分明。每个男孩子都会被问到跟谁一伙。两边差不多，全校孩子分成了人数几乎相等的两半。

当我提出用棍子打架时，刚一开始，史蒂夫·麦金泰尔嗤之以鼻，不过这个提议得到了在场全体男孩的热烈响应。所以，他也没办法太坚决地拒绝了。特别是后来，我公然说他是孬种，还给他来了几下"胆小鬼拍拍看"，我在他的肩膀上轻轻拍了三下，边拍边念念有词："一、二、三，你吓破了胆。"他就更不能反对了。

于是我们就一言为定，用棍子打架。弗雷迪·浩克帮我砍了一根很棒的棍子，他用一种权威的语气告诉我，砍下这根棍子的那棵金合欢树，上面一个虫眼也没有。这根棍子有三英尺长，一头粗一头细。

"你握住细的那一头。"弗雷迪命令我，"使劲儿挥，像打一头牛一样。打他耳朵根儿，然后再朝他的鼻子来一下。"

我满怀敬意地听着弗雷迪的吩咐。我十分肯定，世界上就没有他不知道的事。

"耳朵根儿是个好地方。"我赞同道。

小"间谍"们把消息从一个阵营带到另一个阵营，据说，史蒂夫要把我直接打倒，"就像砍劈柴一样。"

"只要两下就完了。"他吹牛皮，"一下是我打倒他，一下是他撞到地。"

一个很可靠的通风报信者带来了这个消息，对此，弗雷迪不屑地说："胡扯！艾伦才不会像柴火一样站在那儿等着他打！"

弗雷迪·浩克和乔·卡迈克尔帮我压阵，他们把双方的棍子放在一起，仔细地量过了，这样才显得公平。

我们都来到杰克孙家小牧场里的大树桩后面，史蒂夫的支持者们簇拥着他。麦琪觉得，史蒂夫有点想放弃的样子。不过弗雷迪可不这么想。

"他哇哇大叫的时候，打架最厉害。"他对我说，"他还没开始大叫呢。"

史蒂夫脱掉外套，撸起袖子，朝手上吐了两口唾沫，然后才跟我一起面对面坐下。他的这番做派让在场的所有人印象深刻，只有麦琪认为他只是在虚张声势。

我没有脱外套，因为我的衬衫上满是破洞，我不想让麦琪看到。但我也朝手上吐了口唾沫，表示我懂得内行人应该这样做。然后，我学着黑人土著盘起腿，像塔克先生挥舞藤条一样，挥舞起了棍子。

史蒂夫朝手上吐完唾沫，就在我对面坐下。他坐得太远了，我的棍子够不着他，所以大家让他往前靠一点。我伸出棍子，试试看能不能够到他的头，很容易就能够着，于是我说，我准备好了。史蒂夫也表示自己准备好了。然后，弗雷迪做最后的指示。

"记住，"他说，"谁也不准把这件事告诉老塔克。"

大家都保证绝不告密，然后弗雷迪说："开始！"史蒂夫立马就用棍子朝我的脑袋来了一下。棍子打在我的头发上，顺着脸颊滑下来，刮掉了一层皮，我完全没有意料到。我还没反应过来，就已经开始了，他马上又打了我肩膀一下。

我气极了，怒不可遏地挥舞着棍子，据事后麦琪说，我当时的气势简直可以镇住一头公牛。

史蒂夫一屁股坐倒在地上，躲过我的抽打，他想滚到一边闪开，我纵身扑上去，发疯似的痛揍他。他的鼻子流血了，痛得哇哇大哭，我有点犹豫地住了手。但是弗雷迪大叫着"干掉他"，于是我又开始揍他，边打边大喊："服不服？服不服？"直到我听到他一边哀号，一边哭叫着："服了。"

乔·卡迈克尔拿着我的拐杖，站在我身边，弗雷迪扶我站起来，我像匹小马一样颤抖着。我的脸上火辣辣地疼，碰都不敢碰，头上慢慢肿起一个大包。

"我打败他了，"我说，"对不对？"

"你打得他屁滚尿流。"麦琪说，然后她关切地凑近我，问了一句，"你的那条坏腿没事吧？"

我回家的时候，父亲和母亲正等在大门口。父亲假装在修理大门，一直等到其他孩子都沿着大路走开了，他才快步来到我面前，按捺着急切的心情，问我："怎么样？"

"我打败他了。"我说，不知怎的，我有点想哭。

"干得好！"父亲说，然后他忧虑地看着我的脸。"他也打得你不轻啊，你看起来就像刚在打谷机里轧过一样，还好吗？"

"很好。"

他朝我伸出手。"握个手，"他说，"你的心像小公牛一样勇敢。"

他跟我握了握手，说："妈妈应该也想握一下吧。"但是母亲把我抱起来，紧紧地拥在了怀里。

第二天，看到我的脸，塔克先生把我叫出去，抽了我一顿，因为我跟人打架。他也打了史蒂夫·麦金泰尔。但是我记得父亲的话，他说我的心像小公牛一样勇敢，所以我没有哭。

第*17*章 捕猎

乔·卡迈克尔住得离我家很近。放学后，我们俩总是形影不离。礼拜六下午，我们会结伴去打猎。星期一到星期五晚上，我们一起安置捕兽夹，然后每天早晨去查看一下，是否有收获。附近所有鸟儿的名字，我们俩都能叫得上来，它们的习性和鸟巢所在地，我们也了如指掌。我们俩收集了很多鸟蛋，放在硬纸板箱里，蛋的底下铺了半箱干麸皮。

乔的面孔红扑扑的，很有朝气，脸上总带着腼腆的笑容，很讨大人们的喜欢。遇到女士，他就摘帽致敬，也愿意帮人跑腿办事。他从不跟人争吵，他虽然嘴上不说，内心却很倔强，坚持己见。

乔的父亲为卡鲁泽丝太太干活，在车站附近打零工，每天早晨天刚放亮的时候，他就会骑着一匹名叫托尼的小马，从我家门前经过。每天傍晚，夜幕降临的时候，他又骑着小马回家。他蓄着茶色的小胡子，父亲说，他是我们地区最老实可靠

159

的一个人。卡鲁泽丝太太每周付给他二十五先令，不过她要从中扣掉五先令的房租，他的房子建在一块一英亩的土地上，他还养了一头母牛。

卡迈克尔太太是一个瘦小的女人，她的头发在耳朵上方扎成两束，像两个翅膀，然后在脑后盘成一个小圆面包一样的髻。她在圆木盆中洗衣服，木盆是用半个木桶做成的。她一边洗，一边哼着小曲。那曲子一成不变，没有太多高低起伏，始终是平平的，像在表达她内心的满足。夏日黄昏，歌声从洗衣房中飘荡出来，我每每穿过树丛到他们家去时，总会静静驻足，听上一会儿。

卡迈克尔太太用我们采集的蘑菇做蘑菇酱。她将蘑菇均匀地平摊在托盘上，撒上盐，这时候，蘑菇的褶皱中会渗出汁液，凝成粉红色的小水珠，这就是蘑菇酱的雏形了。

她养着鸡、鸭、鹅，还有一头猪。猪长大了之后，卡迈克尔先生就把它宰掉，放进一桶热水中去毛，再将肉腌好，挂在一间用袋子搭成的小屋里。他在小屋地板上堆了一堆绿叶子，点起火，小屋里就浓烟弥漫了，之后，猪肉就算熏好了。他给了父亲一些，父亲对这些熏猪肉赞不绝口。

每次我去他们家，卡迈克尔太太都对我笑脸相迎。"嘿，你又来啦。"接着又说，"我一会儿给你和乔一人一块果酱面包，一定给。"

她好像从来没注意过我的拐杖。认识她这么多年来，她也从未提到过，连看也不看一眼，也不看我的腿部或后背。她总是看着我的脸，跟我说话的口气，就好像不知道我跟别的男孩不一样似的。

"跑过去把乔叫来。"她会说，或者说："你和乔老追着兔子什么的跑，早晚会把那一身肉都跑没了，快坐下吃点东西吧。"

我总是想，要是她家房子着火就好了，这样我就可以冲进去，救她出来。

乔有个弟弟，叫安迪，还没到入学的年纪。照看安迪是乔的任务，不过我和乔都觉得安迪是个累赘。

安迪长得白皙漂亮，跑起来像长鼻袋鼠一样快。乔每次想揍他，都要追出去好远才能把他逮住。安迪像野兔一样善于躲闪，他对自己的这种本领很得意。有时候他会向乔扔牛粪，引逗乔去追他。乔跑不快，但一旦开始追，就会像狗一样紧跟不放，弄得安迪精疲力竭就能把他抓住了。安迪大声尖叫，他们的母亲便会从洗衣房中冲出来。

"你们在闹什么呢？"她喊，"放开弟弟，他又不能把你怎么样。"

听到母亲的喊声，乔就像马一样站住不动了，安迪嬉皮笑脸地逃开，躲在树后向乔挑衅。

乔要是想拧安迪的耳朵，得想办法把他弄到离家很远的地方。因为安迪的号叫颇具穿透力，半英里之外都能听到，乔不得不把他赶得离家远远的，直到听不见他的叫声。乔常说："安迪根本不值得挂心。"不过，如果有人说安迪的坏话，乔就会夸毛，像汤米·伯恩斯一样挥动起拳头。

乔养着两只狗——小丑和路虎。小丑是一条纯种灵缇犬，黄色，一摸它的背，它就会吠个不停。乔说，这是因为小丑以前被马车轧过，心里留下了阴影。

乔经常解释说："要是它没被碾轧，赢个沃特卢杯猎犬赛肯定没问题。"

虽然小丑经历过那场事故，可在灌木丛中照样来去如飞，大家在学校里谈论起狗的时候，我和乔都喜欢把小丑夸得天花乱坠。

路虎是一条杂种狗，摇尾巴的时候会龇牙齿。你逗它几下，它就会趴在你脚下，四脚朝天，扭动着身子讨好你。我们都很喜欢路虎。

我从来不带梅格去打猎，我还养着一条袋鼠猎犬，叫点点。点点跑得没有小丑快，不过它的腿脚强壮，擅长钻矮树丛。它小的时候被一只老袋鼠抓了一下，从此对袋鼠敬而远之，不过猎兔子的本事是一流的。

我和乔每周六下午都会去猎兔子，三条狗跑在我们前面，在草丛和矮树之间这里闻闻，那里嗅嗅。我们把兔子皮卖给一个大胡子皮货商，他每周都会驾着马车到乔家来收购。我们把卖兔皮赚的钱存在一个小罐子里，存够了就可以买《里奇鸟类大全》了，我们认为这是市面上最好的书。

"我觉得，《圣经》可能更好。"有一次乔改了口，他有时候颇有些虔诚。

桉树环绕的沼泽地旁边，是一片开阔的灌木林，再过去，是一个农庄的小草场，我们总能在那儿抓到野兔。

每次一起出门打猎，乔都会照顾我，按我的步子慢慢走。看到啄木鸟尖叫着冲出草丛，他从不会独自冲上前去寻找鸟巢，他会跟我肩并肩地走，从来不会剥夺我探索的乐趣。要是他在我前头发现一只蹲伏着的野兔，会夸张地打着手势，无声地动着嘴巴，告诉我赶快跟上去。我拄着拐杖摇摇晃晃地走向他，拐杖抬起落下都极为小心，每一步都悄无声息。然后我们俩就一起观察那只兔子，它惊恐地盯着我们，两只耳朵紧贴后背。不断靠近的猎狗发出声音惊吓了它，它把耳朵更紧地贴在弓起的后背上。我们俩一齐大喊一声，兔子一跃而起，向远处高坡的草丛中奔去。

"这里可以轰出一只来。"我对乔说。那是一个阳光明媚的早晨，我和乔带着午餐，穿过草丛，安迪紧跟在我们身后。

"这里得有好几百只呢，一看就知道。把小丑叫来，你离远点，安迪。"

"我要跟你们在一块儿。"安迪说，声音里明显有反叛的意味。

"别惹他，我们还没动手抓兔子呢。"乔提醒我，"要是他现在嚷嚷起来，方圆几英里内的兔子就全被吓跑了。"

听到哥哥这么说，安迪很满意。"一只兔子也没有了。"他点着头，表示赞成。

我意味深长地看了安迪一眼，决定不捅这个马蜂窝。

"好吧，"我说，"你跟我来，安迪。我要去到那边小坡上截住兔子，不让它们从贝克家篱笆上的洞钻过去。乔，你负责把兔子吓出来，等我说'好了'的时候，你再放狗。"我嘱咐他。

"过来。"乔招呼路虎。路虎爬到乔脚边，露出肚皮，讨好乔。"站起来！"乔大声喝道。

"来吧，安迪。"我说。

"对，安迪，你跟着艾伦。"乔很高兴能摆脱安迪。

铁丝网结成的篱笆沿着小坡伸展开，我们走到篱笆旁。我让安迪背靠篱笆坐下，挡住上面的小圆洞，洞边缘的铁丝上挂着棕色的兔毛。

"你坐到那儿，安迪。"我说，"这样兔子就跑不过去了。"

"它们会朝我冲过来。"安迪有点犹豫，他对我的"英明决策"有些怀疑。

"冲向你，你就打回去！"安迪把我惹火了。

我向后走了一点，对着乔喊道："我和安迪把洞堵住了，把兔子赶出来吧。"

"抓住它们！"乔对着狗喊叫。

路虎总是能第一个发现野兔，此时，它一改恭顺谄媚的样子，浑身充满了攻击性。它冲进草丛，小丑和点点紧随其后，在草地上跳跃奔跑着。它们伸长脖子，东张西望，寻找野兔留下的痕迹，要是有一团毛在草丛中一闪而过，那准是一只逃跑的野兔。

路虎突然叫起来，冲进草丛。兔子正姿态优美地一跃而起，它身上一点都看不出那个可怜巴巴、畏畏缩缩，想把自己藏在草丛里的小东西的影子了。兔子的耳朵竖得笔直，逃得很从容，它连跃三下，像是先平衡一下自己的身体，再伸展四肢，蹿向通往篱笆洞口的小路。

小丑的身旁紧跟着点点，它悄无声息地追过来，拱起身子，像一张拉满的弓。每次跳跃，它都是先弯起身体，又抻直。它的头伸向前方，目标明确，不受身体运动的影响。刚开始跃起的时候，它的身体动得很剧烈，猛力向前冲；紧接着，速度就提上来了，身体画着流畅的曲线，轻松而有节奏地奔向前方。

点点紧随其后，也以同样的身姿奔跑着，在后面较远处跟着的，是狂吠的路虎，它的长毛上下飘动，奋力追赶小丑和点点，一头扎进碍事的乱草，好像这些乱草是它的敌人。

狗第一次跃起扑过来的时候，这只兔子并没有惊慌失措地全力奔逃，它竖起耳朵，扬起脑袋，逐渐加速。它跑动的时候偶尔跃起一下，在接近洞口的时候，安迪和我的喊声吓到了它，它飞快地转身，垂下耳朵做好隐蔽，蹿进了草丛。跟在其后的小丑紧急刹住脚步，原地打了个转儿，张开的爪子溅起一些碎石块，弹到安迪的海军夹克和挡着脸的胳膊上。

后面跟着的点点斜插到小丑身后，扑上前去要给野兔致命一击，但是野兔逃得很快，它在两只狗之间，灵活地运用自己的身体展开反击。小丑已经从刚才的急转中调整过来，逼近野兔，想在越过它的时候张开爪子抓住它。不过，野兔又一次逃脱了，现在它完全被吓傻了，穿过小牧场向远处逃去，两只狗在后面穷追不舍。

"上，抓住它！"我大喊，一跳一跳地穿过草地跟上。

乔拐了个弯跑了过来，他不住地喊："截住它，好小子！截住它。"

在牧场中间，小丑又跟着兔子做了个急转，点点横冲过去，逼得野兔再次掉头，点点一个急冲，身体打了滑，没抓住逃往矮树丛中去的兔子，小丑跟了上去。

点点抄小路冲向矮树丛，小丑转了个身，紧跟着野兔，速度丝毫未减，冲进了大丛茶树和欧洲蕨当中。

"跑进去就追不上了。"乔来到我身边，气喘吁吁地说。我们站在那里，看着远处的矮树丛，突然，里面传来大声的狗叫，紧接着是一声哀嚎，然后就安静下来了。

"点点被桩子戳到了。"我害怕地叫起来，看着乔，希望他能给出其他解释。

"好像是。"他说。

"它会死的。"安迪像受到惊吓，声音颤抖。

"你闭嘴！"乔厉声喝止。

我们在矮树丛中搜寻，终于发现了它的尸体。它躺在蕨草上，胸前满是鲜血。刺中它的桩子上也满是鲜血。那是一根断掉的枯树枝，像一把匕首一样伸出来，隐藏在蕨草中。

　　我们用树枝把它整个身体都严严实实地盖住，就回家了。我一直没有哭，直到在马具房里见到父亲，告诉他经过之后，才忍不住痛哭起来。

　　"真糟糕。"他说，"我知道，不过它不会感觉到自己被刺中了。"

　　"它会疼吗？"我泪流满面地问。

　　"不会。"他的口气很肯定，"它什么也感觉不到，无论它现在何处，肯定以为自己还在奔跑呢。"他体贴地看了我一会儿，又说了一句，"它只是睡在了灌木丛里的蕨草上，要是知道你为它这么伤心，它肯定也会难过的。"

　　听到这句话，我止住了泪水。

　　"我只是舍不得它。"我解释道。

　　"我知道。"父亲温柔地说。

第*18*章 大旱之年

　　每天放学后，乔就会赶着他母亲养的鹅和鸭子，到四分之一英里之外的池塘去，傍晚再把它们赶回家。它们走在乔的前面，排成一队，摇摇摆摆的，看起来生机勃勃。穿过最后一片小树林，它们就会加快速度，呱呱大叫着向池塘冲过去，而乔则就地坐下。

　　我经常陪在他身边，两人并肩而坐。我们都喜欢看着鸭子压低胸脯进入水中，然后露出水面，细小的波浪轻轻地拍击着它们。它们在池塘中央，直立起身子，扑打翅膀，然后坐回水中，惬意地摇着尾巴和身体，再潜入水中，找些水生动植物吃。

　　乔认为池塘里可能什么生物都有，我却不以为然。

　　"你永远不知道那里面到底有些什么。"乔经常陷入深思。刮风天，我们就把蚂蚁装进空的鱼罐头里面，让它们充当船员，"驾船"越过池塘。有时候，我们踩水走在池塘边，寻找无脚虾。那是一种奇怪的、长得像小虾一样的生物，它们的鳃会不断地拨动。

乔对无脚虾很了解。"它们非常脆弱，"他告诉我，"要是你把它们装到瓶子里，它们就会死掉。"

我暗自琢磨，池塘干了的话，它们会去哪里呢？

"天知道。"乔说。

鸭子们开心戏水的时候，我们俩就钻进灌木中找鸟，春天我们还会爬上树掏鸟蛋。

我喜欢爬树。任何大自然的挑战都让我兴奋，驱使我去尝试，而这些事情乔根本不感兴趣，因为他没有必要用这种方式来证明自己身强力壮。

爬树的时候，我主要借助双臂的力量，腿基本使不上劲儿。我抓住树枝往上爬，残腿无用地晃荡着。在我伸手够向更高树枝的时候，那条好腿可以起到一点支撑的作用。

我怕高，所以爬树的时候，除非必要，我尽量不往下看，这样就不那么害怕了。

其他男孩子可以像猴子一样，抱住树干往上爬，而我不能。不过，我可以双手交替，拉着绳子往上爬，当我连最低的树枝都够不到的时候，乔就会扔条绳子上去，我就可以抓着两股绳子往上爬了，直到能抓住一根树枝。

喜鹊做窝时，乔就会站在树下，好在喜鹊攻击我的时候大声示警。我趴在一根粗树枝上，树枝被风吹得摇摇晃晃。我的脸紧贴着树干，顺着粗树枝，穿过小枝杈，缓慢地挪动。我一边爬，一边观察对面。蓝天下，小树枝搭起来的黑色的、圆圆的喜鹊窝掩映在树叶中。我听见乔大喊："它冲下来啦。"我停下来，一只手抱着树枝，一只手擎在头顶上不断挥动，等待着喜鹊的翅膀扇下来，或者尖嘴啄到我；也等待着喜鹊再次飞起，冲向天空，在我脸旁扇起一阵风。

要是它们朝你俯冲下来的时候，你能正面朝着它们，那情况还不是太坏，因为可以在它们靠近的时候挥手打过去，它们就会快速转身飞走，最多被翅膀扇到手。但是，如果你是背对着它们，并且两只手都抱着树腾不出来的话，它们就会用尖嘴和翅膀攻击你。

碰到这种情况，我就会听到树下传来乔饱含关切的声音。

"它啄到你了吗？"

"嗯。"

"哪里？"

"这边头上。"

"流血了吗？"

"不知道，等一下，我先抱紧了再说。"

过了一会儿，我终于能腾出手来了，便摸摸头皮上疼痛的地方，看看手指尖儿。"流血了。"我对乔喊道，看到这个，我的心情既愉快，又担心。

"见鬼！不过你离鸟窝不远了，差不多一码……伸手……再远一点……不是……向右一点……好，就在那儿……"

我把一个暖融融的鸟蛋放进嘴里，从树上溜下来，再将蛋吐到手中，我们俩头碰头地凑在一起观察它。

有时候我会从树上摔下来，不过会被低处的树枝接住，从没有受过重伤。有一次，我和乔一起爬树，我抓住一根树枝，荡起来，去抓另一根树枝的时候，错抓到了乔的腿。乔本来想把我踢下去，不过，我像只大蜥蜴一样紧紧地抱住他，然后我们俩就穿过层层树枝，摔到了满是树皮的地上。我们擦破了一点皮，气喘吁吁，还好没有大碍。

这次经历让乔念念不忘。有时候他回忆起来会说："我永远也忘不了那天，太可怕了，你抓住我的腿就是不撒手。你干吗那样做啊？我明明喊了'松手'。"

不管我怎么解释，他就是不满意，虽然我认为，当时我挂在他身上的理由很充分。

"我不知道。"经过深思熟虑后，他说道，"你爬树我信不过，说什么我也信不过。"

和他一起走在路上，我经常摔跤，对此乔已经习以为常。每次我摔个嘴啃泥，或者左右趔趄着跌倒，或者摔个四脚朝天的时候，乔都会坐下来，继续跟我说话。因为他知道，每次摔倒，我都会在地上躺一阵子。

我老是感到很疲劳，而摔倒给了我躺在地上伸展四肢，稍事休息的借口。我手里拿着一根小树枝，在草丛里面扒拉着寻找小虫子，或者看蚂蚁匆匆忙忙地穿过被树叶覆盖的坑道。

我们从来不提摔跤的事情，似乎这没什么大不了，只不过是我走路时的一个必然环节。

有一次，说到我经常摔倒的事，乔说："关键是你没摔死，这就行了。"

就算我摔得狠了，乔仍会不动声色地坐着。他不会多事地跑过来帮我，除非我喊他帮忙。他就坐在草地上，瞅一眼疼得满地打滚的我，又坚定地望向远方，说："看你，跟头母牛似的。"

我立马就会闭上嘴，安静地躺着了，乔会再看我一眼，说："你想什么呢？我们还走不走了？"

每次提到我摔倒的时候，他就说起那句关于母牛的话，干旱季节里，它们就是那样奄奄一息地躺在干裂的土地上的。

"今天，又有一头牛倒下了。"人们会这样说。有时候，父亲向乔问起我的情况，他也会这样跟父亲说："他在小溪边跌倒了一次，走了好一阵子，后来在石堆那儿又跌倒了一次。"

那时，大干旱袭击了澳大利亚，让我和乔经历了前所未有的恐惧、痛苦和磨难。以前，世界在我们眼中是那么祥和美好。我们深信，就算动物们遭了罪，那也是因为人不好。我们时常想，要是自己是一头牛或一匹马的话，会做些什么呢？我们会翻过层层的篱笆，奔向没有人类居住的草地，幸福快乐地生活，直到在大树的荫庇下，平静地死去，躺在长长的青草上

安眠。

一秋无雨，干旱悄然而至。等到冬雨降临的时候，土地已经太过干冷，植物不能生长，种子无法发芽，饥饿的牛群将多年生青草的根都啃了出来。春天又特别干燥，到了夏天，以往绿草覆盖的小牧场沙尘飞扬。

那些拉车的牲口——马匹、牛群——平时被主人管束着，只在本地区纵横交错的大路小路上奔走。如今，它们到处游荡，只为找口吃的。它们费力地穿过篱笆，走向比道路还光秃的小牧场，将濒临枯死的灌木扯进嘴里。

农夫们无法再养活"退休"的老马了，也狠不下心来宰掉它们，因为他们已经把马儿看成是自家农场的成员了。他们只能把马儿们放掉，让它们自己谋生。他们买来徽章，给马儿戴上，以此来缓解良心的不安。

地方政府只允许将脖子上戴着徽章的牲口放到路上，一枚铜徽章卖五先令。买了徽章的人可以在路上放牧一年。

夏天的夜晚，灌木丛中传来叮叮当当的声音，那是牛群和马群戴着徽章，到沿路的排水沟里喝水，徽章碰到铁链发出了声响。

牛马成群结队，沿着有排水沟的道路，一直散布到数英里之外。它们有的翻着泥土，找寻草根；有的站在硬面路上，吃拉大车路过的马的干粪便，因为那些马还能吃得上麦糠。

每个牲口群似乎都是固定的，它们去特定的路段，走特定的车道。干旱一直持续，太阳炙烤着大地，牲口群变得越来越小。每天，都会有几只最羸弱的牲口四蹄打绊，摔倒在地，它们挣扎着想要爬起来，扬起大团的灰尘，而那些还站着的，拖着无力的四肢，低垂着脑袋，慢慢地从灰尘团里走过，一直向前走，直到干渴难耐了，才再次掉转头，经过漫长的路途，回到排水沟边。

在它们经过的路上，喜鹊嘴角开裂，站在桉树枝上摇摇欲坠。乌鸦发现动物的尸体，便聚集成群，在小牧场上空盘旋，不时发出"哇哇"的叫声。四面八方的地平线上，飘来灌木丛着火的烟雾，桉树叶子燃烧散发出的气味，弥漫在光秃秃的大地上，令人不安。

每天早上，农夫们都会在自家小牧场里走上一圈，把趴倒在地的牛扶起来。

"昨天晚上，又死了三头。"一个路过的农夫对父亲说，"估计今晚还得倒下两头。"

在农夫们租来的小牧场上，奶牛整群整群地死去。它们歪倒在地上，挣扎着想要爬起来，蹄子在地上踢出新月形的小坑。日复一日，万里无云，强烈的阳光下，它们不停地踢腾……尘土升腾而起，又渐渐飘散。从农场的另一边，都能听到它们沉重的呼吸……深深的叹息……间或低沉的悲鸣。

农夫们盼着下雨，盼望着奇迹发生，好拯救他们的牛，让这些挣扎求生的牛群多活几天。当有母牛濒临死亡、无法可治的时候，农夫们就会把它杀死，集中精力照料那些比较强壮的牛。那些牛躺在地上，抬起沉重的头，又重重地摔下，大睁着无神的双眼，挣扎着想要站起来。

农夫们在它们身上套上绳子，驾着马把它们拉起来，用支架架住，用强壮的肩膀顶着，让它们保持站立的姿势，直到这些牲口能够自己站立，再多活一天。

夕阳西下，男人们斜倚在大门上，注视着落日的余晖。他们身后，牛棚向着光秃秃的小牧场敞开着。每到寄信的时间，他们就聚集到邮局门口，谈论各自的损失，探讨怎样才能赚钱买更多草料，怎样能坚持到雨季到来。

那段日子，父亲过得也很艰难。他养着卡鲁泽丝夫人家的几匹马，卡鲁泽丝夫人会送来草料。每个礼拜，皮特·芬雷都会扛来四袋子草料，放到我家门口。父亲抓起一把，从一只手中倒腾到另一只手中，嘴呼呼吹气，把糠吹走，手掌中就会留下一小堆燕麦。"这玩意儿不错。"他说。

父亲把草料从袋子里倒出，装进空煤油桶中，他似乎有意撒了不少在地上。每天晚上，乔的父亲都会带着一把扫帚和一个袋子过来，把撒在地上的草料扫起来，带回家。他得想法儿养活他家的牲口。草料的价格是一镑一袋，如今，他一周的工资也不过一镑，已经买不起了。乔会去灌木丛那边的沼泽地里割草，不过，沼泽已经干了，草也很快就枯死了。

我和乔经常谈论起那些倒下的马，我们身边的小牧场和灌木丛中，每天都有生命在慢慢走向死亡，我们心痛地看着这些事，内心煎熬不已。

不知道为什么，对我们俩来说，小农场里牲口的死亡，远不如那些在路上死亡的牲口带来的触动大。在我们看来，那些徘徊在路上的牲口，没人关心，被人抛弃，最后一定会死，而小农场里的牲口是有主人关心的。

炎热的夏天傍晚，太阳落山很久之后，天空仍然被落日余晖烤得通红，我和乔走到沿路的排水沟旁，看牲口回来喝水。马群隔一天回来一次，在没有水的情况下，它们能生存两天。牛群每晚都会回来，它们不能像马走得那样远，渐渐地，它们开始在排水沟附近死去。

一天傍晚，我们一边坐着看日落，一边等着牲口们回来喝水。道路穿过树林，延伸到开阔的远方，最后消失在一块高地上。高地上枯死的桉树，在落日的余晖中轮廓分明。在最强的狂风中，树上枯死的枝条也纹丝不动，即使有了泉水的滋润，它们也再无法生发新叶。它们像干枯的手指一样，直直地指向红色的天空，静静地矗立着。不一会儿，马儿们从地平线后出现，大地在它们脚下移动，它们向我们走来，脖子上的链条叮当作响，马蹄敲打在石头上，发出嗒嗒的声音。

它们走下高地，老老少少加起来大约有二十匹，都垂着头，走起来蹄子打绊。当闻到远处水槽中水汽的味道时，它们抬起头，使出全身力气，跌跌撞撞地小跑起来。它们不会成群结队地跑，而是分散开来跑——因为一匹跌跌撞撞的马会绊倒周围的同伴，一旦它们倒下，就再也爬不起来了。

几个月来，这群马中没有一匹倒下。它们当中有一些跑得还算平稳，有一些脚步跟跄，不过它们彼此之间都隔得远远的。

当水槽进入视野时，有的马儿发出嘶鸣，有的加快脚步。一匹羸弱的红棕色母马迈着大步跑过来，它的后臀骨轮廓尖锐，明显地凸了出来，我都怀疑这些骨头会刺穿它干巴巴的皮毛。肋骨一根根地突出在它身体两侧。它突然浑身颤抖，四肢打弯……它不是被绊倒的，而是猛地崩溃，身体向前狠摔，侧身还没着地，鼻子就磕到了地面上。

它躺了一会儿，使尽全身力气，试图爬起来。它用前腿支起身子，后腿努力挣扎着，想站起来。可惜这次尝试失败了，它又一次侧身倒下。我们匆忙跑向它，它抬着头看向水槽。我们站在它身边，它却浑然不觉，仍旧专注地看着水槽。

"快来。"我对着乔大喊，"我们把它扶起来吧，它不过是想喝口水，喝了水，它的力气就恢复了。你看它，都干得皮包骨头了，我们抱住它的头，扶它起来吧。"

乔站在我身边。我们把手放在它的脖子底下，尽力向上抬，但是它一动不动，只是沉重地喘着气。

"让它喘一会儿吧，"乔建议说，"或许它就能站起来了。"

天色越来越黑，我们站在母马身旁，无法接受它马上就要死掉的事实。我们焦虑不安，提心吊胆，挫折感让我们越发急躁。我们想派一个人回家，又害怕分开之后，它会在黑夜中死去，剩下的那个人将不得不独自面对这让人心碎的一幕。

我猛地抓住它的头，乔拍打着它的屁股。我们冲着它大喊大叫，有一会儿，它奋力想要爬起来，不过又摔倒了。它发出一声令人战栗的哀鸣，将头垂向地面。

我们无法承受。

"大家到底都在干什么呢？"乔突然愤怒地大喊，看着空无一人的道路，期待着能有一个强壮的男人，带着绳子冲过来帮助我们。

"我们必须打水给它喝。"我绝望地说，"去找个桶吧。"

"我去，"乔说，"你等在这儿，知道桶放在哪里吗？"

"在草料房里。"

乔向我家跑去，我坐在母马身旁，听着蚊子和甲虫在周围飞舞发出嗡嗡的叫声，还有蝙蝠在树顶发出的窸窸窣窣的声音。其他的马儿喝饱了水，慢慢从我身边经过，向着远处还有草的地方走去。它们个个都瘦得皮包骨头，马儿经过的时候，我能闻到它们身上发霉的味道。

乔拿着桶回来了，我们在水槽里灌满水。乔自己一个人拎不动，需要我过去帮忙，我们抬着桶，一步一步往前挪。我们俩一人抓住一个把手，把桶荡到身前，然后放下，走到桶的前面，抓住把手，再往前荡一下。我们重复了这个动作很多次，才走到母马的身边。

我们靠近的时候，能听到它干渴的嘶鸣声。水桶刚一放到它跟前，它就把鼻子深深地插入水中，大口地喝着，桶里的水眼看着就到底儿了。很快，它就喝光了一整桶水，我们又打了一桶，它再次喝干，如此往复了好几次……我累得不行了，倒在地上，爬都爬不起来。我躺在母马身旁，最后一丝力气都抽尽了。

　　"见鬼，难道我还要打水给你喝吗？"乔说。

　　他坐在我身边，仰望着天上的星星，很长时间都不动，也不说话。我唯一能听到的，就是马儿深沉、悲哀的喘气声。

第19章 火山口探险

一个礼拜六的下午，我站在大门口，看到乔穿过树林，向我家跑来。他跑的时候猫着腰，缩头缩脑的，一边跑，一边不时地在树木之间躲躲闪闪。他还老是回头往身后看，好像后面有丛林土匪在追他似的。

他猛地躲到一棵老红桉树背后，身子紧贴着树干，从树后窥伺着刚刚跑过的树林。忽然，他像只大蜥蜴一样，猛地趴倒在地。我望了望，看到安迪沿着这条路跑了过来。

安迪没有往树后躲。他目标明确，不需要躲躲闪闪。

乔绕着树慢慢绕了个圈，好让树能一直挡住安迪的视线，但是安迪对乔的把戏熟悉得很，他径直朝着那棵树冲了过去。

乔从树后直起身子，用惊讶的语气跟安迪打招呼：

"是你啊，安迪？哎呀，我正等着你呢！"

安迪可没被他糊弄过去。乔一露面，他就得意扬扬地大喊了一声："抓到你啦！"

乔和我本来打算在图拉腊大山脚下跟斯基特·布朗森和史蒂夫·麦金泰尔碰面。我们会带上狗，因为山坡上长满了欧洲蕨，当中经常会有狐狸出没。不过，我们的主要目的是想从火山口往下滚石头。

我们在火山口边上撬起大石头，推下去，石头沿着火山口的陡坡一路猛冲，高高弹起，飞到半空中，又猛然落进树丛里，一路上压倒一长串矮树和蕨草，形成一道长长的轨迹。当石头滚到火山口底部的时候，它们还会再颠簸着跳几下，往对面的山坡滚上去一点，最后才停下来。

对我来说，爬到山顶的这段路程着实让人筋疲力尽。我爬一阵，就得停下来歇一会儿，要是我的同伴只有乔，我就会真的停下休息，但是，如果还有其他男孩子跟我们一起的话，他们就会抱怨。

"天呀，你不会又要停下休息了吧？"

有的时候，他们不会等我。当我好不容易爬到山顶，跟他们会合的时候，翻越山峰的胜利喜悦早就消失了，兴奋的欢呼雀跃也已经结束了。

我是怎样赚得一点休息时间的呢？我会想办法转移其他人的注意力。我指着蕨草丛中的小径大喊："我闻到狐狸的味道啦！肯定刚跑过去！快追啊，乔！"

大家会花上一段时间，讨论是不是值得追，这样，我就得到了所需要的休息时间。

　　我们来到约好见面的金合欢树旁的时候，斯基特和史蒂夫正跪在一个兔子洞跟前。他们盯着"小小"的尾巴和后腿，"小小"是斯基特养的一条澳大利亚小猎犬。它的头、肩，还有前腿都钻进了洞里，正拼命地刨着土。

　　"你们看见兔子钻进去了吗？"乔一边在他们跟前跪下身，一边用内行的口吻问道。"来！让我看看！"他抓住"小小"的后腿。

　　"把它拽出来，我们来摸摸看这个洞。"我说，我跟乔一样利落。

　　"傻瓜才把手伸进洞里呢。"史蒂夫站起来，拍打着膝盖上的泥土，好像对兔子洞已经完全没兴趣了一样。那次我用棍子打赢了他这件事，他一直耿耿于怀。

　　"是有人害怕蛇吧！"我轻蔑地大声说，我侧身躺下，把胳膊伸进兔子洞里。乔抓住"小小"。

　　我活动着肩膀，慢慢朝洞口深处探进去。"能够到洞底嘛。"我得意地说。

　　"这是它们生小兔子的时候住的洞吧。"乔说。他松开"小小"，我刚一抽出手，它就又一头扎进了洞里。它的尾巴尖直直地竖着，一动不动，长长地嗅了三下，想找到野兔的气息，过了好一会儿才退出来，抬起头，疑惑地望着我们。

　　"好啦。"史蒂夫说，"我们走吧。"

　　"安迪呢？"乔问。安迪正坐在地上，小丑和路虎围在他两边。他正扒开路虎的毛，帮它捉跳蚤。路虎仰起脑袋，表情安详，一副很惬意的样子。

"你把安迪带来干吗？"斯基特问，他一脸不快。

安迪赶快看向乔，希望他给出一个让人满意的答案。

"我就是带他来了，不为什么。"乔不客气地回答。他从来都懒得在斯基特身上浪费时间。"一看到他，我就想揍他。"他经常这么说，他对斯基特的态度就是这个样儿。

我们沿着一条盘山小径前行。对我来说，这条路可真是够难走的。沿路生长着高高的欧洲蕨，我每次移动拐杖，都会被顽固的蕨草绊住。宽阔的大路上就不会有这种事，所以，当穿越丛林的时候，我总是四处寻找有没有宽一点的路。但是，图拉腊大山上的道路都是狭窄的小径，长满了齐腰高的蕨类植物。我挥动着一根拐杖，拨开前面的道路，双腿和另一根拐杖则支撑着我艰难地挤过去。

我从来都不操心我的腿，因为它们不需要特别的通道。我身体的重量只会在那条好腿上停留一小下，接着，两条腿就会再次离开地面，向前荡去。但是，双拐落脚的地面状况，以及遇到的障碍，却是至关重要的。每次拐杖一打滑，拐杖头磕到石头上，或者被草叶或蕨草缠住的时候，我就肯定会摔跤。而当双腿没能顺利地荡到前面去的时候，反而不会怎么样。

乔第一次跟我一起走的时候，看到我的双腿在欧洲蕨之间磕磕绊绊，他非常担心。我的身旁就是一条畅通无阻的通路，一根拐杖正沿着这条通路前进。但是在他看来，我的两条腿所走的路应该平平整整的，这才算数，他经常抱怨："你为什么放着好好的路不走呢?"

我向他解释后,他评论说:"真可怜!"之后他就再也不提这件事了。

斯基特和史蒂夫一心想一口气爬上山顶,我想办法转移他们的注意力,我成功了,最终我们几个一同登上了山顶。我们面前就是火山口,像个深深的大碗一样躺在我们脚下。毫无遮拦的风猛吹着我们,我们满怀喜悦,迎着风大声呼喊,叫声在火山口中萦绕回响。

我们把一块石头滚下去,看着它沿着火山口陡峭的山壁蹦蹦跳跳,一个个兴致高昂。我真想跟它一起下去,我想亲眼看看火山口底的蕨类植物和树木下面隐藏着什么。

"据说,那里可能有一个大洞,上面只盖了薄薄的一层土。"我说,"要是站在上头——老天爷!你就会掉下去,掉进滚烫的岩浆什么的里头呢。"

"这是死火山。"史蒂夫说,他总要跟我闹别扭。

"可能是。"乔针锋相对,"但也有可能不是,说不定底下绵绵的,随时可能塌下去。谁也不知道那下头到底有什么东西。"他一本正经地总结道。

"见鬼,才不是呢!"

"我敢肯定,下面曾经住过土著人。"斯基特说,"只要下去,就能看见他们曾经住过的地方。塔克先生曾经在那里捡到过一把土著人的斧子。"

"那没什么了不起的。"乔说,"我认识的有个人捡到过一堆呢。"

"我要下去看看。"史蒂夫说。

"走啊！"斯基特心急地说，"那才有意思呢，我也去。走啊，乔。"

乔看着我。

"我等你们。"我说。

火山口的斜坡上布满了火山渣和火山石，很久很久以前，在极高的温度下，它们肯定曾经被烧化成岩浆，产生了气泡，最后凝成固体，就像大块大块的泡沫变成的石头。它们很轻，轻得能够浮在水面上。山岩露出地面，表层光滑得有如露珠。地上还有很多圆石头，内里是绿色的沙砾。陡峭的山壁上生长着奇形怪状的桉树，还有大片大片的欧洲蕨。

山壁这样陡峭，地上碎石遍布，拄着拐杖没办法在这样的山壁上走路，就算有些地方拐杖能落脚，坡也太陡了。我坐下来，把拐杖放在身边，准备等他们回来。

安迪决心要跟着乔，一起去探险。

"带着安迪，我走不远。"乔安慰我，"真要是走到最底下，他肯定会累死的。我下到半路就会回来的。"

"我可能走啦！"安迪抗议道，他急于让乔放心。

"我们很快就回来。"乔向我保证。

我注视着他们向山下走去，乔拉着安迪的手。他们的声音渐行渐远，最后，我终于听不到了。

虽然不能跟他们一起去，但是我一点也不觉得沮丧。我认为留下来，是我自己决定留下来，而不是因为我没用。我从来不觉得自己没用。我会感到恼火，但是这种恼火并不是因为我不能像乔或者史蒂夫那样走路攀爬，这种恼火，是针对"另一个孩子"的。

"另一个孩子"总是与我同在，如影随形。他就是我的阴暗面，他弱不禁风、满腹牢骚，他胆小怕事、焦虑不安，他总是求我多照顾他，总是为了自己的私利，想要控制我的行为。我瞧不起他，但他是我的责任。每次要做决定的时候，我都得让自己摆脱他的影响。我会跟他争辩，但是从来都说服不了他；我会一气之下把他一脚踢开，扬长而去。他待在我的躯壳里，拄着拐杖，一瘸一拐；而我迈开双腿，健步如飞地走开。

当乔告诉我，他要走到火山口下面去的时候，"另一个孩子"马上焦急地对我说：

"饶了我吧，艾伦。让我歇会儿吧，我受够了，别把我累坏了。陪我在这儿歇会儿吧，让我喘口气。下次我一定不会再拦着你了。"

"好吧，"我跟他说清楚，"但是别老跟我来这一套啊，要不然我就不要你了。我还有好多事情要做呢，你可别老拦着我。"

于是，我们两个就一起坐在山坡上，一个信心满满，坚信自己有能力做任何需要做的事情，而另一个则必须仰赖前者的庇护和照顾。

这里离火山口的底部有四分之一英里。我能看到，男孩子们沿着山坡向下爬，一会儿向左，一会儿向右，寻找容易落脚的地方，有时候会抱住树干，停下来四处打量。

我一直盼着他们转过身来往回爬。但是我看到，他们又下定决心，继续朝底下进发了，我有一种遭到背弃的感觉，烦恼地小声嘀咕起来。

我盯着拐杖，看了一会儿，我在考虑，不知道它们放在这儿安不安全，我能不能记住放的地方。然后我趴下，双手和膝盖着地，向火山口底下爬去。男孩子们已经爬到底部，他们互相大声呼喊着，在那片平地上四处搜寻。

一开始，我爬着前进，穿过蕨草丛向下猛滑几乎不费什么力气。有时失手没撑住，我就在松软的土地上摔个嘴啃泥，脸着地向前滑，直到被什么东西挡住才停下来。在布满火山渣的地方，我会坐得笔直，像在雪橇上一样，一下子滑下去好几码，身边的鹅卵石蹦蹦跳跳，碎石子轰隆隆地朝下滚，像瀑布一样。靠近底部的地方，一些大石头乱糟糟地堆在蕨草丛中，它们原先都是山顶上的。想当年，最早的一批探险者来到了这片土地，他们登上高山，将原本半埋在山顶土里的大石头撬出来，看着它们飞快地滚下山坡，远远停住。

我发现，想要穿过这片乱石可不容易。我从一块石头上爬到另一块石头上，努力用双手支撑整个身体的重量，好减轻膝盖的负担。后来，我终于爬到一片石头没那么多的地方，可以在石头的缝隙之间爬行了，这时我发现，我的两个膝盖都已经磨破流血了。

男孩子们看到我下来了。当我跌跌撞撞地爬过一片蕨草丛，来到地面上的时候，乔和安迪正等着我。

"真要命，你打算怎么上去啊？"乔问，他在我身边的草地上蹲下来，"现在肯定有三点多了，我还要去把鸭子赶回家呢。"

"我会爬上去的，很容易。"我简短地说，然后换了个口气，"这里的泥土是不是跟你想象的一样软呀？我们来把石头翻起来，看看下面有什么吧。"

"这里跟上头一样。"乔说，"斯基特捉到了一只蜥蜴，不过他不会让你拿的。他和史蒂夫一直在议论我们。你看他们。"

斯基特和史蒂夫正站在一棵树旁，嘀嘀咕咕，不时地朝我们这边瞥上一眼，眼神里带着鬼祟，好像在密谋着什么。

"我们听得见哦。"我大喊。这是句谎话，当想判断对方是否有敌意的时候，大家一般都会用这句话作为开场白。史蒂夫的回答则表现出毫不掩饰的敌意。"你在跟谁说话？"他边问边朝我们走了一步。

"反正不是你。"乔喊道，他觉得这个反击够厉害的，转过身来笑嘻嘻地对我说，"你听见我怎么说他了吗？"

"你瞧，他们走了。"我说。斯基特和史蒂夫转过身，开始沿着山壁向上爬，"让他们走吧，谁稀罕他们？"

斯基特扭过头，最后骂了一句："你们这两个怪胎！"

他的最后一击太没水准了，我跟乔都很失望。太没意思了，我们都提不起劲头儿来反击。我们默默地看着他们俩在乱石中摸索着道路向上爬。

"斯基特是个没用的家伙，他连个纸袋都挣不破。"乔断言道。

"我能挣破，是不是，乔？"安迪尖叫着。安迪在判断自己能力的时候，总是要听从乔的意见。

"嗯，是的。"乔说。他嚼着一根草茎，接着对我说："我们最好也出发吧，我得去赶鸭子了。"

"好的。"我说，然后又补充道，"不用等我，除非你想等。我没问题的。"

"走吧。"乔站了起来。

"等一下，我才刚下来呢，让我感受一下。"我说。

"好像挺有意思的啊，是不是。"乔环顾四周，说道，"你听，有回声。"

"喂！"他大喊了一声，周围火山口的山壁传来好几声轻轻的"喂"，回应着他。

我们大声叫喊，听着山壁传来的回声。玩了一会儿，乔说："我们走吧，我不想待在这下面了。"

"为什么啊，乔？"安迪问。

"山看起来像会塌下来，砸到我们头上似的。"他说。

"不会塌下来的，是不是啊，乔？"安迪担心地问。

"不会的。"乔说，"我只是随便说说罢了。"

不过，四周封闭的山壁看起来好像真的会轰然倒塌，把我们埋在这里，永不见天日。从这里看出去，天空不再是笼罩着大地的穹顶，而像一个摇摇欲坠的屋顶，搭在石头和沙砾砌成的围墙上。天空的颜色苍白而单薄，那种熟悉的蓝色仿佛被抽干了，巨大的山壁斜斜上升，仿佛迎上去，为它染上了一层暧昧不明的颜色。

而泥土是褐色的，褐色……到处都是褐色……墨绿色的蕨草丛仿佛也被淋上了一层褐色。安然静默的鹅卵石也是褐色的，甚至这种静默本身，也是褐色的。我们坐在底下，火山口之外，那个鲜活世界里的欢声笑语，都被隔绝在外了。我们始终感觉，好像有什么不友好的庞然大物正在窥伺着我们。

"我们走吧。"沉默了一会儿，我说，"这里感觉不太好。"

我从坐着的石头上下来，爬到地上。

"没有人会相信，我来过这里呢。"我说。

"那只能说明，他们是大傻瓜。"乔说。

我转过身，开始往回爬。爬上陡坡的时候，全身的重量都压在了膝盖上。我的膝盖已经红肿发炎了，轻轻一碰就疼得厉害。爬下来的时候，胳膊承担了全部体重，膝盖几乎不需要出力，只要支撑一下就可以了。而现在，每爬一码，我都得苦苦挣扎，很快，我就筋疲力尽了。爬不了几码，我就得休息一下。我趴倒在地上，脸紧贴地面，双臂无力地垂在身旁。这样趴着，我能听见自己心跳的声音从大地传来。

我休息的时候，乔和安迪就坐在我两边说话，但是没过多久，我们就都不说话了，只是沉默着攀爬，还有休息。每个人都自顾不暇。乔得帮安迪，还得跟我保持步调一致。

我爬呀爬，我默默地激励着自己，再使一把劲儿。"加油！""再来一下！""使劲儿！"

在高高的山坡上，我们停下来休息。我四仰八叉地躺在地上，舒展着身体，大口喘着气。这时，我贴在地上的耳朵忽然听到两声急促的巨响。我抬起头，向火山口看去，我看到斯基特和史蒂夫的身影映着蓝天，他们正挥舞着手臂，惊恐地大叫。

"小心！小心！"

原来有一块大石头，被他们猛推了一下，朝我们滚了过来，这时它才刚开始动，还没有加速。乔和我同时看到了它。

"树那儿！"乔大喊。他一把抓住安迪，我们三个手足并用地挣扎着，向山坡上一棵枯死的老桉树爬过去。我们扑到树上，差一点就被石头撞到，石头呼啸着从我们身边滚过，大地都随着它的滚动而震颤。

我们注视着它颠簸弹跳着压过蕨草和树木，渐渐向底下滚远了。远远地，我们听到底下传来尖锐的咔啦一声巨响，那是它撞到了掩藏在欧洲蕨当中的鹅卵石，裂成了两半，朝着两边飞了出去。

史蒂夫和斯基特被他们闯的祸吓坏了，早就转过身，翻过山顶逃走了。

"他们跑了！"我说。

"老天啊！你见过这种事吗？"乔说，"他们差点要了我们的命。"

但是经历这样的事，我们两个都还觉得挺开心。

"等着瞧，回头我们告诉学校里的同学去。"我说。

我们继续开始向上爬，这会儿感觉轻松一些了，我们谈论着刚刚那块石头滚得有多快，不过没过多久，我们又不说话了。我休息的时候，乔和安迪只是坐在那里，一声不吭地看着我们身下的火山口。

我觉得，我们刚刚一起出生入死，他们现在的沉默，跟我一样都是累坏了。

我更频繁地休息，尽管每前进一步都痛苦不堪，但是太阳已经开始落山了，对面山峰背后的天空呈现一片火红的颜色，我必须赶快回到地面上去。

最后，我们终于到达了山顶。我躺在地上，浑身每一块肌肉都在抽搐，像一只刚被剥了皮的袋鼠一样。

乔坐在我身边，手里拿着我的拐杖，过了一会儿，他说："我有点担心那些鸭子了。"

我站起来，把拐杖夹在腋下。我们一起向着山下走去。

第20章 钓鳗鱼

　　每次当我在树林里走了很远的路，筋疲力尽地回到家时，父亲都会很不安。有一天他对我说："别走得太远了，艾伦。就在家附近的树林里打猎吧。"

　　"这儿没有野兔啊。"我说。

　　"是没有。"他站在那儿，盯着地面若有所思。

　　"你非打猎不可，是吗？"他问我。

　　"也不是，"我说，"不过我喜欢出去打猎。男孩子都会去打猎的，我喜欢跟乔一块儿出去。每次我累了，他都会停下等我。"

　　"嗯，乔是个好小子。"父亲表示赞同。

　　"累点没什么的。"看到他又不吱声了，我对他说。

　　"是，那倒也是。我也觉得，你应该什么都试试。总之，你要是累了就别逞能，躺下休息一会儿。就算是顶呱呱的千里马，在爬长坡的时候，也得时不时地歇一会儿呀。"

他攒了一些钱，开始看《年代》报上的旧货广告。有一天，他写了一封信，然后几个礼拜后，他驾车去了一趟巴伦噶，从火车站带回了一辆残疾人用的轮椅。

我放学回家的时候，轮椅就放在院子里，我站在原地，惊奇地打量着它。牲畜场里传来父亲的喊声："是给你的，跳上去跑几圈吧。"

这辆轮椅分量不轻，在制造的时候，压根儿就没考虑过要造得轻一点，所以很笨重。轮椅的后面有两个超大尺寸的自行车轮子，前面有一个小轮子，固定在一个鹅颈式的铸架上。座位两侧各有一个长长的手摇柄，连在车轴曲柄的长枝上。摇柄可以来回转动，一个是向前的，一个是向后的。右手的摇柄上还有一个转环，这样坐轮椅的人就可以控制着前轮，左右转动方向了。

得很使劲儿地拉一下，车子才能开始动，但是开动了之后，只要两只胳膊有节奏地用力，它就能一直前进了。

我爬上轮椅，驾驶着它，开始围着院子打转，轮椅一冲一冲地向前跑。不过不一会儿，我就摸到了规律，要摇一下，再放松一会儿，轮椅就会像自行车一样平稳地行进了。

几天之后，我就能驾驶着轮椅在马路上飞驰了，我的双臂像活塞一样运动着。坐着轮椅上学的我，成为了小伙伴们忌妒的对象。他们爬上轮椅，有的坐在我的腿上，有的跟我面对面坐在车子的鹅颈架上。坐在前面的那个会抓住把手，握在我的手底下，一前一后地帮我摇。我们管这叫"做工抵车费"，谁只要肯做工，我都乐意让他搭一程。

不过，那些坐在前面的孩子，他们的双臂没有经过拄拐杖的锻炼，没什么力气，所以很快就吃不消了，到最后还是只剩下我一个人独自摇手柄。

这辆轮椅大大扩展了我的活动范围，我可以到小河边玩了。图拉腊河离我家三英里，以前，只有在野餐会的日子，父亲驾着马车送我们过去时，才能够见到。

乔经常溜达到河边钓鳗鱼，现在，我可以和他一起去啦。我们把两根竹子做的渔竿绑在座位旁，把一个用来装鳗鱼的旧口袋放在脚踏板上，然后，我们就出发了。乔坐在前面，他的胳膊急促地摇着手柄，而我的手握在手柄上方，胳膊摇摆的幅度更大。

周六晚上是我们的钓鱼之夜，我们总是在下午快傍晚的时候离开家，在太阳下山之前赶到麦卡伦潭。麦卡伦潭水道狭长幽暗，流水幽深而平静。岸边生满了红桉树，粗壮的枝丫延伸到水面上。树的主干虬结扭曲，显出焦黑的颜色，可能是经历过丛林火灾的烧灼，也可能是被黑人土著砍掉树皮做独木舟，留下了长长的、树叶形状的伤疤。

我和乔曾经兴冲冲地观察过这些树木，想要找寻石头斧子剥落树皮留下的痕迹，我们编了很多关于这些树的故事。有些疤痕很小，还没有一个小婴儿大。我们知道，这块树皮是用来做库拉蒙树皮盘子了，那是一种浅口盘子，土著女人会让自己家的小孩睡在里面，或者用它来盛放采集到的蔬菜食物。

有一棵大树的树根粗壮而虬结，一直伸到麦卡伦潭的水面下。在静悄悄的夜晚，我们的浮子漂浮在宁静的水面上，河水倒映着月光，像一条皎洁的小径。有时候，脚下黑暗的水面会泛起涟漪，打破了潭水的平静。随即，一只鸭嘴兽浮了上来，用锐利的目光打量着我们，然后一拧身子，又重新回到水下老树根之间的洞穴里。

鸭嘴兽们经常迎着水流，向上游游去，再随着水波漂回来。寻找水流带来的小虫子的时候，它们的脑袋依然向着流水的方向。有时候，它们从我们身边游过，只有拱着的背露在水面上，我们还以为是鱼呢，于是把钓鱼线甩过去。要是有鸭嘴兽咬了钩，我们就会把它拉到岸上，摸着它身上的毛，讨论着有多想养它，不过最后还是会把它放走。

水老鼠也住在树下的洞里。它们从水底的泥里挖出河蚌，找一根大树根，在树根平坦的表面上把贝壳砸碎，在树根上能捡到很多碎片。我们把这些碎片放到一个口袋里，带回家给鸡鸭吃。

"这是你能搞到的最好的贝壳碎片了。"乔告诉我，不过乔老爱夸大其词。他说我的轮椅是"他见过的最好的东西"，他还奇怪，为什么人们从没想过举行一次轮椅赛跑呢。

"你保准是冠军，轻轻松松。"乔向我保证，"嗯，虽然你才刚学会……不过，那不成问题。谁的胳膊也没有你的粗壮。你轻轻松松就能赢。"

他一路絮絮叨叨。我们面对面坐在轮椅上，胳膊有节奏地来回摆动，摇着轮椅向河湾前进。这天晚上我们都很开心，因为我们做好了一个鱼饵串。

用鱼钩钓鳗鱼当然也很有意思，但是用鱼饵串钓的话，那种感觉带劲得多，钓上的鱼也更多。

拿一根羊毛线，把做鱼饵的小虫子穿成一串，直到穿成几码长，像一只超长的大虫子，鱼饵串就做好了。

然后，把这条沉甸甸的虫子串团成一圈，一大串垂下来，系在绳子上。用它钓鱼的时候不用浮子，就这样直接扔进水里，它马上就沉底了，几乎立刻就会有鳗鱼咬上去，它锉刀一样的牙齿会被羊毛线卡住。

钓鱼人感到有东西在拽鱼钩，就会猛地一拉，把鳗鱼扯出水面。鳗鱼和鱼饵串一起落到身边的岸上。得赶紧抓住它，要不然它就又会溜回水里了。钓鱼人用小刀割断鳗鱼的脖子，塞进口袋里。

鳗鱼的身子黏糊糊、滑溜溜的，可难抓住啦。有时候，一下子会有两条鳗鱼被拉到岸上，乔和我一齐扑过去捉，才刚刚逮住，一不小心又让它们跑掉了，只好赶紧再扑上去。在等鳗鱼上钩的时候，我们用干燥的土搓着手，土粘在手上，捉鱼的时候就不容易打滑了。土和着鳗鱼的黏液，很快就结成了块，每过一会儿，我们就得去把手洗净，然后重新用尘土搓手。

我们来到老树下，点起一堆篝火，开始用铁罐煮茶，母亲已经在里面放好了茶叶和糖。我们看到一大群鸭子沿着河流，经过一个个弯道，飞快地游过来。看到我们，它们直挺挺地立

197

起身子。

"这条河里有好多鸭子。"乔一边大口嚼着厚厚的腌牛肉三明治，一边说，"从这儿到图拉腊，这么说吧，把这些鸭子都卖掉，要是一只能给我一便士就好了。"

"那你觉得，你能赚多少钱？"我问他。

"一百镑，轻轻松松。"乔总会提出一个整数。

乔觉得，一百镑真是一大笔钱。"你可不知道，有了一百镑你能干多少事。"他告诉我。

"想干什么都行啦。"

这可真是个引人入胜的话题。

"你可以想买哪匹小马驹就买哪匹。"我说，"还有鹿皮马鞍！天呀！还有你不是想买本书吗，这下子……嗯，你可以买了，就算你把书借给谁，然后他们不还了，都没关系。"

"噢，很容易要回来啊。"乔说，"反正知道是谁借的。"

"那可不见得。"我坚持己见，"没人能记清楚把书借给谁了。"

我把面包皮丢进河里，乔说："当心点！别把鳗鱼吓跑了。鳗鱼可容易受惊了，而且，今天晚上刮的可是东风，刮东风的晚上鳗鱼不爱咬钩。"

他站起来，把手指放进嘴里舔舔弄湿了，然后伸出手指，在安静的夜空里举着，等了一会儿。

"没错，确实是在刮东风。朝东的这一面感觉有些凉。"

不过，鳗鱼还是上钩了，这可比乔预想的好得多。我们在一个铁罐子里垫了草，鱼饵串就放在里面，我才刚把它拿出来丢进水里，就感到有鱼儿咬饵了。我猛地向上一提鱼竿，鱼饵串就带着一条鳗鱼被甩到了岸上。鳗鱼在草地上蹦了几下，然后像蛇一样朝着河水蠕动过去。

"快抓住它！"我大喊。

乔一把抓住了它，它在乔手里不停地扭动。我打开折叠小刀，割断它脖子后面的脊骨，把它放进了篝火旁的口袋里。

"捉到一条啦。"乔满意地说，"东风一定已经停了，真不赖。今天晚上我们准能钓上来不少。"

十一点的时候，我们已经钓到了八条鳗鱼，但是乔想钓满十条。"要是能钓十条，你就真是好样的了。"他劝我，"'我们昨天晚上钓了十条'可比'我们钓了八条'听起来神气多了。"

我们决定坚持到十二点。月亮升起来了，月光明亮皎洁，将我们回家的路照得清清楚楚。乔又去捡了一些树枝来点篝火。有些冷飕飕的，而我们的衣衫都很单薄。

"什么也不如热腾腾的火堆好啊。"我一边说，一边把干枯的桉树枝扔进火堆里，火苗蹿了起来，比我们的脑袋还高。

忽然，乔丢下抱着的一大把柴火，扑过去抓钓竿，又有鳗鱼咬饵了，钓竿在颤动。一条鳗鱼被拖出水面，甩到岸上，落在火堆旁。鳗鱼扭动着身体，想要离灼热的火苗远一些，火光照在它身体上，闪烁着黑黑白白的亮光。

这是我们钓到的最大的一条鳗鱼了，我急忙扑了上去。

它从我的指缝里钻了出来，拼命扭动着身子，朝着河水蠕动。我急忙在地上抹了把手，紧追着爬过去。它爬到水边了，但这时，乔已经丢下了钓竿，捉住了它。鳗鱼在乔手里使劲儿扭动，甩着头和尾巴。乔紧紧地捏着它，但是它还是从他的手指缝里钻了出去，落到了地上。它眼看就要钻进水里了，乔再次扑了上去，不料，却在泥巴上滑了一下，摔进了河水里，整个下半身都浸湿了。

乔不怎么爱骂人的，但是这回他破口大骂。他泡在水里的样子挺滑稽的，不过我没有笑。他爬到岸上，站起来，胳膊张开叉着腰，低下头看着脚下汇集的水洼。

"我会被臭骂一顿的。"他忧心忡忡地说，"肯定会的。再怎么说我也得把裤子弄干。"

"脱下来，放在火上烤干吧。"我出了个主意，"用不了多长时间就会干的。那家伙是怎么从你手里跑掉的？"

乔转过身看着河水。"这条鳗鱼可真够大的，我从来没见过这么大的鳗鱼。"他说，"两只手都握不过来，而且还很重！老天爷，重死了！你感觉到它有多重了吗？"

这是个好机会，我们可以尽情构思这段经历，谁也没办法核实。乔和我都醉心于此。

"好像有一吨重。"我说。

"可不是。"乔附和着。

"还有它那活蹦乱跳的劲儿，"我大声感叹，"我感觉它挣扎得简直像一条蛇。"

"它缠住了我的胳膊。"乔说，"我还以为胳膊断了呢。"他停了下来，开始脱裤子，他动作飞快，就像有只大蚂蚁正爬上他的腿一样。"我得把它弄干。"

我把一根树杈插在地上，倾斜着架在火苗上方，他可以把裤子搭在木棍上，热气蒸腾，很快就能把裤子烤干了。

乔从口袋里掏出一段湿透的绳子、一个黄铜门把手和几粒弹珠。他把这些东西放在地上，然后把裤子搭在了树杈上，开始在篝火前上蹦下跳，好让自己暖和点。

我把鱼饵串扔回河里，我还心存侥幸，巴望着能再钓到弄丢的那条鳗鱼。终于，我感觉有鱼咬饵了，我以为会拉到一个很重的东西，所以使尽九牛二虎之力，猛地一扯钓竿。

一条鳗鱼紧紧咬在鱼饵串上，扭来扭去。它高高地飞过我的头顶，在空中划过一条弧线，落在了我的身后，砸在了挂着乔裤子的树杈上。裤子掉到了火中。

乔向火堆冲过去，但是又猛地退了回来，因为一股热浪腾起来直扑向他的脸颊。他举起一只手挡住脸，用另一只手去够裤子。他猛地跳起来，一边怒气冲冲地大声叫骂，一边跑到火堆这边，他从我手里夺过钓竿，朝已经烧着的裤子伸过去，他想钩住裤子，把它挑出来。钓竿的那头终于伸到了裤子底下。他使尽吃奶的劲儿，迫不及待地一甩钓竿，裤子从火堆上飞了起来，在夜空中划出一道火焰的彩虹，然后从钓竿上飞了出去，落在了河水中，发出"哐"的一声，腾起一股蒸汽。

火灭了，巨大的阴影笼罩了乔。流水的波纹闪着微光，隐约可以看到，他的裤子像水面上的一块黑色补丁，慢慢地下沉，消失了。他双手拄在膝盖上，弯着腰看着那边。篝火的亮光给他光溜溜的屁股镀上了一层玫瑰样的粉红色。

"我的天啊！"他说。

他终于回过神来，开始思考自己的窘境，他说我们必须赶快回家。对于捉十条鳗鱼这种事他已经没兴趣了，他只担心被人看到自己光着屁股。

"不穿裤子可是犯法的。"他认真地说，"要是被人看到我没穿裤子，我就完蛋了。没穿裤子被逮住，马上就得坐牢。老多布森（乔说的是当地的一个自行车赛车手，他最近疯了）去了墨尔本，没穿裤子满街乱跑，结果就被逮捕了，鬼知道要坐几年牢。我们必须得走了。今天要不是满月就好了。"

我们急急忙忙地把钓竿拴到轮椅旁边，把装鳗鱼的口袋放到脚踏板上，赶紧出发了。乔坐在我腿上，脸色阴沉，一言不发。

轮椅车上装的东西可不轻。翻小山的时候，乔就得爬下来，帮忙往前推。幸好路上的小山坡不是很多，但我还是走得越来越慢。

乔抱怨天气冷。我一直在推拉着摇柄，所以觉得还挺暖和的，而且迎面吹来的风也被乔挡住了。他不停地在拍打着光溜溜的大腿，好让它们暖和一点。

前方长长的、笔直的马路上，一辆马车的灯光渐渐朝我们靠近。已经听得到马蹄跑起来嗒嗒的声音了，我说："听起来像是老奥康纳斯家的灰马。"

"一定是他。"乔说，"停下！谁知道他会跟什么人在一起呢。让我下来，我得躲到那边的树后面去。他会以为你是一个人的。"

我把轮椅车停在路边，乔跑过草地，身影消失在一片黑暗的树丛中。

我坐在轮椅上，看着马车渐渐靠近，能歇口气儿我觉得很高兴。我琢磨着前方还要走的一段段路——先是一段好走的路，然后是长长的上坡，通往我回家的小道，以及最后到家门前还得再使把劲儿。

马车的灯笼离我还有一小段距离，驾车人控住马，开始慢慢走。走到我轮椅跟前的时候，他吆喝了一声："吁！"马儿停住了。他从座位上倾下身子，望着我。

"你好啊，艾伦。"

"晚上好，奥康纳斯先生。"

他把缰绳缠到手上，摸索着烟斗。

"你这是到哪儿去了呀？"

"我去钓鱼了。"我告诉他。

"钓鱼！"他叫道，"天啊！"他用手掌搓着烟叶，小声嘟囔着，"我真弄不明白，一个你这样的孩子，坐着那么个莫名其妙的破机器，三更半夜的四处瞎逛什么。你会把小命送掉的。听着，我跟你说啊！"他提高了声音，"随便碰上个醉鬼，就能把你碾死——保准会的。"

他从挡泥板上俯下身子，朝地上吐了一口唾沫。"我是劝不住你老爹了，不过反正他谁的话都听不进去。像你这样的一个瘸腿孩子，就应该待在家里，躺在床上休息。"他无所谓地耸了耸肩，"不过，反正也不关我的事！对了，你身上带火柴了吗？"

我爬下轮椅，解下座位旁边的拐杖，递给他一盒火柴。他划着了一根，把烟斗点着，用力吸了一口，火苗在烟斗上腾起又熄灭，发出窸窸窣窣的声音。他把火柴还给我，然后扬起头，烟斗朝上，叼在嘴里。他继续吸着，直到烟斗里忽然冒出亮光。

"是呀。"他说，"家家有本难念的经。我的肩膀还有风湿病呢，真是要命。我知道是怎么个滋味儿……"他拉起缰绳，停了一下，问我，"你老爹最近怎么样？"

"很好。"我回答，"他正在驯卡鲁泽斯夫人的五匹马。"

"她家的啊！"奥康纳斯先生嗤之以鼻，"真见鬼！"然后他又说，"问问他，我有一匹三岁的小母马，他愿不愿意给驯一下。已经上了马嚼子了，文静得跟头小羊羔一样……得要多少钱啊？"

"三十先令。"我说。

"太贵了。"他斩钉截铁地说，"我给他一镑——这个价格也不赖了。这匹马还没交配过，你去问问他。"

"好的。"我答应了。

他拉起缰绳。"我真是不懂了，一个你这样的孩子，三更半夜的四处瞎逛什么。"他嘟囔着，"驾！"

他的马打起精神来，向前跑去。"再见。"他说。

"晚安，奥康纳斯先生。"

他一走，乔就从树丛里钻了出来，跑到轮椅车跟前。

"我都冻僵了。"他不耐烦地嘀咕道，"我现在要是一弯腿，肯定就断了。他怎么停了那么长时间啊？快点，我们快走吧。"

他爬到我腿上，我们再次出发了。乔哆哆嗦嗦的，大声嚷嚷着他的担忧，还有弄丢裤子的愤慨。

"妈妈肯定会气死的。我只剩一条裤子了，屁股那儿还磨破了。"

我用尽全身力气，使劲推拉着摇柄。我的前额紧紧抵在乔的后背上。轮椅在高低不平的路上颠簸着，长长的钓竿磕碰在一起，一路咔嗒咔嗒地响。而我们脚下的袋子里，鳗鱼不停地从一边滑到另一边。

"还好。"乔竭力安慰着自己，"还好在裤子着火之前，我把口袋里的东西都掏出来了。"

第21章 会游泳啦

一个坐在我家大门口的流浪汉告诉我，他认识一个人，两条腿都没了，可是游起泳来像鱼一样棒。

我经常想到这个人，他在水里能游得像鱼一样。我还没见过人游泳呢，我怎么也想不出，一个人是怎么能光动胳膊，就浮在水面上不沉下去的。

有一份男孩看的报纸，名字叫作《好友》，我有一大本合订本，里面有一篇文章，就是关于游泳的。文章配了三幅插图，画了一个穿着条纹泳衣、留着小胡子的男人。第一张图里，他张开双臂，高举过头，面对着你站在那儿；第二幅图里，他的双臂跟身体成直角张开；最后一张图里他的双手放在身侧。箭头从他的手指向膝盖，说明他的双臂是向下划的，作者说，这种游法叫作"蛙泳"，这个名字让我感觉有点别扭。

文章里提到，青蛙游泳的方式就是蛙泳，于是我捉了几只青蛙，放到水桶里。它们潜到桶底，四处打转，然后又浮上来，鼻孔朝天漂浮在水面上，它们的四腿大开，而且放在身侧。通过观察它们，我没学到什么东西，不过，我已经下定了决心要学游泳。夏天的晚上，我坐着轮椅，偷偷溜出去，到三英里外的湖里练习游泳。

那片湖隐藏在一个山谷里，水面之上的湖岸有两三百码高，高耸陡峭，阶梯状上升。水下肯定也是阶梯状的，因为离岸边几码外，湖水陡然变深，湖底蔓生着长长的水草，湖水冰凉，湖面宁静。

学校里的男孩子们都不会游泳，而且据我所知，图拉腊的男人们也没有一个会游泳的。整片地区都没有适合洗澡的地方，只有在酷热的夏天傍晚，热得受不了了，男人们才会冒险到湖里洗澡。大家一直觉得这片湖是个危险的地方，大人们警告孩子千万要远离。

然而有时候，有些孩子还是会不听父母的话，成群结队地在靠近岸边的水里瞎扑腾，想学游泳。这种时候，要是有大人在场的话，他们的眼睛会一直盯着我，坚决不让我靠近那些"大坑"，我们把那些水陡然变深的地方叫作"大坑"。他们会把我从岸上抱到水浅的地方，要是看到我爬过石头，穿过岸边的泥带，他们都会如临大敌。

"等着，我来抱你。"他们会说。

这会让在场所有人的注意力都集中到我身上。而当没有大人在场的时候，孩子们似乎从来不会注意到，当他们在水里走的时候，我是在爬的。他们往我身上泼水，我们玩泥巴大战的时候，他们会往我身上抹泥巴，或者丢我，有时候还会用湿乎乎的拳头打我。

玩泥巴大战时，我是一个特别容易受攻击的目标，因为我躲不开，也不能去追打攻击我的那个人。要想退出这种游戏倒是很容易，我可以大喊"停战"，自己认输。但如果我这样做了，就永远甭想跟他们平等了。我就会永远成为一个旁观者，只有女孩子才做旁观者。

那个时候，我并没有意识到，我的行为背后的动因是什么。我也没有发觉，自己的所作所为，是为了得到平等的对待。我只是不由自主地这样做，出于某种我既不知晓，也无从解释的动机。因此，如果有人非要一直向我扔泥巴，我会不顾一切直直地冲他爬过去，直到我眼看就可以抓到他了，他就会转身逃走。

用棍子打架的时候也是这样。我会直直地冲入战团，哪怕挨打也不怕，因为只有这样，我才能赢得孩子们的尊敬。只有在游戏中身手不凡的人才会获得尊敬。

在孩子们看重的各项本事当中，游泳是重中之重。通常来说，只要你能脸朝下浮在水面上，手撑着河底向前划，你就可以宣布自己会游泳了。但是，我想学会在深水区游泳。其他的孩子都很少去那儿，所以，我打算一个人去。

湖岸顶上有一片金合欢树丛，我把轮椅留在那里，爬下长满青草的山坡，爬到岸边。我脱下衣服，爬过石头和泥岸，来到了铺满河沙的水域。如果坐下的话，水还不到我的胸口深。

《好友》上的那篇文章可一点都没说，要先屈胳膊，再用某种姿势向前猛推，尽量减少水的阻力。我的理解是，只要伸直胳膊，上下挥动就可以了。

我的学习进入了这样一个阶段：我已经可以使劲儿拍一下水，让自己浮在水面上，但不会往前游。直到第二年，我在家门口跟另一个流浪汉谈起游泳时，我才知道了该怎么挥动胳膊。从那之后，我的进步飞快，终于有一天，我感觉自己已经可以游到任何地方了。我决定游到"大坑"那儿试试看。

那是一个炎热的夏日傍晚，湖水碧蓝，水天一色。我光溜溜地坐在岸边。远处水面上的黑天鹅随着水波一起一伏，我一边望着它们，一边跟脑海中的"另一个孩子"争论，他想让我回家。

"你已经能沿着河岸，轻而易举地游上一百码了。"他劝我，"学校里别的男孩子可都做不到呢。"但是我不肯听他的，他又说，"你看看，这里也太荒凉了。"

正是这种荒凉让我有些害怕。湖边没有一棵树，湖水就这样袒露在天空之下，似乎总是笼罩在一片寂静之中。有时，会有一只天鹅高声鸣叫，不过，那也是一种哀鸣，只会让这片湖显得更加孤寂。

过了一会儿，我爬进水里，一直向前爬。我挥动手臂，拍打着水面，保持身体直立。我游到了深水边缘，河底在这里陡然下降，湖水冰冷湛蓝。我站在那儿，挥动手臂划着水。我低头看着清澈的湖水，能看见水草长长的、苍白的草茎，像蛇一样，从水下的陡坡上伸展出来。

我抬头看看天空，头顶的天空无边无垠。天空是空旷的穹顶，水面像湛蓝的地板，而我在天地之间，孤零零一个。我感到害怕。

我站了一会儿，然后深吸了一口气，猛地向深水处游过去。我向前游着，两条腿拖在身后，一根冰凉的叶蔓缠上了我的腿，不一会儿又松开了。我在水中游着，我感觉，身下的湖水似乎一直在变深，一直在变深。

我很想掉头回去，但是我坚持住了，继续向前游着。我缓慢而有节奏地挥动着手臂，划着水。我在脑中一遍又一遍地对自己说："别害怕，别害怕，别害怕。"

我慢慢转过身。我再次望见了湖岸，那里看起来好遥远，有那么一会儿，我感到一阵恐慌，我胡乱拨动着湖水，但是脑中的声音不断回响，我镇定下来，开始再次慢慢地向前游去。

我爬出水面，爬到岸上，就像一个刚经历过一段漫长的旅程，历尽艰辛和险阻，凯旋的探险家一样。现在，湖畔不再是一片可怕的荒原，而是变成了一个非常可爱的所在，洒满阳光，绿草如茵，我一边穿衣服，一边吹起了口哨。

我会游泳啦！

第22章 流浪汉们

我家门口的路边，生长着几棵巨大的赤桉树，树荫浓密。树叶上、枝梢上，还有枝丫间，都落着篝火燃烧产生的炭灰，树下的地上也零星地散落着。过路的流浪汉们经常会将肩上的行囊取下来，放到地上，稍事休息，有些还会若有所思地打量我家的房子和柴火堆，然后进来讨点吃的。

在那些来讨饭的流浪汉当中，母亲很有名声。她总会给他们面包、肉，还有茶，而且还不要求他们帮家里劈木柴作为答谢。

以前在昆士兰时，父亲曾经经历过一段很不如意的岁月，所以，他很熟悉这些流浪汉的行为方式，他总是称呼他们"旅行者"。那些待在丛林里的大胡子，父亲管他们叫"丛林佬"，那些从平原过来的，他称他们为"平原佬"。他能分辨出二者的不同，也能知道哪些人是真的一文不名了。

如果有流浪汉在我家大门口过夜，父亲就会说，这人已经身无分文了。

"但凡他还有点钱，就会去前面小酒馆了。"他告诉我。

父亲经常站在牲畜围栏的一边，看他们端着烧饭用的铁罐子，走到我家门口，要是他们不把罐子盖儿给我母亲，而是自己紧攥着不撒手的话，父亲就会微笑起来，说："老行家！"

我问他，母亲拿走罐子的时候，他们不肯把盖子交出去，这是什么意思。他说："要饭的时候，会碰上一些人，他们小气得连油星味儿都不愿意让你闻到。你得像条牧羊犬一样，一点一点地哄着他们。比方说，你现在想要些茶水和糖——这些东西你总会需要的。你就在罐子底下放几片儿茶叶，别放多了，让她明白你这是要喝茶就行了。她到门口的时候，你别跟她要茶，你就跟她要口热水，冲开你的茶叶就行了，你说'罐子里已经有茶了，夫人'。她接过罐子，你拿着盖子别撒手，然后，像刚想起来这一茬似的说，'要是不介意的话，您帮我往茶里放点糖吧，夫人。'

"等她往罐子里倒热水的时候，就会发现，罐子里的茶叶太少了，连茶色都泡不出来，她就会再扔点茶叶进去。她可能并不情愿，但也不好意思把淡得像刷碗水一样的茶给你啊，就只好再放些茶叶啦。然后再放点糖，你就赚到了。"

"不过，为什么要自己拿着盖子呢？"我刨根问底。

"这个，如果盖上盖子的话，你就要不到这么多东西了。没有盖子的话，里面装的东西就一目了然，罐子不装满了，他们根本不好意思还给你。"

"母亲不这样，是不是，父亲？"

"老天，那可不！"他说，"你要是不拦着她，她恨不得把脚上的鞋子都脱了送人。"

"她以前这么做过吗？"我问，想想母亲脱掉自己的鞋送给流浪汉，这情景让我觉得很有意思。

"嗯，这个……倒没有，还没到那份儿上。她可以给他们旧衣服，或者旧靴子，不过很多人都会给衣服。这些人真正想要的是吃的，尤其想吃肉。给他们吃的要费钱。所以很多人宁可给他们一条旧裤子什么的，都是家里老人不穿的。等你长大了，记着给他们肉吃。"

有时候，会有流浪汉在我家草料房里过夜。一个严寒的早上，玛丽喂鸭子的时候，看到一个流浪汉裹着毯子，僵硬得像一块木板。他的胡子和眉毛上都结了霜，起床之后，他弯腰驼背地走了好几圈，直到太阳出来才暖和过来。

之后，每当看到有流浪汉睡在大门口，玛丽就让我过去，把他们叫到草料房里睡。我总是跟着他们一起去草料房，母亲让玛丽给他们送晚餐的时候，会顺便把我的晚饭也送来。她知道我喜欢流浪汉，我喜欢听他们说话，讲他们奇妙的所见所闻。父亲说他们拖了我的后腿，但我不这么认为。

有一次，我给一个老人看我的兔子皮，他跟我说，他家乡那里兔子多得不行，要想找出个空地儿设陷阱，你得先把它们

213

扒拉到一边儿。

那天晚上沙土飞扬，我告诉他，可以拿《年代》盖在脸上遮挡尘土。我睡在后廊上，我总在那儿睡。

"能挡多少灰？"他把一个黑色的罐子举到嘴边，问我，"现在挡了有一磅了吗？"

"差不多吧。"我含糊地说。

"你觉着能挡一吨灰吗？"他问，茶水顺着胡子流下来，他用手背擦了擦。

"不，"我说，"不能。"

"我以前到过一些内地的地方，沙尘暴来的时候，你睡觉前得在身边放一柄锄头和一把锹。"

"为什么？"我问。

"这样早上才能把自己挖出来啊。"他看着我说，奇怪的黑色小眼睛闪闪发亮。

别人告诉我什么，我就信什么。我把这些故事复述给父亲听的时候，他总会笑话我，这让我很苦恼。我觉得，他这是在挑那些讲故事的人的毛病。

"没有的事，我喜欢那些讲故事的家伙。"他解释说，"不过这些故事都是瞎编的，就是一些逗乐儿的瞎话。"

有时候，会有流浪汉坐在自己生起的篝火旁，冲着树大喊大叫，或者看着火堆咕咕哝哝，我知道他们这是喝醉了。他们有时喝的是葡萄酒，有时候喝的是勾兑的白酒。

有一个人，别人都叫他"小提琴手"，因为他的头总是微微偏向一边，看起来就像是在拉小提琴一样。他又高又瘦，背包上系着三条皮带。

父亲告诉我，背包上系一条皮带，代表这个人是新手，以前从没流浪过；两条皮带代表这个人正在找活计；三条皮带表示他根本不想找工作了；四条皮带就说明他是流浪界的行家里手了。

我总爱观察流浪汉们背包上有几条皮带，当看到"小提琴手"行囊上的三条皮带时，我就开始琢磨，为什么他不想找份工作呢。

他爱喝勾兑白酒，每次喝醉了，就会喊篝火旁边马儿的名字："哇！站住！驾！'王子'。驾！'黑鬼'。过来过来……"

有时候，他会跑到火堆的另一边，挥动着想象中的鞭子，鞭打那些不听话、惹他生气的马儿。

清醒的时候，他经常尖着嗓子跟我说话。

"别像只被雨淋了的母鸡一样，一条腿站那儿，还倒换来倒换去的。"有一次他说，"过来。"

我走到他身边，他说："坐下。"然后问，"你的腿怎么了？"

"我得了小儿麻痹症。"我告诉他。

"真没想到，"他说，一边同情地点头，一边往火里添了些柴火。他清了清嗓子："不过，你毕竟有家可住。"他抬起头看着我，"脑筋也不坏，跟只罗姆尼小羊羔似的。"

我很喜欢这些人，因为他们从来不觉得我可怜。他们给了我信心。在流浪者的世界里，拄着拐杖行走，不比睡在雨中、赤脚走路或者没钱买水渴得冒烟更糟糕。他们无视一切，只看着前方的路，他们能看到我生活中光明的东西。

有一次，我问小提琴手："住在这儿还不错吧？"他四处打量了一下，说："嗯，我看是不错。对那些还捞不着在这儿住的人来说，确实不错。"他轻蔑地笑了，"曾有一个自以为是的家伙对我说，'你们这些家伙永远不知足。要是有人给你块奶酪，你还想让人家给你炸一炸。'"

"没错啊。"我说，"我就是这样的人。"

"我也经历过这样的情况，我流浪在外的时候，心想，只要能有些茶叶和糖就很不错了；等我有了茶叶和糖，我还想抽根烟；等我抽上烟，我又想要一个好一点的地方住；等我有了好地方住，我还想找本书来看看。'你不会真的想给我书吧，嗯？'我问这个自以为是的家伙。'我看从你这儿，我是要不到吃的了。'"

小提琴手是我见过的唯一一个随身带着煎锅的流浪汉。他从背包里拿出锅来，满足地看了看，又翻过来，看看锅底，手指轻轻敲打着。

"这锅可结实了……"他说，"这是我在米尔杜拉山附近捡到的。"

他从背囊里拿出一个报纸包，里面包着几块肝，他皱着眉头，看了一阵儿。"肝是世界上最不好对付的肉类，简直是毁锅利器。"他噘起嘴,黑色的胡子向前伸着,像是在沉思,"会像石膏一样粘在锅上。"

像所有流浪汉一样,他对天气很关注,总是研究天空,预测会不会下雨。他不随身携带帐篷,只带着两条平常的蓝色毯子,毯子里包着几件破烂衣服,还有两三个烟盒,里面装着他的全部财产。

"有一天晚上,我在埃尔莫尔那块儿,雨下得大极了,雨点噼里啪啦地打在我身上。"他告诉我,"天太黑了,我根本走不了,就背靠着一根杆子,坐着瞎琢磨了一夜。第二天早上,到处都是一片泥泞,我只能自己摸索着往前走。今天晚上不会下雨,太冷了,不过也用不了多久了,明天下午可能就会下了。"

我跟他说,他可以睡在草料房里。

"你老爹会同意吗?"他问。

"没问题的。"我担保说,"他还会用麦秸给你做个垫子。"

"今天下午和我聊天的那个,就是他吧?"

"是的。"

"我觉得他是个好人。虽然穿得花里胡哨的,不过他同我聊起天来,就像我跟你聊天的感觉差不多。"

"嗯,我就说没问题吧?"

"确实是,我会睡到你家草料房里的。"他又说,"我酒喝多了,现在肚子疼。"他皱着眉头,看着锅,里面的肝被煎得滋滋作响。"昨天晚上，我一直噩梦不断，梦见我在路上，大雨眼看就要下起来了。我的罐子破了个洞，没办法泡茶喝。该死！醒过来的时候，我一身大汗。"

我们正聊着天，又有一个流浪汉走过来了，他身材矮小，装备齐全，留着山羊胡子，他的背包又长又瘪，食物袋松松垮垮地挂在身前，步履缓慢沉重。

小提琴手抬起头，目光炯炯地看着他走近。从他的表情我看得出来，他不希望这个人在这儿落脚，我不知道为什么。

新来的这个人走到火堆前，将背包扔在脚下。

"日安。"他说。

"日安。"小提琴手说，"你这是要去哪儿？"

"阿德莱德。"

"那可还有不少路要走啊。"

"是的，有烟吗？"

"只有烟屁股，你要的话可以给你一个。"

"行。"那个人接过小提琴手递给他的烟屁股，小心翼翼地放到两片噘起的嘴唇之间，从火堆里拿起一根烧着的木头，把烟点上。

"你去过图拉腊吗？"他问小提琴手。

"是的，我今天下午才到的这里。"

"那里的屠夫和面包师怎么样？"

"面包师还行，能给你些不新鲜的。但是屠夫就不怎么样了，他连烧焦了的火柴也不会给你。你问他要片羊肉，他恨不得把你推到道格拉斯去。"

"小酒馆后面会有什么收获吗？"

"嗯，我在那儿还要到一块剩的烤肉，那个厨师人不错，是个胖女人，她的尖鼻子简直能划开砖头。跟她要吧，躲开她的帮手。那是个小伙子，你不请他喝一杯，他就什么都不肯给你。"

"那儿有警察吗？"

"没有，不过你得当心巴伦噶的那个警察——再往前走就是巴伦噶了——他可是个无赖。你一喝酒，他就会盯上你。"

"反正我身上只有一先令，管他呢！"

"再往北走就没什么事了。"小提琴手说，"那里已经下过雨了，酒馆里到处都是些自以为是的家伙。你到那儿肯定能吃饱肚子。"

他从我母亲给他的长面包上切下来一片，将肝切成了几块，放了一块在那片面包上，递给那个人。

"给，把这个吃了。"

"谢谢。"那个人说。他狼吞虎咽地吃着，过了一会儿，他问："你身上不会碰巧也有针线吧？"

"没有。"小提琴手说。

这个人看了看裤子膝盖上的口子。

"那有别针吗？"

"没有。"

"我的鞋也折弯了，在这里帮人收割能挣多少钱？"

“一天七个先令。”

“没错，”那个人尖刻地说，“一天七个先令，周六付清，这样他们周日就不用管饭了。你还有烟屁股吗？”他问。

“不给了，我还指望着剩下的这几根儿呢。”小提琴手说，“今晚图拉腊有个舞会，早上去门口，你能捡到很多烟屁股的。我觉着你最好现在就动身，不然没等你到图拉腊，天就黑了。”

“好吧。”那个人不紧不慢地说，“我也觉得该上路了。”他站起来。“一直往前走？”他问，一下子把行囊甩在肩膀上。

“别在第一个路口拐弯，第二个路口再拐，大约有两英里。”

他走了之后，我问小提琴手：“这家伙不好吗？”

“他背着一个装烟的袋子，”小提琴手解释说，“我们都离这种家伙远远的，他们什么也攒不下。他会老向你要东西，要是跟这人一路，你得被他搜刮个一干二净。现在，告诉我你家草料房在哪儿吧。”

我把他带去草料房。父亲已经抱过去几捆干净的麦秸，扔在地上了，他看到我们聊天了。

看着地上的麦秸，小提琴手沉默了一会儿，然后他说：“你不知道，自己有多幸运。”

“幸运是件好事，是吧？”我说，我真喜欢他。

“是的。”他说。

我站在那里，看着他解开背包。

"拜托！"他望了望周围，看到我站在那儿，大声地说，"你在这儿转悠什么？跟个家畜贩子的狗一样。回屋里喝茶去不是更好吗？"

"是的，"我说，"我得回去了，晚安，小提琴手。"

"晚安。"他粗声粗气地说。

两星期后，他被自己生的火堆烧死了，出事地点离我家八英里。

告诉父亲这件事的那个人说："他们说，他已经喝了好几天勾兑白酒了。那天晚上，他滚到了火堆里，你知道会是什么情况吧。我过来的时候，跟亚力克·辛普森聊天来着，我跟他说，'是他喷出来的气烧着了，就是这样的。'他肯定满肚子都是勾兑白酒，呼出来的气一着起来，火苗就沿着他的内脏，弯弯曲曲地向里面烧，像沿着导管一样。亚力克买了我家的栗色母马，你知道的。我就在刚才过来的路上跟他说了一下，亚力克说，'天啊，还真是这么回事！'"

父亲沉默了一会儿，说："唉，这就是小提琴手的结局了，可怜的流浪汉，这回他死了。"

第23章 又一次冒险

跟我说话的时候，大部分大人的态度都是居高临下的，大人对小孩通常都这样。当有别人在旁边听着的时候，如果能借我逗得大家哈哈大笑，那他们就开心啦。倒不是因为他们存心欺负我，而是因为我太天真，总是引得他们想戏弄我。

"你最近骑马了吗，艾伦？"他们会问，我会以为这是一个严肃认真的问题，因为我对自己的看法跟他们不一样。

"没有。"我会说，"不过我很快就会骑的。"

在提问的那个人看来，这样的回答很可乐，他会朝同伴丢个眼色，让他们跟着一起乐。

"你们听见了吗？他下礼拜就要去骑马了。"

有些人是很不客气的，他们对我很不耐烦，说不上几句话，因为他们觉得小孩子都没什么意思，聊天的时候也不可能说出什么有价值的话。面对这种人，我总觉得没有共同语言，没法沟通，跟他们在一起的时候，我会一声不吭，坐立不安。

另外，我发现流浪汉还有丛林居民，因为总是孤身一人，所以碰到小孩子跟他们说话的时候，常常会有点别扭，也不知道该说什么好。但是当他们感觉到毫无恶意的友善时，就会很热心地继续交谈。

我认识的有一个上了年纪的丛林居民就是这样。他名叫皮特·迈克里奥德，是个赶牲口的，从离我家四十英里外的丛林里运木头出来。每个礼拜，他会赶着满载的马车出来，和妻子一起过周末，然后再回去。他自己会大步走在牲口群旁边，或者笔直地站在空空的马车上，嘴里吹着苏格兰小调。

当我大喊，"日安，迈克里奥德先生"的时候，他会停下来跟我聊上几句，仿佛我是个大人似的。

"好像要下雨啊。"他会说，然后我会说确实是这样。

"你去的那片丛林是什么样子的啊，迈克里奥德先生？"有一天我问他。

"像狗身上的毛一样茂密。"他说，然后像是在自言自语一样，又说了两句，"没错，真的非常茂密。老天，真密啊！"

他的个子高高的，小胡子乌黑发亮，他的腿看起来比一般人更长一点，走起路来脑袋一点一点的。他的两只粗壮的胳膊微微垂在身前。父亲说，他的胳膊伸开能有三英尺长，不过父亲很喜欢他。父亲告诉我，他是个老实人，而且打起架来像山猫一样厉害。

"他要是发起狠来，这一带没有一个人能打过他。"他说，"两杯啤酒下肚，他就要找人打架。这个人外表看起来是个硬汉子，其实心肠软得很。不过他要是跟谁打架的话，那家伙就只能挨打了。"

二十年来，皮特从没去过教堂做礼拜。父亲说："他还去投票，反对长老会和卫斯理公会合并。"

有一次，一个传教团来到图拉腊。经过一个礼拜的深入熏陶之后，皮特决定皈依。但是很快，他就像受惊的马一样却步不前了，因为他发现他们要求他戒酒，还要戒烟。

"看在上帝的分儿上，我已经抽烟喝酒四十年了。"他对父亲说，"托上帝的福，我还会继续喝下去，抽下去的。"

"他对上帝的信仰也就这么回事了。"父亲说，"我觉得，他运木头的时候，也没怎么在乎上帝。"

听了皮特的讲述，我觉得丛林是一片神奇的地方，袋鼠在树丛间轻轻地跳跃，鼠貂会在夜里吱吱叫。一片完全天然的森林，真是让人神往。皮特管它叫"处女丛林"——从未经受过刀砍斧凿的丛林。

但是那里太远了，皮特得走上两天半，才能到达伐木人的宿营地，而且他要在马车旁睡一个礼拜。

"我要是你就好了。"我告诉他。

当时正值九月，我在放假，学校一个礼拜不上课。我摇着轮椅，跟在皮特的马队后面，我想看看他的五匹马怎么到水渠里喝水。

他拎了一个水桶，来到两匹辕马跟前，我坐在轮椅上望着他。

"跟着我干什么？"他问。

"我想看看处女丛林。"我告诉他。

"停！"他朝马喊了一声，把桶提到马跟前，马用鼻子拱着他手中的水桶，开始吸溜吸溜地喝水。

"我带你过去吧。"他说，"我正想找个好小伙儿来帮我的忙呢。嗯，你想什么时候过去都行，我带你去。"

"可以吗？"我无法隐藏内心的激动。

"当然啦。"他说，"问问你老爹，让不让你去。"

"你什么时候走呢？"

"我明天早晨五点从家里出发。你五点钟过来，我就可以带上你了。"

"好的，迈克里奥德先生。"我说，"谢谢你啦，我一定五点钟准时到。"

我不想再多说了，用尽全力飞快地向家摇去。

当我告诉父亲母亲，迈克里奥德先生说他愿意带我到丛林里去的时候，父亲一脸吃惊，母亲问："他是当真的吗？艾伦，你肯定吗？"

"是的是的。"我飞快地说，"他想让我帮他的忙。我们是好朋友，他有一次这么说过的。他让我问问爸爸，让不让我去。"

"他怎么跟你说的？"父亲问。

"他说，要是你让我去的话，叫我早晨五点去他那里。"

母亲用询问的目光望着父亲，父亲回应了她的目光。

"没错，我知道，不过到头来不会有事的。"

"他走这趟，我倒不太担心。"母亲说，"就是喝酒和说粗话不好。你也知道，老待在林子里的那些人是什么样的。"

"确实，有些人会喝格罗格酒，会说粗话。"父亲也同意，"你说的没错。不过那些不会对他有什么害处的。有些孩子小时候从没看过大人喝酒，长大了照样爱喝。骂人也是一样，有些孩子从来没听过粗话，长大之后还不是满嘴粗话。"

母亲看着我，露出一个笑容。"所以你要离开我们了，是吗？"她说。

"就一个礼拜。"我有些内疚，"等我回到家，会把遇到的事情都讲给你们听。"

"迈克里奥德先生说过伙食的事吗？"她问。

"没有。"我说。

"家里有什么？"父亲望着母亲。

"有一块腌牛肉，准备今天晚上喝茶的时候吃的。"

"放到包里吧，再带上两块烤面包。这些就够他吃了，皮特会带茶的。"

"我四点钟就得出发。"我说，"可不能迟了啊。"

"我会叫你起来的。"母亲向我保证。

"要尽量给皮特帮忙啊，儿子。"父亲说，"让他看看，咱们家的人是好样的。他喂马的时候，你就帮他生篝火。你可以干的事多着呢。"

"我会帮忙干活的。"我说，"我说话算话，一定会的。"

我没有等母亲来叫醒。我听到了母亲走出卧室的时候，楼梯木板的咯吱咯吱声。我从床上跳起来，点着了蜡烛。天色还很暗，而且很冷，不知道为什么，我觉得有点压抑。

看到母亲的时候，她已经点着了炉子，在给我做早饭。

我跑到玛丽的房间里，把她叫醒。"别忘了喂鸟啊，玛丽，记住了吗？"我说，"五点左右的时候，记得让派特出去飞一圈。鼠貂那里的绿叶子已经够多了，不过你还得给它喂点面包。今天你要把所有的水换一遍，因为我之前忘了。鹦鹉喜欢大蓟草，马厩后面长了一棵。"

"好的。"她迷迷糊糊地答应着，"现在是几点啊？"

"差一刻钟四点。"

"哎哟，天哪！"她叫道。

母亲给我炒了个鸡蛋，我急急忙忙地吃起来，其实没必要这么着急。

"吃东西别那么狼吞虎咽的。"她说。

"时间还早着呢，你脸洗干净了吗？"

"嗯。"

"耳朵后头也洗了吗？"

"嗯，脖子前后都洗了。"

"我在这个小包里给你放了些东西。别忘了，每天早晨要用盐刷牙。牙刷在包里。你的旧裤子也塞在里面了。你的靴子干净吗？"

"我觉得挺干净的。"

她低头看了看我的靴子。"不，不干净。脱下来，我给你擦擦。"

她从一支黑鞋油棒上掰下一小块，放在一个小碟子里，用水和了。母亲用这种黑色的液体将我的鞋子整个儿抹了一遍，我烦躁地站着，急不可待地想要出发。她把靴子擦得光可鉴人，然后才帮我穿上。

"我不是都教过你怎么打领结了嘛，"她说，"怎么还是系成一团了？"

母亲把两个从前装糖的口袋拿到车棚里，我的轮椅也放在那里。她擦亮一根火柴。我把口袋放在脚踏板上，把拐杖绑在旁边。

黑暗中有一股逼人的寒气。我能听到老红桉树上鹊鸰的鸣叫。这是还没被任何人惊扰的崭新的一天，万籁俱寂，人们仍沉睡在梦乡中。我以前从没起得这么早过，我很兴奋。

"现在全世界的人都还没起床吧，对不对？"我说。

"没错，你是全世界起得最早的。"母亲说，"你会乖乖的，是不是？"

"嗯。"我向她保证。

她打开大门，我几乎是全速冲了出去。

"慢点！"她在我身后的夜色中大喊。

我行驶在大树底下，黑暗就像一堵墙，我放慢了速度。我能看到夜空下的树冠，能辨认出每棵树的形状。我清楚路上每

个坑洼的位置，我知道从哪里过马路更好，我会避开那些不好
走的路段走另一边。

可以一个人自由自在，随心所欲，这感觉可真好。这个时
候，没有大人对我指手画脚。我做的每一件事都由自己做主。
我希望到皮特·迈克里奥德家的这段路再长一点，但是我又希
望快点到。

离开小道，驶上大路，我前进得更快了。到皮特家大门口
的时候，我的胳膊已经有些酸疼了。

我驶上通往他家的小径，能听见马儿们的铁蹄敲打着马厩
的鹅卵石地面，发出踢踢踏踏的声音。尽管皮特和马群都隐没
在黑暗中，但是，听着那些动静，我能在脑中勾勒出他们的样
子。马儿们不耐烦地跺着脚，锁链叮当作响，锁链的碎屑从马
鼻孔里喷出来。马儿们冲出马厩，碰到门时，发出咔嗒咔嗒的
声音。皮特扬起嗓门吆喝牲口，狗汪汪大叫，鸡舍里的公鸡也
开始打鸣了。

我在马厩跟前停下的时候，皮特在套马。天色还黑咕隆咚
的，一开始他没认出我。他扔下手中的缰绳，走过来，站在轮
椅跟前，低头盯着我。

"是你啊，艾伦。吓了我一跳！你在这儿干什……噢老
天，你不是要跟我一起走吧，啊？"

"你叫我一起的。"我犹豫地说，我忽然感到害怕，是不
是误会了他的意思呢？他可能根本没想让我来。

"当然，是我叫你一块儿走的。我已经等了你好几个钟

头了。"

"现在还没到五点呢。"我说。

"嗯，没错。"他喃喃地说，好像忽然想到了什么。

"你老爹说了你可以来了，是吗？"

"嗯，"我向他保证，"妈妈也同意了。我自己带了干粮，在这儿呢。"我举起口袋给他看。

他忽然咧开嘴对我笑了起来，胡子中间露出雪白的牙齿。"那我今天晚上就要吃个够啦。"接着他换了一副口气。"快点，把你的小车推到棚子里。五点钟后我们就一定得上路了。"他的表情又变得严肃起来，"你肯定，你老爹说了你可以来，对吗？"

"没错。"我坚持，"他愿意让我去。"

"那好。"他转过身去对着马群。"过去！"他大喊道，一只手放在马屁股上，弯下腰，用另一只手捡起缰绳。

我把轮椅放进车棚里，站起来看着他，手里提着自己的两个包，像个头一回出门、准备登船的旅行者一样。

这是一辆很有分量的木头马车，宽宽的钢铁轮子，红桉木的刹车板，通过凸出在车后面的一个螺旋把手操纵。久经日晒雨淋，木头都已经泛白开裂了。马车没有挡板，但是在四个角上，各有一根粗重的铁柱，铁柱的顶端是个圆环，底下插进垫板的凹槽里。厚重的大木板松松垮垮地铺在底下，当驶过崎岖不平的道路时，会发出哐啷哐啷的碰撞声。有些木板还会颠得飞起来，噪声就更大了。马车有两副车辕，每副用一匹马拉着。

皮特一使劲儿，提起一副车辕，用"旅行钩"挂住缰绳，绳子的另一头穿过辕马的马鞍。另一匹马安静地站在一旁，他绕过去，走到那匹马跟前。

他给三匹马套上马轭，弄出很大的动静。要是马儿们乱动，或者不肯听指挥，他就会大声吆喝，"站住！""过去！"或者"别动！"

三匹领头马肩并肩站在一起，等着他给它们钩好挽绳，套上缰绳。这几匹马没有两匹辕马那么膘肥体壮。它们是克莱蒂斯戴尔品种的马，那两匹拉车的是夏尔马。

套好马之后，皮特把挂在马脖子上的草料袋和几袋草料扔到马车上，他看了看食物箱，确定没有落下什么东西之后，转过身对我说："就这些了。上去吧！来，我帮你拿口袋。"

我转到马车跟前，一只手握住车辕，另一只手把拐杖扔上车。

"要帮你一把吗？"皮特问，他犹豫不决地向前走了几步。

"不用了，谢谢你，迈克里奥德先生。我能行。"

他走到领头马跟前，站着等我。我用手撑起身子，先把好腿的膝盖搁到车辕上，然后伸出手向上够，够到了身边那匹辕马的皮带。我用力一拽，一纵身坐到了马屁股上。马屁股温暖而结实，马背上有一条浅浅的山谷似的小沟，把屁股分成了两块结实有力的肌肉。

"一匹好马，只要把手放在它身上，就能感受到它的力量传到了你身体里。"父亲曾经这样对我说。

我从马屁股上翻到马车里，在干粮箱子上坐了下来。

"我好了。"我对皮特喊道。

缰绳原本缠在辕马的马颈轭上，他把缰绳收拢起来，爬上马车，坐到我身边。"有的大人上马车的时候，还没有你这么利落呢。"他坐下时说。

皮特停顿了一下，拉紧手里的缰绳。"你想不想坐在草料袋上？"他问。

"不用，我喜欢坐这儿。"我说。

"快跑，'王子'！"他高喊，"驾，'小矮人'！"

队伍开始前进，锁链叮叮当当，马具咯吱咯吱。后面拉着的马车摇摇晃晃，隆隆作响。东方的天空开始泛起鱼肚白。

"我最喜欢在天蒙蒙亮的时候上路了。"皮特说，"这样就能好好干一整天活。"他大声打了个哈欠，忽然转过头来问我。"我说，你不是背着你老爹偷跑出来的吧？嗯？他说了你可以来，对吧？"

"他说了。"

他愁眉苦脸地望着面前的道路。"我真不明白你老爹是怎么想的。"

第24章 皮特讲的故事

　　走路的时候，领头马身上的缰绳只是松松地挽着，只有要上坡或者爬山的时候，才会扯紧。我觉得，这对辕马来说不太公平。

　　"所有的活都是辕马在干。"我向皮特抱怨。

　　"马车开始动了之后，拉起来就不费劲儿了。"他向我解释，"要是让它们都出力的话，我这队马儿能把地狱都连根拽起呢。等着瞧吧，等装上木头之后，你就会看到它们都使劲儿拉车了。"

　　天已经亮了，东方的天空泛起一抹粉色的朝霞。喜鹊在树丛中叽叽喳喳地唱着歌儿。我觉得，清晨坐在一队马儿身后，听着喜鹊叫，真是世界上最美好的事了。

　　远处的牧场里，传来一个男人呵斥狗的声音："老实待着！"

　　"那是奥康纳斯老头儿，在赶母牛回家。"皮特说，

"他今天起得挺早啊，准是要到什么地方去。"他想了一会儿，"他要去萨利斯伯里的大甩卖吧。嗯，应该就是。他是想去买艾伯特小马车。"皮特听起来不太高兴，"他买艾伯特小马车干什么？他还欠我十镑木头钱没给呢。"

皮特气呼呼地用缰绳抽了一下辕马屁股。"快跑！"过了一会儿，他认命地说，"这就是相信一个人的下场——他们驾着艾伯特小马车四处逛，我就只能拉着运货大车到处转。"

太阳渐渐升起来了，我们穿过巴伦噶空无一人的街巷，很快就驶上了一条曲折的林间小道，树木越来越茂密，到最后，篱笆也不见了，四下里只剩下丛林。

马蹄扬起尘土，飘散在空中，轻轻地落在我们的发梢衣角。车轮擦过探出来的灌木树枝，马车驶过路上的坑洼，颠颠簸簸。

我想让皮特给我讲讲他的冒险故事。在我看来，他可是一个传奇人物。人们会凑在一起讲述奇闻逸事，而他就是好多故事里的英雄。父亲说过，在旅馆酒吧里，有几个人会起哄："讲讲打架的事吧！我在图拉腊看见皮特·迈克里奥德跟大个子约翰·安德森在礼堂背后打架了。"大家就会一起听人讲那场打了两个小时的架。

"没错，"那个人会说，"大个子约翰是被人用担架抬走的。"

在整个斗殴生涯当中，皮特只挨过一次揍，那一回他喝得酩酊大醉，连站都快站不住了，有一个出了名的说话不算话的农夫，为了报旧怨打了他。在突如其来的激烈攻击下，皮特被打得四脚朝天，昏倒在了冷冰冰的地上。等他醒过来，那农夫早就跑了。但是第二天早晨，太阳还没出来，皮特就赶到了他家的牛栏跟前，那个农夫大吃一惊。皮特用有力的双手紧紧抓围栏顶上的栏杆，面孔涨得通红，高声怒吼着："你现在还跟昨天晚上一样，是条好汉吗？是的话就给我出来。"

农夫手上还提溜着半桶牛奶，立在地上，目瞪口呆。

"我……嗯……我现在不能跟你打，皮特。"他可怜巴巴地分辩着，举起手，表示彻底投降。"你现在已经清醒了，你清醒的时候能要我的命呢。"

"你昨天晚上可是冲上来打我来着。"皮特有点被这种态度弄糊涂了，但还是不肯罢休，"来啊，再来打我啊。"

"但是昨天晚上你喝醉了嘛。"农民分辩道，"连站都站不住了。你清醒着的时候，我可不会跟你打架，皮特。难道我疯了吗。"

"嘿，该死的！"皮特大声说，他不知如何是好了。"给我出来啊，你个孬种。"

"不，我不会跟你打的，随便你说我什么都行。"

"见鬼了，你不打又有什么好处？"皮特要抓狂了。

"我知道你什么意思。"农民和气地说，"骂人也没有用的。你还好吗？"

"我疼死了。"皮特咕哝着，他不知所措地四处打量。忽然，他无力地靠在了篱笆围栏上，"今天早晨，我难受得像只癞皮狗。"

"等一下，我给你拿点喝的。"农民说，"我家还有些威士忌。"

父亲说，皮特牵着一匹劣马回了家，是那个农民卖给他的。不过母亲说，那匹马还挺好的。

我希望皮特能给我讲点这种故事，于是我说："爸爸跟我说，你打起架来就跟打谷机一样厉害呢，迈克里奥德先生。"

"他真这么说的！"他喜滋滋地叫道。

皮特坐在那儿想了一会儿，然后说："你家老爹真看得起我，我们两个经常在一块儿。别人告诉我，他以前跑得很快。那天我终于见到他了，他站在那儿的样子，可真像个黑皮肤的土著人。"他换了语气，"他还说了我能打架，是不是，嗯？"

"是的。"我说，然后又加了一句，"我要是也能打架就好了。"

"噢，你将来肯定能成为打架好手的。你老爹就挺能打的，你很像他。你经得起打。要想成为打架好手，就必须得经得起打。就拿上次来说吧，我碰上了斯坦利一帮的那伙无赖。他们有四个人，都挺能打的。我不认识他们，只不过听说过。其中一个——我记得是叫乔治吧——一路跟着我到了酒馆后门，还骂骂咧咧的。我一说到要打架，他就说，'你别忘了，我可是斯坦利帮的。'我说，'你们四个人一起上，我也不在乎。别扯那些了。'"

"结果呢，我们刚一开始打，他那三个兄弟就过来了，我就只能赤手空拳地对付他们四个。"

"他们几个一起打你吗？"我问。

"可不是，都围上来了。我冲上去，摔倒了一个，还没等他倒下，我又扑了上去，我用膝盖顶着他的肚子，这下就占了上风。一开始另外三个人我没打着，不过我一直朝底下招呼——赤手空拳打架也只能这么干了，打他下面。要想给他点颜色看看，就得趁其不备，抓住机会。

"我退到墙根下，左右开弓，一次打一个。我也没什么招了，不过还是把他们都打趴下了，然后就停手了。这场架打得可不划算，我也吃了很大的苦头。不过，我说了算。哎呀，没错！"他快活地回忆着，说道，"那可真是一场好打。"

我们穿过丛林中的一大块空地，周围竖着一道有些腐朽的双面篱笆，篱笆外是被砍倒的树木，围场中生长着小树苗和矮树，意味着再过几年，这里又会长成一片丛林。一条荒废已久、杂草丛生的小道，从篱笆的活动栏杆通往一座废弃的树皮小屋，小屋旁边，几棵稀疏的小树苗舒展着枝叶，轻拂着围墙。

皮特忽然从沉思中回过神来，再次兴致勃勃地说："这地方是杰克孙家的。一会儿我就带你看看鲍勃·杰克孙摔断脖子的那段树桩。他准是正好摔在树桩上了。嘿，哪儿去了？"他在大车上站起来，瞪大眼睛在围场里搜寻着，"在那儿呢。吁！停下。嘿，该死的。"

马儿们停下了。

"就在那儿，边上……看到了吗？靠近那棵枯死的金合欢树……别动！"他朝一匹马大喊道，那匹马正低下头扯着草叶。"我得再看一眼那个树桩。跟我来，我带你看看。"

我们翻过篱笆，走到一个经过火烧火燎、黑漆漆的树桩跟前，粗大的残根裸露在外，一旁有一小块洼地，长满了青草。

"据说啊，他的胸口就撞在这块大疙瘩上，脑袋撞在这儿。"皮特指着树桩上的两块凸起的根茎说。"他的马啊……哎，是从哪儿开始猛跑来着……跑到了这边。"他挥着胳膊，画了个半圆，把围场的一大片都画了进去，"往那边一点吧……然后就在那棵桉树那里拐弯了——我估计他在那儿拉缰绳来着——它穿过蕨草丛，沿着这条长草的小路往前冲。肯定是从这儿甩出去的。"

皮特从树桩这里走出去四步，用目光丈量了一下距离，过了一会儿，他说："他应该就是在这儿从马背上掉下来的，飞到了这儿。"他一只胳膊朝着篱笆挥了一下，"他摔在右边了。"皮特停了一会儿，目不转睛地盯着树桩，"他永远不会知道自己撞上了什么东西。"

我们走回马车，路上他告诉我，儿子死了之后，老杰克孙就变得怪怪的。

"也不是有病，就是好像整个人都垮了，整天愁眉苦脸的。"

来到水库跟前，皮特再一次勒住马，说道："没错，就是那儿啦。远处那头的水可是很深的。当然，打那之后，那里也积了不少淤泥。他直直地走了进去，再也没上来。那事之后，他老伴儿和另一个儿子就搬走了，她太难过了。都搬走了，寸草不留。他们家那些零零碎碎的家具，还是我赶着马车给送到巴伦噶的。要命啊，她看到我的时候，活脱脱就跟马弗金解围①时一个样儿。我走的时候，她好一些了。我跟她说，老杰克孙是个顶顶清白正派的好人。不过我老婆说，听了这话，她会更难受。我不知道……"

他吆喝着马出发，随后接着说："别人说，投水自尽的人脑子一定是坏了。可能吧……我不知道……不过老杰克孙不是那样的。他是个好人。他只是需要有个朋友对他说'活下去'，他就会好的。可惜的是，那天我正在给马上蹄铁啊。"

---

① 马弗金是南非的一座城市，十九世纪末布尔战争期间被布尔人围困两百多天。——译者注

第25章 丛林中的一夜

那天晚上，我们住在一个锯木工人废弃的小屋里。皮特卸下马，然后从一直放在马车上的麸皮袋子里，取出一对束套和一个马铃铛。

我从地上拾起铃铛。它很沉，足有五磅重，铃音优美。我摇了摇，悦耳的铃声让我联想到灌木丛中清新的早晨，叶子上凝着露珠，喜鹊婉转啼叫。我在离地面几英寸的地方随手将它扔到地上，正在给束套擦油的皮特见状尖声叫起来，"老天！别扔！你不能这么扔。会把它们弄坏的。拿过来，我看看。"他伸出手，让我把铃铛给他。

我捡起铃铛，递给他。

"这是一个摩根铃，澳大利亚最好的铃。"他抱怨着，翻来覆去地仔细检查。"我花了一英镑才买到，现在给我五英镑也不卖。清晨，你在八英里之外都能听到它的声音。"

"可爸爸说，康达迈恩铃才是最好的。"

"是，我知道。因为你爸老家是昆士兰的。康达迈恩铃的音调太高了，会把马儿震聋的。要是你平日里一直给马儿戴着康达迈恩铃，最后马儿就什么也听不见了。说起铃铛，只有两种值得一提——门尼克铃和摩根铃，而摩根铃是最好的。这种铃铛是用大锯做成的，用的还不是普通的大锯，而是那种声音清亮的。"

"你要给哪匹马戴这个铃铛呢？"我问。

"凯特。"他说，"只有这么一匹能戴马铃的马，其余的都不会摇铃。它走起来步子大，还摇着脑袋，边走铃边响。我给它戴上铃铛，和纳吉特套在一起，它是马群的老大，只要它停步，其他马儿也都不走了。"

皮特站直了。"我先喂它们吃一小时马料，在丛林里，它们只能吃粗饲料了。"

"我在小屋里生堆火吧？"我问。

"嗯，把火生起来，放上锅，我一会儿就回来了。"

等他回到小屋的时候，我已经把火生起来了，锅里的水也烧开了。他往沸腾的水中扔了一把茶叶，将锅放到火堆前的石头灶台上。

"那个，你的腌牛肉在哪儿呢。"他问。

我早就把自己的旧糖袋子带进了小屋。这时，我从一个袋子里拿出那块报纸包着的牛肉，递给他。

他打开报纸，用一只粗壮的、黑乎乎的脏手指按了一下，称赞道："这块牛肉好得很，是牛腿肉。"他给我切了厚厚的一片，放到两大片面包中间。"够你吃个饱了。"他往两个马口铁杯子里倒上很浓的红茶，递给我一杯。"我从来没见过会泡茶的女人，女人泡的茶都太淡，淡得能看到杯子底儿。"

我们坐在火堆前吃着面包和肉。皮特每咽下一大口饭，就会端起杯子，吸溜吸溜地喝上两大口茶。然后放下杯子，满足地叹一口气，"啊！"

他喝完最后一杯茶，把茶渣倒进了火里，说："那个，你的腿晚上怎么处理？需要包扎起来什么的吗？"

"不用。"我感到有些奇怪，"没什么问题啊，就那么放着就行了。"

"然后呢？"他大声说，"这样还挺好的，那会疼吗？"

"不疼。"我说，"我没有什么感觉。"

"要是你是我家孩子，我会带你去巴拉腊特，找王医生，这个人可是神医啊，准能治好你的腿。"

我听说过这个中医。图拉腊附近的人都觉得，在其他医生束手无策的时候，找王医生准没错。父亲一听到别人提起他的名字就嗤之以鼻，叫他"草药贩子"。

"是的。"皮特继续说，"这个王医生从来不问病情，他看看你的气色就能知道。我以前也不愿相信，不过跟你说，史蒂夫·拉姆齐跟我讲过他的事——你记得拉姆齐吧，老是用两只手按着胃的那个人。"

"记得。"我说。

"嗯，王医生治好了他。有一回我背疼，拉姆齐对我说，'你就到王医生那儿，别告诉他你有什么毛病。就坐在那儿，他会握着你的手，然后告诉你很多东西，保准让你大吃一惊。'天哪，果真如此。我请了一周假，去他那儿，他像拉姆齐说的那样看着我——我什么也没告诉他——我付给他钱就是让他找病因的。我坐着，他也坐着，使劲儿看我，握着我的手，他说，'你为什么要绑着绷带？'对，这就是他说的话。'我没有绑绷带啊。'我对他说。'你肯定扎着一条什么东西。'他说。'我扎着一条红色的法兰绒腰带，要是你是指这个的话。'我说。'你得把它取下来。'他说，'你以前遇到过事故吗？''没有。'我告诉他。'再想想。'他说。'哦，对，大概一年前，我从一辆轻便马车上被甩下来了，然后被车轮轧过。'我说，'但是没有受伤。''不，你受伤了。'他说，'这就是你的问题，你半边身子都错位了。''见鬼，'我说，'难道这就是我的毛病吗？'然后他给了我一包草药，收了两英镑，母亲替我把药煎了——特别难喝。之后我就再也没疼过。"

"不过你那是肚子有毛病，"我说，"我要治的是腿和背。"

"归根到底都是肚子的问题。"皮特很有把握地说，"比如说你腹胀什么的——就像牛吃了苜蓿——总之肚子里有些东西你得弄出来。"

"还有王医生治好的那个村里的女孩，简直众所周知。

她瘦得像个影子，但是饭量大得跟匹马一样。医生们都无能为力，后来去找了王医生。王医生说："禁食两天，端一盘牛排和洋葱搁鼻子下面，将气味吸进肚子里。'"

"然后，她就这么做了，一条绦虫从她嘴里爬出来，一直爬一直爬。他们告诉我说，那虫子长得惊人，一直往外爬，直到在盘子里缠绕成一团。之后她胖得跟一团泥巴似的。那条虫子一定是在她肚子里好几年了，吃她吃下的东西。多亏了王先生，她才没有死翘翘。"

"哦，跟这些懂中医的家伙比，其他医生简直像是白痴。"

虽然他讲的故事很吓人，但我觉得他说的没有一句真话。

"爸爸说所有人都能当中医。"我反驳道，"他说，只要长得像个中国人，就能当中医。"

"什么？！"皮特愤愤不平地叫起来，"他竟然这么说，他疯了吗？他肯定是疯了！"然后他又以稍微缓和一些的口气说，"听着，这事我只跟你说。不过我要告诉你，我认识一个家伙——他受过教育，跟你说，他什么书都会念——他跟我说，这些中医在他们的故乡中国，要接受好多年的教育。他们学完了之后，还要由资深的中医前辈进行考试，看他们是不是掌握了作为一个中医应该掌握的知识。

"他们怎么做呢——每次选择十二个人，这些人都学过中医知识——将这十二个人带到一个房间里，房间的墙壁上有十二个圆形的洞，连着隔壁的另外一间房。然后主考人出去——随便哪里都行……比如说街道上……找十二个身患重病的人。比如，他们会问，'你得了什么病？''肚子疼。''好，你进去。'又问另外一个——'我的肝没有了。'很好，他也进去。

"然后再找一些——比如说像我一样背疼的人……'很好，你也可以。'

"找到十二个这样的人，把他们带到隔壁的房间，让他们把手伸进墙壁上的洞里。你知道结果怎样吗？那些想成为中医的家伙们，通过观察这十二只手，辨别出隔壁房间里十二个人分别得了什么病，如果判断错了一个，就不合格。"

皮特轻蔑地笑了起来。"你老爹竟然说任何人都能成为中医！不过，我们今后在一起的日子长着呢，他有些稀奇古怪的想法，我不怪他。"

他站起来，朝小屋门外看了看。"我要去给凯特拴好束套，让它们到外面去，然后我们就回屋休息，今晚可是个大黑天。"他抬头看了看星星，"银河是南北方向的呢，无论如何，天气不会太差。要是银河是东西方向的话，就会下雨。嗯，我会很快回来。"

他出去，走向马群，我听得到他在黑夜中的吆喝声，然后就安静了，马儿走向丛林里，悠扬的马铃声响了起来。

他回来之后，说："我以前没带毕蒂来过这里。它是在巴克利站长大的。在开阔乡村养大的马儿们，度过它们在丛林里的第一个夜晚时容易受到惊吓，它们能听到树枝拍打在一起的声音。我放它走的时候，它还打了个响鼻，啊，不过它会习惯的。现在，给你弄个床如何？"

他认真地环视了一圈小屋的泥土地板，走向墙根下的一个小洞旁。研究了一会儿，取了几张包牛肉的纸，用手指塞进小洞里。

"可能是一个蛇洞。"他咕咕哝哝地说，"要是蛇出洞的话，我们就能听到纸张刺啦刺啦响了。"

他在地上放平了两个半满的草料袋子，拍拍打打，把它们做成一个垫子。

"给你。"他说，"这个给你用。躺下，我把这条毯子给你盖上。"

我脱掉靴子，躺在袋子上，脑袋枕着胳膊。我很累了，觉着这张床很不错。

"感觉怎么样？"他问。

"很好。"

"燕麦可能会钻出来扎人。这草料很不错的，是罗宾孙家的。他家的草料又好又细。好吧，我也要睡了。"

他躺在给自己准备的几个袋子上，大声地打着哈欠，拖了一条马毯子盖在身上。

我睁着眼睛躺着，听着丛林里的各种声音，感觉是那么的美好，一点都不想睡。我盖着毯子躺着，激动而且清醒，桉树和金合欢树在夜色中散发出香味，从小屋敞开的门中飘进来，萦绕在我的床边。不时响起夜鸟狂野的鸣叫，猫头鹰的叫声，沙沙声和吱吱声，还有负鼠发现危险时发出的吱吱声，这些在暗夜中创造了一个世界。我躺在那里，全神贯注地听着，等待着黎明的到来。

然后，悠扬的马铃声夹杂在这些繁杂的声音中响了起来。我放松身体，陷入草料垫子里。在我进入梦乡的时候，似乎看到凯特迈着大步，晃着脑袋，它脖子上的摩根铃叮当作响。

第26章　会走路的孩子

　　我们在丛林中穿行，丛林变得更加茂盛，也更加幽深偏僻了。树木越来越高大，似乎也离我们越来越遥远。光滑的树干高耸笔直，足有两百英尺高，树顶枝叶茂密。它们的脚下没有纠结的凌乱灌木，只有脱落的树皮，像褐色的地毯，铺满了一地。走在树下，有一种古怪的安静，听不到鸟鸣啾啾，也没有流水潺潺，像在屏息等待着什么事情发生一样。

　　我们赶着马，坐着马车，缓慢地行进在大树底下，显得那么渺小。沿路拐弯的时候，有时会刮到横生的巨大根须。牵马的锁链叮当作响，马蹄踏在有弹性的地面上，发出轻缓的闷响，这些声音还没等传到下一棵树，就消失了。连马车嘎吱嘎吱的声音都显得可怜巴巴的。皮特闷不作声地坐着。

　　路边偶尔生长着小丛柔和的山毛榉树，树丛底下的路面向下倾斜，延伸到溪流当中，水底是圆滑的鹅卵石，清浅的流水闪着微光。

248

林中的空地上，野草稀稀拉拉，几乎遮不住地面。大群袋鼠站在原地望着我们，它们抽动鼻孔，闻到我们的味道，慢慢地蹦走了。

"我打过袋鼠。"皮特说，"不过就跟朝马开枪一样，让人很难受。"他点着烟斗，温和地补充，"我不是说这样做不对，不过也有很多事情虽然没错，可就是不对劲儿。"

那天晚上，我们在溪边露宿。我睡在一棵蓝桉树下。躺在草料袋子上，透过树枝能看得见星星。树底下长满了蕨类植物和苔藓，空气凉爽湿润，马铃铛声清晰可闻。凯特会走到溪流里喝水，当它上岸或者打滑的时候，铃声就会哗啦啦一阵乱响。即使在别的时候，也一直都有动静。

"今天就可以到营地了。"早晨皮特对我说，"得在午饭前赶到，我想下午把车装好。"

伐木人的宿营地在一个小山坡上。我们绕过一个小坡，迎面就看到了——那是一小块空地，树木都已经被砍掉了。

营地上方，一缕青烟袅袅升起，山峰耸立，天空映衬出树顶的轮廓，在阳光下闪闪发亮。

小路盘山而过，蜿蜒而行，通往那片空地。营地四周，横七竖八地胡乱堆着砍下来的树木枝丫。

空地中央，有两顶帐篷，帐篷跟前都生着营火。被烟火熏得发黑的罐子吊在火堆上方的三脚架上，四个男人正朝营火走过去，他们刚刚在处理底下一棵砍倒的树。一队拉车的阉牛站在一堆剖好的木头旁休息，赶牛人坐在马车边的干粮箱子上吃午餐。

皮特跟我讲过营地里的这些人。他很喜欢泰德·威尔孙，这个人总是驼着背，留着一撮被烟熏得变了颜色的小胡子，快活的蓝眼睛周围皱纹遍布。泰德在离营地半英里外的地方盖了一座木板屋，他跟威尔孙太太还有三个孩子一起住在那儿。

关于威尔孙太太，皮特的看法有点两极化。他觉得她的厨艺很好，但是又爱抱怨，她总是"大惊小怪，反应过度"。

"她还不喜欢血。"他又说。

据说有一天晚上，威尔孙太太被蚊子咬了一口，在枕头上留下了两小点血迹。

"你猜她怎么着？"皮特回忆着，"她叫的那个动静，你会以为屋里正在宰羊呢。"

和泰德·威尔孙一起工作的还有另外三个人，他们都住在这个营地里。其中一个叫斯图尔特·普雷斯科特，是一个二十二岁的年轻人，头发鬈鬈的，每次出门都会穿上那双翘翘头的牛皮靴子。他有一件粗棉布马甲，红彤彤的纽扣像弹珠一样。他总是用鼻音唱着《不要卖掉妈妈的照片》，还会边唱边拉着六角手风琴，给自己伴奏。皮特认为他很会唱歌，不过"在对付马方面，他就是一个白痴"。

人们管斯图尔特·普雷斯科特叫"王子"，因为他总是穿得很光鲜花哨，渐渐地，人们就都叫他普雷斯科特王子了。

曾经有一阵子，他在我家附近的丛林里干活。他经常骑着马，从我家门口经过，到图拉腊去参加舞会。有一天，父亲要去巴伦噶，就骑马跟他一起走。回到家之后，他跟我说："我就知道这家伙不会骑马，每次从马上掉下来，他都赶紧整理头发。"

普雷斯科特王子总是念叨着要去昆士兰州。

"去那儿准保能赚大钱。"他曾经说，"那边的人正在开垦土地呢。"

"没错。"父亲表示赞同，"基德曼正在那儿使劲儿开荒呢。他会分给你六英尺的，只要你给他卖上四十年力气。给他写封信，问问他要不要雇你吧。"

亚瑟·罗宾斯，就是那个赶牛车的，他就是从昆士兰州来的。皮特问他为什么要离开那儿，他说："我老婆想走。"皮特对这个解释表示赞同。皮特问他昆士兰州怎么样，他回答："那地方糟透了，不过就是会让人总忍不住想回去。"

他是个小个子，满脸的络腮胡子硬得像铁丝一样，只露出来一个大鼻子。他的鼻子红扑扑的，上面坑坑洼洼，就那么露在外面。父亲也认识亚瑟，他有一次跟我说，亚瑟肯定是没留神，拿毛巾搓鼻子的时候太过用力了。

而皮特觉得亚瑟长得像个袋熊。"每次看见他，我都想把家里的土豆藏起来。"他告诉我。

别人对自己的外表评头论足，亚瑟从来都不介意。不过，他讨厌任何人说他牛的坏话。有一次，他在图拉腊的酒吧里跟招待聊天，解释他为什么刚跟一个家伙打了一架。"他骂我，我就忍了，不过他批评我的牛，这坚决不能忍受。"

他是个头脑机警、手脚灵活的男人，会经常说："人生真是艰难啊！"仿佛这样说就会好受一点。吃完午饭起身去工作的时候，他会说；晚上消遣完了要回家的时候，他也会念叨。这并不是抱怨，只是一种厌倦的情绪，每次不得不再次开始干活的时候，无尽的疲惫就会浮上心头。

皮特在帐篷旁停住马队，人们已经取下火堆上的罐子，在杯子里倒满了红茶。

"你好啊，泰德？"皮特一边从大车上爬下来，一边大声打着招呼。不等对方回答，他就接着说："你听说了吗？我把那匹栗色母马卖了。"

泰德·威尔孙一只手拿着一杯茶，另一只手拿着报纸包的午餐，朝一根大木头走过去。

"没有，我没听说。"

"被拜瑞买走了。他试过了，那条马的腿也不会再出什么毛病了。"

"嗯，应该不会了。"泰德说，"它是匹好马。"

"那是我养过的最好的马。就算主人喝得酩酊大醉，它也能驮他回家，而且在马路上还不会走错边。"

我们到的时候，亚瑟·罗宾孙也刚刚到，他耸了耸肩，说道："瞧，他又来了，还就是三句话不离他那匹母马。"

皮特快活地看了他一眼。"你好吗，亚瑟？已经装好车了？"

"当然了，我可是个能干活的人呢。我还打算不干这活了，弄个马队回来。"

"那你会累死的。"皮特温和地反驳道。

我在找杯子，所以没有跟皮特一起下车。我爬下车，朝那群人走过去，他们一个个吃惊地看着我。

忽然之间，有生以来第一次，我感觉到我跟其他人是不同的。这种突如其来的认知让我震惊。我犹豫了，一时之间感到手足无措。但是紧接着，一股无名怒火油然而生，我毅然决然地伸出拐杖，飞快地向他们走去。

"你这是带谁过来了啊？"泰德惊讶地问，他站起来，饶有兴趣地端详着我。

"这是艾伦·马绍尔。"皮特告诉他，"是我的朋友。艾伦，过来。咱们来跟这些家伙蹭点吃的。"

"日安，艾伦。"普雷斯科特王子说，因为认识我，他好像忽然很高兴。他转过身，迫不及待地跟其他人解释，我为什么会拄拐杖。

"他就是那个得了小儿麻痹症的孩子，瘸得厉害，据说再也不能走路了。"

皮特气愤地转身呵斥他："你这个家伙说什么呢？你有毛病吗？"

皮特忽然发火，把普雷斯科特王子吓了一跳。其他人也吃惊地看着他。

"我哪里说错了啊？"王子问，他向其他人求助。

皮特咕哝了几句。他拿起我的杯子，倒满了茶。"没什么。"他说，"但是别再那么说了。"

"所以你的腿不好，是吗？"泰德·威尔孙想缓和一下紧张气氛，问道。"你的小蹄子有点毛病，是吗？"他朝我笑着，听了他的话，其他人也都笑了。

"你们给我听着，"皮特严肃地说，他手里拿着我的杯子，站直了身子。"要是拿这孩子的犟劲儿来给你们的靴子缝个底儿，你一辈子都穿不坏。"

身处这些人当中，我感到迷茫和孤独，即使泰德·威尔孙那样说，也不能驱散这种感觉。我觉得王子说的都是些蠢话。我坚信自己还能走路，这事本来不值一提。但是皮特一发火，反而使它显得有些不同寻常。我也开始疑心，是不是在场的所有人都认为我再也不能走路了。我真希望自己现在是在家里。但是，皮特最后说的那句话，像炸雷一样在我的耳边响起，我感到前所未有的飘飘然。一刹那间，之前其他人说过的所有话都不算什么了。他让我跟这些人的地位平等了，而且还不止，他为我赢得了他们的尊敬。这正是我需要的。

我对皮特感激万分，我想做点什么，表达我的感谢之情。我尽可能地挨近他，在切他昨天晚上煮好的羊肉的时候，我把最好的那片给了他。

吃完午饭，男人们开始往皮特的马车上装木头，我走到赶牛车的亚瑟身边，跟他聊天，他正在为出发做准备。

他的队伍里有十六头阉牛，正安安静静地站在一边嚼着草芽，它们半阖着眼睛，似乎全神贯注，一门心思地只想着动嘴巴的事。

牛轭是用河橡树的木头做的，重重地挂在它们的脖子上，两头都上了楔子，露在外面。每副牛轭中央都挂了一个环，牵牛的链条一对一对地穿过铃铛，最后系在大车的柱子头上。

辕牛是两匹短角阉牛，脖子结实有力，脑袋长得跟公牛一样，只是角短短的，而公牛的角又长又尖。领头的是两匹赫里弗牛，高高瘦瘦，眼神温和宁静。

亚瑟·罗宾孙正忙着准备出发，离开这里。他的大车上装满了木头。

"这些有十吨还多。"他吹嘘着。

他穿着褪色的粗布工装裤，重重的铆钉靴。他的帽子看起来油乎乎的，顶上裂了几道口子，帽子上还缀了一根兽皮。

他朝车底下的狗大喊，把它叫了出来。

"赶牛的可不能让狗走在车底下，外行才那么干。牛最不喜欢狗。去后面跟着。"狗钻了出来，他朝它吆喝着，"牛会乱踢的。"他对我解释道，一边说一边把裤子高高地向上提了提，提到屁股上头，紧了紧腰带。"好了，这就差不多了。"

他朝四周打量了一下，看看有没有落下什么东西，然后，从地上捡起六英尺长的鞭子。望了我一眼，看看我有没有挡他的道。看着他干活我很开心，我的心情肯定在脸上流露了出来，因为他垂下鞭子，对我说："你喜欢阉牛吧，是不是？"

　　我告诉他我喜欢，然后，见他对我很和气，我就向他打听这些牛的名字。他用鞭子指着那些牛，挨个儿告诉了我名字，顺便点评几句每头牛在队伍里的作用。

　　"巴克和斯嘉丽是辕牛，知道吗？辕牛的脊梁骨一定要结实。这两头自个儿就能拉动一辆大车。"

　　队伍里还有一头名叫斯莫奇的大公牛，亚瑟说他不打算要这头牛了。

　　"要是把大公牛和阉牛套在一块儿，阉牛就会越来越瘦。"他笃定地说，"有人说，是因为大公牛喷气太厉害了；也有人说是因为公牛的味道，但是反正到头来，阉牛都会死掉。"

　　他走近我，一条腿屈了屈膝，放松休息着。他用手指指点着我的胸口。"这个世上有些赶牛人是很残忍的。"他说，仿佛他的话把我带入了他的世界，"这就是为什么，比起做牛，我宁可做匹马。"他直起身子，舒展着胳膊，"不过也很难说，有些赶马的也很凶。"他沉吟了一会儿，又开口继续说，每个字仿佛都是使足了力气蹦出来的，"王子说的话，你别放在心上。你的脖子和肩膀结实得都跟能干的小牛一个样了。我从没见过比你更会走路的孩子。"

　　他转了个圈，挥起长长的鞭子，大喊道："巴克！斯嘉丽！"

　　这两头辕牛慢吞吞地迈着小步，把牛轭套紧了。

　　"布林多！波利！"远山传来他的回声。听到他的声音，牛儿们咽下嘴巴里的嫩草，嚼过的草团经过长长的喉管，落进肚子里。每头牛都不紧不慢。它们从容不迫地迈向牛轭，每一步都像经过测量的一样精确，不慌不忙。

牵牛的链条已经抽紧了，每头牛都低下头来贴在轭下，蹬直后腿。亚瑟快速扫了一眼排成两队的牛群，吆喝着出发了。

"巴克，驾！斯嘉丽，驾！红毛，驾！"

十六头牛步伐一致，慢慢发力，向前拉着牛轭。它们屏住呼吸，用力往前拉，刚一开始，装满木头的大车像是不情愿似的，一动也不动，最后，随着一阵刺耳的咯吱声，大车摇摇晃晃地向前挪动了。大车颠簸着蹒跚前行，就像海浪中的船只一样。

亚瑟把鞭子搭在肩膀上，大步走在队伍旁，狗紧跟在他的脚下。走到一个很陡的下坡跟前的时候，他紧赶几步，来到大车后面，飞快地转动螺旋刹车的手柄。钢铁轮子被红桉木的刹车块卡住，大车发出一声刺耳的声音。那凄厉的声音在山谷间缭绕回荡，惊起一群黑色的凤头鹦鹉。它们用力拍打着翅膀，飞过我的头顶，哀鸣跟大车的尖叫混在一起，像某种凄切的呐喊。声音萦绕不休，直到鸟儿们飞过林木茂密的山峰，而大车驶进了山谷。

# 第27章　威尔孙一家

　　泰德·威尔孙的家坐落在离大路半英里远的地方，去他家时皮特总会带上一箱啤酒。按照惯例，每次他来装木头的那天晚上，大家都会聚集到泰德家，一起喝酒、唱歌、谈天说地。

　　每逢这样的日子，赶牛人亚瑟总是会在附近扎营，两个锯木工人——弗格森兄弟，会从他们的营地过来喝上一杯，侃侃大山。普雷斯科特王子还有另外两个伐木人也是他家的常客，而这天晚上，王子总会穿上粗棉布马甲，带上他的六角手风琴。

　　我们离开了营地，泰德驾着马车，跟我和皮特一起走。皮特叫我上车的时候，他转过身，把手罩在嘴边，压着嗓子，对泰德和站在他身边的另外三个伐木人小声说："给我看着！你们看他。这孩子可了不起了，他不用别人帮忙。我之前说什么来着。"然后他放下手，用若无其事的口气说，"好了，艾伦。上去吧。"

他说这话之前，我已经看到了马车上装的那些东西有多高，有点犹豫担心。但是现在，我不能辜负皮特对我的赞誉，我信心满满地向马车走去。像之前一样，我先爬到凯特的屁股上，不过现在要爬到很高的地方，我知道得在它身上站起来，握住个什么东西，才能把自己拉上去。我抓住一根柱子根，用力一拉，站了起来，我的好腿稳稳地踩在马屁股上。我从这个高度纵身一跳，没费多大力气就爬上了车顶。

"我说什么来着，嗯？"皮特叫道，他弯下腰，一张脸凑到泰德跟前。"看见了吧！"他伸直了手指，嘲笑地戳着他。"拄拐杖算什么？完全没关系！"

皮特和泰德坐在木头堆前面，两腿晃荡着。到泰德家的小路很窄，他们俩的身体总是挂到树枝，把树枝挂得像弓一样弯起来。他们经过之后，树枝就会弹回来，猛地打在我身上，因为我就坐在后面一点的地方。我在木头堆上躺下，看着树枝嗖嗖地从我身上掠过。身下的大车重重地颠簸着，发出吃力的嘎吱嘎吱声，我的心情好极了。过了一会儿，马儿们停了下来，我知道泰德家已经到了。

房子是用竖立的木板搭成的，木板之间的缝隙糊上了泥。房子的一头有一个树皮烟囱，烟囱旁是一个铁水槽，水槽上有一条卷起的树皮，树皮屋顶上的雨水流下来，经过树皮流进水槽里。

房子紧挨着树林，既没有篱笆遮蔽，也没有花园，一棵纤细的小桉树在风中摇曳，前门口人迹罕至，已经密密地长满了蕨类植物。

后门附近竖着一根木桩，那是一个脸盆架，上面放了一个掉漆的搪瓷脸盆。盆沿上有一道道肥皂水的痕迹，周围的地面灰扑扑的，一片泥泞。

四张鼠貂皮铺展开来，钉在后墙上，里面朝外，在夕阳下闪闪发亮。金合欢树的矮树枝上，挂了一块麻绳系着的腊肉，轻轻地晃荡着。

后门口用桫椤树的木头做成了一段台阶，台阶旁，两根钉子头上钉住了一根铁条，形成了一个刮片，好让要进屋的人刮掉靴子上的泥。

屋子后面有四根细细的木头柱子，支着一个树皮屋顶，搭成了一个小马车棚。挡泥板上还挂着马具。

皮特把马队停在车棚跟前，我爬下车。当我转过身，把拐杖夹到腋下的时候，两个孩子站在一旁盯着我看。

那个小点的男孩大概三岁大，浑身光溜溜的什么都没穿。皮特把缰绳缠起来，丢在凯特背上，他低头看着这个小家伙，脸上露出愉快的、饶有兴趣的微笑。

"嘿！"他喊了一声，伸出长满老茧的粗糙的大手，抚摸着小男孩的后背。"多么细皮嫩肉的小家伙啊，嗯！可爱的小家伙！"

那小孩板着脸，盯着地面，嘴里吸着手指头。他任凭皮特摩挲着，但是有点戒备地一声不吭。

"真是个细皮嫩肉的小家伙。"皮特用手指摸着他的肩膀，几乎是有点惊奇地说。

　　另一个孩子大概五岁。他穿着长筒棉袜子，但是袜带断了，所以长袜就耷拉在靴子顶上，像个脚镣似的。背带裤的背带是用绳子做的，裤子打着补丁。衬衫的袖子只剩下一只，上面的纽扣都掉光了。他的头发就跟从来没梳过一样，直挺挺地竖在脑袋上，活像一只受惊的狗竖着浑身的毛。

　　泰德把马具卸下来，他从领头的几匹马身后转过来，看见他儿子，停住脚步，挑剔地打量着，然后喊道："把袜子提起来！把袜子提起来！皮特会以为你是我们家新孵出来的小鸡崽儿呢。"

　　在泰德的注视下，那孩子弯下腰，提起袜子。

　　"你去带艾伦进屋，我们要把马卸下来。告诉你妈，我们一会儿就进去。"

　　我走进屋，一个妇人从炉灶前扭过头来，看了我一眼，她一脸和善的表情，就像只摇着尾巴的小狗一样，脸胖乎乎的，显得和蔼可亲。她一边朝我走过来，一边急急忙忙地在黑色围裙上擦了擦柔软的、湿漉漉的手，围裙上有不少面粉的斑点。

　　"噢，可怜的孩子！"她叫着，"你就是图拉腊的那个瘸腿孩子吧，是不是？快坐下快坐下。"

　　她朝房间四周看了看，把手指按在饱满的嘴唇上，皱着眉，犹豫不决地想了一会儿。"这儿有把椅子……坐这儿吧。我给你拿个垫子垫着背。"

　　她扶着我的胳膊，把我搀到椅子上，她劲儿很大，我几乎都快夹不住拐杖了。我打了个趔趄，她着急地叫了一声，两手抓住我的一只胳膊。她抬头看了看椅子，好像在丈量我离椅子还有多远。我挣扎着走过去，一只胳膊被她抓住，举得老高，我把重量都压在没有她碍事的另一根拐杖上。我在椅子上坐下，感觉糊里糊涂的，有点不快，我真希望我是在外面，跟男人们在一起，在他们中间，我的拐杖无关紧要。

　　威尔孙太太站在椅子跟前，后退了几步，心满意足地打量着我，就像看着一只刚拔好毛的鸡一样。

　　"这下好啦！"她开心地说，"感觉好点了吗？"

　　我含含糊糊地说"嗯"，她终于放开手了，我松了一口气，我朝门口看了看，知道皮特和泰德很快就会进来了。

　　威尔孙太太开始问起我的"可怕的疾病"。她想知道我的腿疼不疼，背疼不疼，我母亲有没有用巨蜥油给我擦身子。

　　"那东西可容易渗进去了，放在瓶子里也能渗出来。"她郑重其事地告诉我。

　　她觉得我的体内一定有很多麻醉剂，所以不管去哪儿，我最好都随身携带一个马铃薯，揣在口袋里。

　　"它变干萎缩下去的时候，就会把麻醉剂从你身体里吸出来。"她解释道。她怕我在他家的时候可能会因身体不适而病倒，叫我不用担心，因为泰德有马车，可以送我。她端出一锅炖羊肉，锅原本放在架在火上的两根铁条上面。她闻了闻，然后开始抱怨，在丛林里面要保持肉的新鲜有多不容易。

　　我开始喜欢威尔孙太太了，因为她终于忘记了我的拐杖，开始谈论自己的毛病。她一边说话，一边在厨房里忙得团团转。她把冒着热气的羊肉放到一个大盘子里，搁在桌子上，然后从另一口炖锅里倒出土豆，开始捣土豆泥。她伸了伸腰，好像有点腰疼，她用推心置腹的语气告诉我她没法活到老了，像在分享一个大秘密一样。

　　我很感兴趣，问她为什么。她脸色阴郁地回答我，她的内脏全都有毛病了。"我再也不能生孩子了。"她说，想了一下又说，"谢天谢地！"

　　威尔孙太太叹了口气，心不在焉地看了一眼穿袜子的那个男孩，他一直在听我们说话。

　　"去，把乔治的裤子和衬衫拿来。"她忽然说，"现在应该干了。我可不想看他得上什么该死的感冒。"

　　这个男孩子叫弗兰克，过了一会儿，他把晾在外面小树上的衣服拿了进来。威尔孙太太给乔治穿上衣服，乔治一直板着脸盯着我。

　　他母亲最后在他的衬衫上拍了一下，后退了一步，警告说："下回你要去哪儿之前，先来告诉我。要不然我就打你屁股。"

　　乔治还是盯着我。

　　泰德和皮特走了进来，泰德使劲拍了拍他妻子的屁股，我忽然有点担心她的内脏。

　　"老太婆你怎么样啊？"他快活地大喊，朝桌子那边望了

望，想看看喝茶时有什么吃的，然后对皮特说，"这可是我买
的上好羊肉。我从卡特手里买了四头母羊，一头半先令呢，味
道顶呱呱。你尝尝就知道啦。"

第28章　愉快的聚会

皮特喝完茶，清理干净桌子，点亮了悬挂在天花板上的米勒灯后，他把那箱啤酒搬了进来。他和泰德在一张纸上写写画画，算计着每个客人应该付多少"格罗格酒"钱。

"其他人还没来，我们先开一瓶吧。"算出结果之后，泰德建议，皮特也表示赞成。

威尔孙太太打发两个孩子到隔壁房间上床睡觉了，我能听到有个小孩在大哭。过了一会儿，哭声停了。威尔孙太太走了出来，扎了扎裙子。那两个锯木工已经到了，正坐在桌旁的一条长板凳上。他们热情地跟她打招呼，显然很喜欢她。

"我们今天可真是好好收拾了一顿那些木头，弥萨丝。"其中一个对她说，他的胳膊摊在桌子上，一副不堪重负的样子。

"锯得怎么样啊？"泰德问他。

"还不赖。我们在锯四条木，那是丛林里最好锯的树了。"

　　我很好奇，为什么四条木会是丛林里最好锯的树，我决定问问他，但是这时，亚萨·罗宾斯和那三个伐木人到了，泰德开始往排成一列的杯子里倒酒。

　　每个人都自己带了杯子，尽管大小不一，但是泰德往每个杯子里倒的啤酒都是一样多。

　　喝了几轮之后，普雷斯科特王子开始弹奏六角手风琴。他夸张地摇晃着肩膀，脑袋还不时地使劲儿向后甩，他高高举起双臂，一时间，手风琴来回颤动，然后他又拉了起来。有的时候，他会哼几个音节，好像在配合手风琴的调子试音。

　　"他还没进入状态呢。"亚瑟压低声音对我说。

　　亚瑟就在我身边，坐在火堆旁的一个箱子上。他脸上一直带着一种温和的、饱含期待的微笑。他喜欢听热情洋溢的歌，他自己说的。他总是让王子唱《殖民地的野小子》。

　　"这家伙搞什么呢。"亚瑟不耐烦地叫道。王子正在全神贯注地弹着《维拉塔》，没听见他说什么。

　　"给我们唱《殖民地的野小子》吧。"他扯开嗓门，再一次大声要求，"别再弹那个破玩意儿啦！"

　　手风琴响了一声，停了下来。"行，"王子说，"这就来啦。"

　　他开始唱了，亚瑟坐在箱子上，身子前倾，嘴唇跟着歌词翕动着，眼睛里闪着快活的光。

　　有一个殖民地的野小子，他的名字叫杰克·杜兰，他的父母清贫又本分，他出生的地方叫卡斯特曼；
他是父亲一辈子的指望，是母亲唯一的欢乐源泉，
他是爹娘的骄傲啊，这个殖民地的野小子。

这也是父亲最喜欢的一首歌，家里来客人的时候，他只要喝上几杯，就会站到长板凳上唱这首歌，唱到副歌部分的时候他会大声喊："站起来一起唱。站起来啊，伙计们。"所以，当王子唱到副歌的时候，我抓过支在墙上的拐杖站了起来，我催促亚瑟："站起来！"

"上帝啊，好啊，小子！"他说着站起身来，把杯子丢在桌上，扬起醉醺醺的脸，大声唱起副歌，他的声音像巨人一样的洪亮。我跟着他一起唱，声音高亢嘹亮，皮特、泰德，还有那几个锯木工也站了起来一块儿唱。大伙儿都跟亚瑟一样，把杯子丢在桌子上，站了起来。威尔孙太太双手紧握在胸前，用赞叹的语气轻轻说："上帝保佑！"

来吧，朋友们，让我们在高山上徜徉，
让我们有福同享，有难同当；
让我们漫步过山谷，奔驰过平原；
我们不再做奴隶，不再套着镣铐。

"啊，真是好歌啊！"亚萨一边坐下，一边哑着嗓子说。他递过杯子要啤酒。"当一个人一辈子做牛做马，看不到

指望的时候，这歌就像一针强心剂。"

这首歌也感染了皮特，他也想为这场聚会贡献一点振奋人心的东西。他一直忙着喝酒，没工夫唱这种苏格兰小曲，不过，他知道几句亚当·林赛·戈登的诗，整个晚上，他都用一种近乎虔诚的语调恭敬地反复朗诵着。

他拿着瓶子往杯子里倒啤酒的时候，忽然想起了这几句诗，猛地停了下来，手里拿着瓶子和杯子，一动不动。他直愣愣地盯着对面的墙壁，用低沉的声音深情地朗诵起那几句诗。

在天空与水面之间，"小丑"迎头赶上，

我们纵马驰骋，马镫铿锵作响。

念完之后有好一阵子，他仍然呆呆地盯着墙。

亚瑟做了个鬼脸，瞥了他一眼。"他很会骑'小丑'嘛。"他总结道，然后就又把注意力转回了自己的杯子。

皮特沉浸在诗的意境中，等他回过神来，感觉一定得给大家讲讲，这两句诗是什么意思。

"你们明白是什么意思吗，嗯？有些人就不懂。这个'小丑'是匹能跑会跳的好马。它起跑的时候是落在后面，明白吗，可是它很漂亮地跳过了水沟，简直跟飞似的。另一匹马呢，它起跑的时候在前头，但是'小丑'很快就赶上来了，它跟在那匹马后头起跳，这一跳就赶上它了。诗里说的'在天空与水面之间'就是这个意思。"

"它们同时落地。落地的时候，另一匹马挤了过来——肯定是这么回事——它们身上的马镫碰在了一块儿，铿锵作响。'小丑'一定是匹弹跳能力很好的马，骨骼结实，灵活又敏捷。我真想见见那个写诗的家伙。"

他吞下一大杯啤酒，望着手中空空的杯子，咂着嘴巴。

又过了一会儿，王子唱起了兴，已经很难让他闭嘴了。他唱了《受辱记》《前头的行李车》，还有《父亲，你会给我带什么？》

每首歌都让威尔孙太太感动得泪流满面。"真是太美了，不是吗？"她哽咽着说，"你还会唱别的吗？"

"哦，当然会啦，威尔孙太太，我还会好多呢。"王子谦逊地低下头，说道，"我东一点西一点，学了好多呢。"

"你会唱《命中注定的婚礼》吗？"她满怀希冀俯身凑近他，问道。

"哦，我不会唱那首，威尔孙太太。不过，我可以学，很快就能学会的。我会唱《天使们会不会带我玩？》，你想听听吗？"

"哦，好呀！"威尔孙太太说，"听起来是首很美的歌啊。"她朝皮特和亚瑟转过身去，他们正在争论牛队和马队哪个更能拉东西。

"你们两个给我安静一点。"她命令道，"王子要给我们唱一首很好听的歌，你们可以待会儿再吵。唱吧，王子。"

皮特正打着手势强调他的观点，这时他接受了建议，垂下手。"好吧。你唱吧，王子。"他靠回椅子上，微微点了点头。"暂时休战。"他小声说。

王子站起来，大声宣布歌的名字：《天使们会不会带我玩？》。

他弯下腰，拨弄起手风琴，手风琴在他低俯的怀里呜咽起来，然后他直起身，甩了甩额前的头发，带着鼻音唱起来：

有一天，一群孩子在院子里做游戏，
只有一个小姑娘，拄着拐杖看得入了迷，
她没法像其他孩子一样玩，尽管她已竭尽全力，
他们还说她真讨厌，只会给大家添麻烦。
有天夜里，万籁俱寂，天使降临人间，
带走了这个小宝贝，她甜蜜的小嘴像在呢喃。

带着微微的颤音，王子开始唱起副歌。

妈妈，等我去了天堂，天使们会不会带我玩？
就因为我双腿伤残，他们会不会嫌我是麻烦？
这里的孩子都不喜欢我，他们都说我讨厌。
等我去了天堂，妈妈，天使们会不会带我玩？

王子坐下来，满心以为大家会报之以热烈的掌声，谁知皮特站了起来，他有点趔趄，不过马上稳住了，直起腰。他用拳

头猛捶了一下桌子，凶恶的下巴上，亮闪闪的小胡子简直要飞起来。

　　"该死的，这是我听过最悲惨的歌了，但是你根本不应该当着那孩子的面唱。"他戏剧化地伸出一根手指指着我，摇了摇，强调道，"这首歌不该在他跟前唱。"他转过来，朝我俯下身。"别往心里去，艾伦。"他重重地坐下，又给自己倒了一杯啤酒，"在天空与水面之间，'小丑'迎头赶上。"他喃喃地念道。

　　他发的这通脾气让我很吃惊，我并没把这首歌跟自己联系到一起。这个小女孩的遭遇真的很悲惨，深深地打动了我，我一直在想，要是我能在那儿，跟她一起玩就好了。听着王子的歌声，我仿佛看到我自己在痛斥着那些说她讨厌的孩子。我很奇怪，她为什么不骂他们一顿，最后我得出结论，她一定是个很小的小姑娘。不过，谁要说我觉得自己跟她一样，那就太荒谬了。

　　王子有点生皮特的气。他本来正等着别人夸奖他呢，结果却被骂了一通。

　　"怎么了？"他向亚瑟抗议，"这首歌没什么问题啊。艾伦知道自己残废了嘛，不是吗？我们大家都知道啊。"

　　亚瑟站起来，从桌子上方弯过身去，好跟王子说悄悄话。

　　"这就是你不对了，王子，他不知道自己残废了。"他伸出一根手指，用手势强调着自己说出来的每一个字，"他就是活到一百岁，也永远不会知道。"

他直起身来，扬起下巴，抿着嘴唇，严厉地盯着王子，像在等着他的反驳。然而王子的态度忽然软了下来，于是亚瑟也换了一副口气。

"我不是说这首歌不好。"亚瑟继续说道，"但是为什么要提醒他那些蠢货们是怎么想的呢？"

王子也承认，我最好永远都不知道蠢货们的想法。

"哦，我的天啊！"威尔孙太太叫起来，她一直在听着大家说话。"我老说，还是不要知道自己身体有什么毛病的好。有些人得了癌症，然后……哦，太可怕了，太可怕了……"

亚瑟看了她，想了一会儿，然后耸了耸肩，对王子说："给我们唱首别的吧。有没有什么激动人心的？你会唱那首关于本·霍尔的歌吗？那可是条好汉啊！给我们唱那首吧。"

"我记不得那首歌的歌词啊，亚瑟。是怎么唱的？"

亚瑟深深地吸了一口气，下巴低垂在胸前，"只有那些强取豪夺的有钱人，才害怕本·霍尔上门。"他用颤抖的、不确定的声音唱了一句，然后就停了下来，用手背抹了抹嘴巴。"我就记得这点，不过，哎！这真的是首好歌。你应该学学的。"

"我想听你唱《妈妈的相框里放了别人的照片》。"威尔孙太太提出。

"有没有带劲儿点的！"亚瑟不屑地大声喊道，他咕嘟咕嘟吞下一大杯啤酒。

"有一个晚上，在巴伦噶，我曾经在演唱会上听一个年轻人唱过。"一个锯木工说，"全场都为他喝彩。那个人是特地从墨尔本来这里演唱的。我不记得他的名字了，不过大家都说他是位一流的歌手，一直都是靠唱歌赚钱维生的。"

"我会唱两段，"王子说，"看看能不能找着调子吧。我唱过一次，不过……嗯，怎么开头的来着……"

他歪着头，闭着眼睛，聆听着手风琴发出的音节，他忽然笑着点了点头。"没错。我想起来了。"

"大家安静。"威尔孙太太瞪着皮特和泰德，他们正在一起聊天，但是谁都不听谁的。

"这个马鞍有点晃荡——肚带不好用了——不过我把它放到马车后头了……"泰德的口气像在谈论什么大秘密。

"我花五块钱买了那匹灰马。"皮特插嘴说，手里拿着啤酒杯，放在离嘴巴几英寸远的地方，目光越过酒杯，定定地落在墙壁上。"那天晚上，我骑着它跑了二十英里……"

"那是一个昆士兰马鞍。"泰德打断他，倒满了杯子。

"它一路面不改色……"皮特说。

"我买了一条新肚带……"泰德继续说。

"连一滴汗都没淌……"皮特对着墙说。

"嗯，然后呢……"泰德正说得来劲儿。

"闭嘴，你们俩。"亚瑟说，"这位太太想听歌。"

皮特和泰德瞪了亚瑟一眼，好像他是个扰人谈兴的不速之客。

"什么……"泰德开口说。

"王子要再唱一首歌了。"

"那就唱呗。"皮特欣然同意。他向后靠向椅背，盯着天花板。"我们听着呢。"

王子开始唱了。

过来，宝贝，告诉我你为什么哭哭啼啼，
难道你不明白，这样让爸爸心疼不已？
我每天买给你好看的东西，
你知道我就是想看到你笑眯眯。
她说，我知道你是最亲爱的好爸爸，
整个世上谁也不能跟你比，
如果你真心爱我，一定会明白告诉我，
那个女人是谁，就在墙上的照片里？

所有人都被王子深深吸引了，连皮特也转过头来看着他。他信心十足地唱起副歌。

妈妈的相框里放了别人的照片，
那是别的女人，是跟妈妈不同的笑脸；
妈妈的笑容更甜。
我觉得很丢脸，
妈妈的相框里放了别人的照片。

威尔孙太太静静地流着眼泪，王子开始唱第二段。

是的亲爱的，那是个漂亮姑娘，
她将成为你的新妈妈，
她会好好待你，温柔慈祥，
或许你也会爱她，爸爸多希望那样。

伴随着王子的歌声，亚瑟喝了两杯啤酒。王子唱完后，他脸色阴郁地对我说，"再婚的男人，总是想让别人体谅他。"

他们继续唱着，我累极了，坐在椅子里睡着了。皮特叫醒我的时候，聚会已经结束了。

"站起来，"他说，语气像是一个牧师要开始布道一样，"站起来，跟我走。"

我们走出屋子，来到马车棚，他已经整理好了床铺。我钻到草料袋子中间，皮特却还站在那里，扶着一根柱子，身子晃来晃去的。忽然，他抬起头，对着夜空朗诵道：

在天空与水面之间，"小丑"迎头赶上，
我们纵马驰骋，马镫铿锵作响。

第29章 骑马

我跟皮特这一路上遭遇的所有事情，父亲都想知道。他细细地盘问我，遇到了哪些人，有没有跟他们聊天。

父亲的问题太多了，母亲温和地提出抗议，但是父亲反驳说："我只是想知道，他会不会跟男子汉打交道。"母亲也就不说话了。

我兴奋地告诉他，那些马有多强壮，它们拉着满载的马车回家，一路上速度都没降低过。父亲快活地听着。

"噢！那队马不错的。"他评论道，"皮特家的马都是麻洛种的，众所周知，这种马很不错，很听话。"他顿了顿，接着问道，"他有没有让你驾车啊？"

问我这个的时候，他扭过头看着别处，放在桌上的手忽然停住了，一动不动，等着我的回答。

"有啊。"我告诉他。

他很高兴，点了点头，自顾自地笑了。"最有用的还是一双手啊……"他顺着自己的思路喃喃地说，"一双能干的手……"

驾车的时候，他觉得手是很重要的。

我还记得，缰绳拉紧的时候，我能感受到马嘴巴的拉力，马儿们的力量透过缰绳传递过来。当它们压低身体，用力向前拉车的时候，仿佛将这种力量传递给了我。

"当马使劲儿的时候，拉紧的缰绳好像能将你所有的力气都抽走。"父亲有一次这么告诉我，但是我的感觉却跟他刚好相反。

"你不用担心自己不能骑马了。"他提醒我，"我自己觉得，做个赶车的好把式也很不错。"

这是几年来，他第一次提到我不能骑马的事。当初刚从医院回到家的时候，我把骑马说成一件轻而易举的小事，好像只要练上几个礼拜，我就能驾驭一匹烈马了似的。父亲不喜欢谈论这个话题。每当我请求他把我抱上马背的时候，他总是一声不吭，露出不舒服的表情。但是最后，他可能觉得，必须得对他的态度做出一点解释，便告诉我，我再也不能骑马了——除非我长大成人之后能重新走路。

告诉我这件事的时候，他把手放在我的肩膀上，他说得很认真，似乎这是件了不得的大事，而我必须理解。

"骑马的时候，"他说，"你得用腿夹紧马，看到了吗？开始小跑时，全身的体重都得放在马镫上。对腿好好的人来说，这没什么难的……当然，他们也得保持平衡。但是，艾

277

伦，你的腿可夹不住。你可以坐在马上，随便走走，但是骑马就真的不行了。所以，别再想着这事了。我以前希望你能骑马，母亲也是。但是现在，你已经这样了……人生不如意十之八九。我想像你一样，可是做不到，你想能像我一样骑马，也做不到。所以咱们俩都不如意。"

我默默地听着。我不相信他说的是真的。而且我也怀疑，恐怕连他自己都不相信。他总是对的，而这回，他头一次错了。

即使父亲这么说了，但我还是下定决心，一定要学会骑马。想到将来有一天，我会骑着一匹马飞驰过大门口，那匹马儿弓着背，紧咬着嚼子，拼命想挣脱我手中的缰绳的控制，那时父亲该多么高兴啊。想到这些，我就不由得很开心。

学校里有个孩子有一匹名叫星光的阿拉伯小马。星光是一匹小白马，尾巴细细的，不停地扫来扫去，走起路来活泼又轻快。它的四蹄很结实，跑起来脚下生风，身轻如燕。

对我来说，星光就是完美的象征。其他男孩子也会骑着小马去学校，但是那些马都跟星光没法比。男孩们经常赛马，每逢比赛的时候，星光都会一马当先，它速度超群，充满活力，趾高气扬。

它的主人叫鲍伯·卡尔顿，是个瘦瘦的红头发男孩。他喜欢跟我讲星光的事，因为我的态度鼓励了他自吹自擂。

"我能把别的孩子甩十万八千里。"他会这样说，而我总会对他表示赞同。

每天吃午饭的时候，他都会骑着星光走上四分之一英里，让它到路边的水渠里喝水。所以他不得不离开操场，放弃游戏，这可真是件很难做到的事。要不是他从小被教育，永远不能不管自己的马，他早就不干了。

有一天，我自告奋勇，提出帮他饮马，他马上就答应了。

"太好了。"他高兴地说。

他骑着星光到水渠那儿去的时候，总是直接骑在光溜溜的马背上。不过，他帮我上了马鞍，把我扶到了马背上，跟我说让它自己走就行，即使我不碰缰绳，它也能带着我来回。

我早就觉得星光能做到，我决定抓紧马鞍的鞍桥，这样就不用拉缰绳了。

我在马鞍上坐定之后，鲍伯把马镫往上收了收，我弯下腰，提起那条坏腿，尽量把脚塞进铁马镫里，好让它可以承担这条没用的腿的重量。我把好腿也放进马镫，这条腿残疾得没有那么严重，所以还是可以压一点重量在上头。

我收拢缰绳，抓在手里，握住马鞍的鞍桥。我没办法拉缰绳给小马指路，但是透过我的手，我能感觉到它的嘴巴正咬着嚼子，这让我有一种正在控制它的感觉。

星光轻快地走出大门，拐了个弯，走上小路，向着水渠走去。我感觉这没有我想象中的安全。抓着鞍桥的手指有点发疼了，但是我不能松手，也不能放松地坐在马鞍上。因为我觉得要是放松的话，就会摔下去的。我感到很难为情，但是同时也很生气——气自己的身体不争气。

终于走到水渠了，星光把嘴巴伸到水里喝水。我低下头，看着它的脖子沿着鞍桥向下，延伸出一条陡峭的曲线。我身子向后倾了倾，一只手扶在鞍子后面的马屁股上，免得再去低头看水渠。

星光喝着水，发出呼噜呼噜的声音，不一会儿，它抬起头，流水潺潺，从它嘴巴下经过，它竖起耳朵，聆听着水渠后牧场那边的声音。

它的一举一动，都给我留下了极其鲜明深刻的印象。现在没有人领着，我自己坐在一匹小马身上。这就是当你独自一人坐在小马背上的时候，马儿喝水的样子；这就是骑马的感觉。

我低下头看着地面，地上有很多碎石子，拐杖拄在上面会硌到，地上还有很多烂泥，拐杖拄在上面会打滑。但是现在，它们都不是问题了。骑在马背上，我不需要考虑这些。

长长的草叶会缠住我的拐杖，陡坡会让我气喘吁吁，还有粗糙不平的地面——但现在，想到这些，我一点都不放在心上了。我得意扬扬，它们再也不会给我带来痛苦了。

星光又开始喝起水来。我身体前倾，弯下腰，抚摸着它的脖子下面，我能感受到它吞咽水的律动。它的肌肉结实，敏捷又强壮，心脏发达有力。忽然之间，我爱上了它。

喝完水，它转过身来，我差点摔下去，不过之后，所有恐惧都消失不见了。我紧紧握住鞍桥，稳住身体，让它一路走回学校。它驮着我，毫不费力，毫不挣扎，它的四蹄踩在地上，就像我自己的脚踩在地上一样。

鲍伯把我扶下马。

"它怎么样？"他问。

"好极了。"我说，"明天我还带它去。"

第30章 受伤

我每天都带星光去喝水。我给它装上马勒和马鞍，然后牵着它到鲍伯跟前，他会将我扶上马，把我的拐杖放在学校墙根。

没过几个礼拜，我就能自如地骑马，不必集中精神保持坐姿了。我可以放松身体，不需要死命抓住鞍桥。

不过，我还是不能用缰绳控马。我没办法勒住马，也不能指挥着它向东向西。无论是走在丛林里，还是坐在轮椅上的时候，我都在琢磨这个问题。晚上入睡之前，我在脑子里设计了各种各样的马鞍：上面有滑动的把手，有像椅子一样的靠背，还得有绑带，可以把我的腿绑到马身上。不过，一骑到星光背上，我就明白了，这样的马鞍没什么作用。我得学着不用腿保持平衡，不扶着东西骑马。

在离水渠还有几码的地方，我开始赶着星光快步走，渐渐地，快走的距离越来越远，最后，我已经可以让马在最后几百码也快走了。

快走很不舒服。我坐在马鞍上，剧烈地上下颠簸，我的腿使不上劲儿，没办法控制晃动的身体。

孩子们看着我，但是并没有挑剔我的骑术。我做事情有自己的一套，他们都已经接受了。我坐在马鞍上的样子有些危险，摇摇欲坠。不过看了一阵子，发现我一点都不怕摔，他们也就失去了兴趣。

骑马去学校的孩子们，回家时常常会纵马疾驰。他们骑得那么轻松，真让我吃惊。

我开始失去耐心，不想再慢慢进步。他们能做到的，我当然也能做到。

可惜，我心有余而力不足。月复一月，我每天骑马去水渠，但骑术却没有长进。我还是得紧紧抓住鞍桥；我从来没有小跑过；我还是不能驾驭这匹马。一年过去了，骑马去水渠的时候，我还是只能满足于漫步和快步走，我下定决心要开始小跑，即使真的会掉下来也在所不惜。

我问鲍伯，骑马小跑难不难。

"天啊，轻松得很啦！"他说，"就跟坐在摇摆木马上一样，比快走还容易。小跑的时候，你的身体都不会离开星光的马鞍。它跑起来稳当得很，不像匹小马驹，倒像匹大马。"

"它可以不快走，直接跑起来吗？"我问。

鲍伯向我保证，它可以。"身体前倾，向上提缰绳。"他指导我，"用脚跟一磕，它就会直接开始小跑了。"

那天我试了试。在靠近水渠的地方，有一个小上坡。走到那儿的时候，我快速俯下身子，用好腿的脚后跟磕了磕马。它很轻松地跑了起来，我摇摇晃晃，清新的风吹拂过我的脸庞，让我有一种想大叫的冲动。跑到水渠跟前，星光停了下来，开始喝水。我放松下来，发现自己在颤抖。

打那次之后，我每天都会骑着它小跑，直到我觉得万无一失，哪怕是在校门口大转弯的地方也没问题了。

不过，我还是得紧紧抓着鞍桥。

水渠前有两条路会合。一条经过学校，另一条通往学校背后的小道，在另一边和大路会合。这条小道罕有人至。偶尔会有人驱赶着马儿、拉着大车从这里经过，在栅栏之间留下三条车辙，曲折蜿蜒地穿过草地。

有一道栅栏是用四股的铁丝拴在一起的，木柱上铁丝的尖头伸出来，形成一个个倒钩。沿着这道栅栏有一条小路，那是路上的牛群到水渠喝水踩出来的。铁丝钩上挂着一簇簇红色的牛毛，是牛群经过的时候刮下来的。

我曾经想过骑马走这条小道回学校，但是因为我没办法驾驭星光，所以只好走它想走的路。

冬天的一天，从水渠回去的时候，我用脚后跟磕它的时候有点用力，它猛地疾驰起来。这一回，它没有走惯常回学校的路，而是拐上了这条小道。

我很开心。以前从图拉腊山脚回家的时候，我曾在这条小道上休息过好几回，在我的记忆中，这条小道总是跟疲累联系在一起。这里杂草纠结，道路崎岖，很不好走。而现在，我低下头，看着景物在我身下飞驰而过，不费吹灰之力就能穿越这条道路，简直像是奇迹。这条路上遇到的种种困难，现在都被我抛到了脑后。注视着粗糙的路面，我简直满怀深情。

星光拐出了道路中央，跑上了牛群踩踏出的小路，这可出乎了我的意料。当它拐上小路的时候，我意识到了危险。我双手紧紧抓住鞍桥，仿佛这样我就能让它离布满倒钩的栅栏远一点似的。

但是它还是一个劲儿地往前跑，我低头看了看我的坏腿，它正无力地挂在马镫上，晃晃荡荡，而铁丝网上的倒钩就在几英寸外飞掠而过。

我穿着长筒棉袜，用吊袜带系在膝盖上头。残疾的那条腿袜子底下还绑了绷带，用来保护开裂的冻疮，我整个冬天都缠着。

我看向前方，小路离柱子越来越近，我知道用不了多一会儿，这些铁丝钩子就会挂上我的腿了。我并不害怕，但是我内心充满愤恨，因为我无力反抗，只能听天由命。

有那么一阵子，我考虑要不要自己从马上跳下来。我深吸了一口气，心想"预备跳"，但是我下不了决心。我仿佛能看见自己摔断了胳膊，连拐杖也没法挂了。我回头看了看栅栏。

第一根倒钩挂住了我的腿侧，它向后扯着我的腿，拖向马的肚子，然后小路向外弯了弯，离栅栏远了一点，我的腿就被松开了。它松松垮垮地掉下来，在马镫外面晃荡着，然后又被钩住撕扯。倒钩把袜子和绷带都剐开了，我能感觉到腿在流血。

我的头脑冷静下来，一眼都没有再看我的腿。我望向前方，在这条道路的尽头，牛群小路和栅栏分开了，到那里，我就可以从撕扯和疼痛中解脱出来了。

通往小道尽头的这段路，似乎无比漫长。星光轻快地跑了过去，没有半点磕绊。在拐角处它转了个弯，扬起脑袋、竖着耳朵，跑回了学校。而坐在它身上的我，已经浑身无力。

鲍伯和乔扶我爬下马。

"哎呀！你怎么啦？"乔问，他弯下腰，焦急地盯着我的脸。

"它跑到小路上去了，我的腿剐到铁丝倒钩上了。"我告诉他。

"它干吗要往那儿跑啊？"鲍伯难以置信地问，他弯下腰来查看我的腿。"它从来不往那儿跑啊。见鬼，你的腿在流血啊。到处都是口子，袜子都被扯烂了。它到底怎么了？你得去看看医生。上帝啊，你的腿可真可怕。"

"赶快包起来，别让人看见了。"乔马上建议道。

还是乔理解我。

"不知道谁有手帕？"我问乔，"我得把它扎起来。谁会带手帕啊？"

"我去问问珀斯。"鲍伯主动说，"珀斯一定有。"

珀斯是个娘娘腔，大家都知道他随身带手帕。鲍伯去找他，乔和我来到学校后，我坐下来，把破破烂烂的袜子扯到脚踝上，将撕破的绷带也解下来，露出血肉模糊的伤口。伤口不深，但是也有几道划得挺厉害，血如泉涌，鲜血慢慢地流过冻疮，还有淡青色的皮肤。

乔和我默默地看着。

"反正，这条腿本来也没什么用。"最后乔说，他急着想安慰我。

"去它的！"我恶狠狠地咕哝道，"该死的腿！看看鲍勃来了没有。"

鲍勃拿着一条手帕走过来，他几乎是从珀斯手里抢来的，珀斯就跟在他身后，想看看我们要对他的手帕做什么。

"你明天可一定得还给我。"他提醒我，看到我的腿，他的声音低了下去。"噢，看啊！"他叫道。

我用手帕还有被剐破的绷带，把腿牢牢地扎好，然后拄着拐杖站起来。另外三个男孩子都站在后面，等着我宣布结果。

我等了一会儿，看看血能不能被止住。最后我说："可以了。"

"包了那么多层布，肯定不会流血了。"乔肯定地说。

"谁知道呢。"

第31章　骑术精进

　　母亲始终都不知道我弄伤了腿。一直以来，我的冻疮都是自己料理的，她只要给我准备好一碟热水、一条干净的绷带，还有塞在脚趾之间的棉花就可以了。有几次，我觉得应该把这事跟她说一声，因为伤口在冻坏的肌肉上，一直不肯愈合，不过后来天气暖和了，它们就慢慢长好了。

　　我还是继续带星光去水渠，但是这回，在踏上通往学校的路之前，我不会再随便让它小跑了，一定要等远远经过了通往小道的路口之后才行。

　　我曾经试着只用一只手抓着鞍桥，但因为我的脊柱向一侧弯着，所以整个身体都会向左倾斜，虽然一只手握着鞍桥，还是免不了要朝那边倒下去。

　　有一天，我一边让星光自己走着，一边开始在马鞍上到处摸索，想找一个扶起来更牢靠的位置。因为我的身体向左倾，所以在放松的情况下，左手能够到比右手更低的地方。我微微向右挪了一下屁股，然后，将左手伸到腿下的马鞍衬垫下。我抓到了肚带，肚带绕过马鞍，绑在马的肚子上。这样一来，我朝右晃的时候，就可以拉马鞍的衬垫，朝左晃的时候，就可以拽一下肚带。

我第一次真正感到安全了。我把缰绳绕在右手上，紧紧握住，另一只手抓住肚带，赶着星光开始小跑。它跑起来，颠颠簸簸，但是我坐在马鞍上，一晃也没晃。我轻松自如、四平八稳地坐着，随着马的身体运动上下起伏，我感觉安全而自信，这种感受前所未有。

现在，我终于可以驾驭它了。我的手动一动，就能控制着它左转或者右转。而它拐弯的时候，我可以随着它一起倾斜身体，等它重新稳步前进的时候，我再坐正。我牢牢抓住肚带，支撑着自己坐在马鞍上，当我想要拉紧或者放松的时候，可以随心所欲。

我骑着星光小跑了一会儿，忽然头脑一热，吆喝着让它加速。它开始飞奔，我感到它的身体抻平了。马儿不再摇摆起伏，而是平稳地飞驰，有如行云流水，它的四蹄重重地、快速地敲打在地面上，在我听来有如仙乐。

这种经历是如此美妙动人，独一无二，让人一秒钟都不想浪费。我哼着歌儿，骑着马走回了学校。我没有等鲍伯过来扶我下马，而是一骨碌从马鞍上滑了下来，摔了个嘴啃泥。我爬向墙边的拐杖，直起身来，牵着星光向放马的小院走去。我把马鞍解下来，放它跑开。然后我靠在栅栏上，一直望着它，直到上课铃声响起。

那天下午的课堂上，我没法集中精力。我一直在想着父亲，要是我证明给他看我可以骑马了，他该多么高兴呀。我想明天就骑着星光给他看，不过，我知道他会问我些什么。我觉得，要是我还不能不用别人帮助，自己独立上马下马，那我还不能说自己真正会骑马了。

我很快就能学会下马的，我想。我可以骑到拐杖旁边再下马，这样我就能一只手抓着马鞍，另一只手拿起拐杖，夹到胳膊底下。不过上马又是另一回事了。要想一条腿踩着马镫上马，必须得有强壮的双腿。我得想个别的办法。

有时候，在家里玩耍时，我会一只手挂着拐杖，一只手抓住大门的门框顶，然后慢慢地提起身子，直到身子跟门一样高。这是我锻炼臂力的好方法，我决定把门换成星光试试看。要是它能站着不动，我就可以这么干了。

第二天，我就试了，但是星光一直动来动去，我摔了好几跤。我把乔叫来，让他牵着马。然后，我把两根拐杖并在一起，一只手挂着拐杖顶，另一只手放在鞍桥上。我深吸了一口气，一纵身跳上了马鞍。我用右胳膊夹着拐杖，决定带着它们，不过星光有点害怕，我只好把拐杖递给了乔。

每天我上马的时候，乔都来牵着星光。不过，两个礼拜之后，这匹小马就习惯了我跳上马鞍的方式，我坐上去之前，它都能保持不动了。那之后，我就再也没有让乔帮我牵马，不过，我还是不能带着拐杖。

　　我跟鲍伯说，我真的很想能带着拐杖骑马，我问他可不可以把拐杖夹在右胳膊底下，骑着星光跑几圈。每天下午放了学之后他都这样做，慢慢地，星光就不再害怕了。后来，我就可以带着拐杖骑马了。

　　小跑的时候，拐杖会拍打马肚子，快跑的时候，拐杖会猛烈地前后摇晃，但是它再也不害怕了。

　　星光不难驾驭，只要一只手拉着缰绳，就能很轻松地操控它。我把缰绳收得很短，这样一来，我只要一靠，就能在胳膊控马的同时，将身体的重量压上去。想转弯的时候，我只要抖一抖手腕，它就会拐弯，很快我就能操纵自如了。我发现，只要用抓住肚带的手使劲儿推一下马鞍衬垫，马就会小跑起来，磕磕绊绊的日子一去不复返了。

　　星光从来都不容易受惊后退。它总是径直往前跑，所以，骑着它我感觉很安全，从来不担心会被摔下马。我并不知道，当马忽然受惊乱跳的时候，只有双腿健全才能坐在马上，因为我从来没遇到过这种情况。我以为，只有尥蹶子的马才会摔人。所以，我骑起马来比学校里的其他孩子更鲁莽。

　　我纵马狂奔过崎岖的路面，当我拄着拐杖走过的时候，曾经遇到过那么多的艰难挑战，而现在，我用钢铁一样结实的腿脚将它们踏在脚下——那是星光的蹄子，但此刻我觉得那就是我自己的腿。

　　遇到高坡，经过浅滩，别的孩子都会避开，我却直冲过去。以前走路的时候，我都是绕开这些，而他们能轻易翻越这些障碍。

现在，我也可以跟他们一样了。每天的午休时间，我都会出去，寻找那些我步行时不好走的地方，骑着马跑过或者跳过去，我觉得自己终于跟伙伴们平等了。

然而，那时我并没有意识到深层原因。我在这些地方纵马奔驰时，只是因为很开心，就这么简单。

有的时候，我会骑着星光沿着学校后面的小路奔驰。小路尽头有一个急转弯，通往石子路。长老会基督教堂就在路对面的拐角处，所以大家都叫它"教堂转角"。

有一天我纵马狂奔，冲过这个拐角。开始下雨了，我想赶快回学校，免得淋湿。这时，一个女人沿着教堂前的小道走出来，忽然撑开一把雨伞，星光被吓得猛地向旁边一跳。

我感到自己摔了下来，我用尽全力，试图移动我的坏腿，把脚从马镫里拽出来。因为我害怕会被马拖着走。父亲曾经见过一个人脚卡在马镫里，被马拖着走，我永远忘不了他的那番描绘，那匹横冲直撞的马，那人跌跌撞撞的身体。

我摔到了石子路上，发现自己没有被马具卡住，只感觉如释重负。我在原地躺了一会儿，努力分辨着有没有哪根骨头被摔断了。然后，我坐了起来，我的胳膊和腿上青一块紫一块，火辣辣地疼。我的头上肿起一个大包，手肘也被碎石子擦伤，留下一片红痕。

星光已经奔回学校了，我知道，不一会儿鲍伯和乔就会带着我的拐杖过来。我坐在原地，拍打着裤子上的尘土。这时，我看到刚刚撑伞的那个女人向我跑过来，她脸上的表情惊恐万状。我赶紧四处打量了一下，想看看身后是不是发生了什么可怕的事情。但是只有我呀，没有别人。

"噢！"她嚷着，"噢！你摔下来了！我看见了。可怜的孩子！疼吗？噢，我一辈子都不会忘记这一幕。"

我认出来，她是康伦太太，母亲也认识她。我心想：她会告诉母亲我摔跤了的，明天就得告诉父亲我会骑马了。

康伦太太急急忙忙地把包放在地上，一只手搭在我的肩膀上，目瞪口呆地注视着我。"疼吗，艾伦？告诉我。你可怜的妈妈会怎么说啊？说话啊。"

"我没事，康伦太太。"我向她保证，"我在等我的拐杖。看到那匹马，乔·卡迈克尔会把拐杖给我带来的。"处理这种事，我很信赖乔。如果是鲍伯，他一定会一路激动地大呼小叫，把这件事嚷嚷得无人不知，无人不晓；而乔就会悄悄地带我的拐杖过来，一心想着息事宁人，别让人知道。

"你不该骑马，艾伦。"康隆太太一边拍打着我肩上的尘土，一边接着说，"这会要你命的，不信等着瞧。"她的口气温柔慈爱。她在我身边跪下，低下头，脸凑到我跟前，对我温和地笑着。"你跟其他孩子不一样，你得时刻记着，他们能干的事情，你不能干。要是你可怜的爸爸妈妈知道你骑马的话，一定会心碎的。答应我，别再骑马了。好吗，答应我。"

她的眼里闪着泪花，我奇怪地看着她，我想安慰她，想告诉她看到她落泪我很难过。我希望能送她一份礼物，可以让她微笑，给她带来欢乐。大人们跟我说话的时候，总是这副伤心的样子。不管我怎么说，他们都无法感受到我的快乐。他们坚持己见，愁眉苦脸。我真的不明白这到底是为什么。

鲍伯和乔跑了过来，乔带着我的拐杖。康伦太太叹了口气，站起来，用悲伤的眼神看着我。乔扶着我站起来，把拐杖塞到我的胳膊底下。

"怎么啦？"他着急地问道。

"它受惊了，把我摔下来了。"我说，"没事的。"

"现在起，谁都不许再提这件事。"乔瞥了一眼康伦太太，小声说，"不能声张，要不然他们就再也不会让你骑马了。"

我向康伦太太道别，她走之前还不忘提醒我，"别忘了我跟你说的话啊，艾伦。"

我们一起向学校走去，乔上上下下地打量了我一会儿。

"没什么大事，你走起路来还是跟以前一样麻利。"

第32章 好样的

第二天的午休时间，我骑着星光回了家，一路不慌不忙。我想好好看看，父亲看到我会骑马的时候会高兴成什么样。我觉得母亲可能会担心，不过父亲会把手放在我的肩膀上，看着我说："我就知道你能行。"或者别的类似的话。

我骑着马跑向大门口的时候，父亲正在草料房门口，弯着腰，摆弄着地上的一个马鞍。他没看见我。我在门口停下，看了他一会儿，大声喊道："嗨！"

父亲没有直起腰，只是扭过头，朝身后的大门口看过来。有好一会儿，他保持着这个姿势，一动不动，我笑嘻嘻地看着他。父亲慢慢直起身子，静静凝视着我。

"是你啊，艾伦！"他小声说，他的声音克制，仿佛只要有一点动静，我骑的马就会受惊跳起来似的。

"没错。"我叫道，"快来看我啊，你看。还记得你说，我永远不能骑马了吗？现在，你看啊。呀呼！"我大叫着。当父亲骑着一匹活力充沛的马儿的时候，总会这么喊。我坐在马鞍上，俯身前倾，再猛地一抬身子，然后用好腿的脚后跟狠狠地一磕星光的肋下。

白色的小马跳起来，向前猛冲了几个小步。开始的速度很快，慢慢地，它的步伐放匀，平稳地向前跑。我能看到它的肩膀底下，四蹄像活塞一样前后移动。每迈出一步，我都能感觉到它的力量，感受到它的肩膀的张力。

我围着篱笆，跑到金合欢丛，然后掉转马头。当它跃起或者转身的时候，我的身体随着它前俯后仰。它掉过头来，小石子在它的脚下飞散；它的脑袋一起一伏，再次加速；然后我疾驰回来，而父亲拼命地向门口跑去。

我经过他身边，握着缰绳的手一收一放，前后移动，扯着星光伸长的脖颈。我拉了几下缰绳，星光面朝大门口，停在了原地。它蹦跳着停下来，甩着脑袋，肋骨扇动着。它鼻孔大张，呼哧呼哧地喘着气。马鞍咯吱咯吱，马嚼子叮叮当当，这些正是我在纵马驰骋的时候渴望听到的声音。而现在，我全部都听到了，还闻到了马儿纵情奔跑流下的汗水的味道。

我低头看着父亲，忽然注意到他的脸色苍白。母亲也从屋子里出来了，正急急忙忙地朝我们跑过来。

"怎么了，爸爸？"我赶快问。

"没事。"他说。他一直盯着地上，我能听到他的呼吸声。

"你不该那么往门口跑。"我说，"你都喘不过气来了。"

他看着我笑了，然后向母亲转过身，她一边向门口走来，一边伸出手。

"我看到了。"她说。

他们深深地对看了一眼。

"他简直跟你是一个模子出来的。"母亲说，然后她对我说，"你是自己学会骑马的，是吗，艾伦？"

"嗯。"我说，我扶着星光的脖子，弯下身子，把头凑得离他们更近一些。"我学了好几年了。我只摔过一跤，就在昨天。你看到我掉头了吗，爸爸？"我转向父亲，"你看到我让它老老实实地掉过头来了吗？你觉得怎么样呀？你觉得我会骑马了吗？"

"是的。"他说，"你真棒。你是一把好手，坐得也很稳。你是怎么坐住的？给我看看。"

我跟他解释是因为抓住了肚带。我告诉他我是怎么带星光喝水的，还有我是怎么用拐杖挂着上马下马的。

"我把拐杖落在学校了，要不然就可以表演给你们看了。"我说。

"没事的……改天再说，坐在马背上你觉得安全吗？"

"万无一失。"

"你的背疼不疼啊，艾伦？"母亲问。

"不疼，一点都不疼。"我说。

"你会一直很小心的，是不是？我很高兴看到你骑马，但是真不想看到你摔跤。"

"我会非常小心的。"我保证，然后我说，"我得回学校

297

了，要迟到了。"

"听着，儿子。"父亲抬头看着我，表情严肃对我说，"现在我们都知道你会骑马了。你经过大门口时，快得像闪电一样。但是你不要那样骑。那样骑，人们只会觉得你是个傻瓜，他们会觉得你不懂马。一个好骑手不需要大张旗鼓来证明他会骑马，跟个撒欢的小狗似的。好骑手不需要证明任何东西，他会研究他的坐骑。你也应该这样做，安安静静地。你会骑马了——没错，但是不要用来炫耀。在直道上可以猛跑，但是刚刚那种路就不要，那样马很容易受伤。马就像人一样，你好好对它，它才能大显身手。好了，现在，骑着星光走回学校吧，放它跑开之前，别忘了好好帮它擦洗一下。"

父亲停下来，想了一下，然后接着说："你是好样的，艾伦。我看好你，我认为你是个好骑手。"

第33章　我能跳过水洼

　　路上开始出现汽车。它们一路飞驰，扬起大片尘土，这些路原本是为了带铁轮的马车设计的。汽车在石子路上留下一道道车辙，沙砾四处飞溅，打在经过的马车的挡泥板上。它们嘀嘀嘀地响着喇叭，路上的牛群受到惊吓，四处逃散。车上有漂亮的烧乙炔气的黄铜车灯，黄铜水箱，还竖着一面气派的挡风玻璃，玻璃后面的人穿着防尘外套，戴着护目镜，俯着身子注视前方。有的时候，他们会像拉缰绳一样使劲儿拨拉方向盘。

　　汽车开过，车声隆隆，尾气升腾，马儿们受到惊吓扭身跳开。怒气冲冲的赶车人只好隔得远远地，在路边的草坪上把车停下，站在马车上看着渐渐消散的尘土，愤怒地大声叫骂。

　　农民们会开着牧场的门，这样那些受到惊吓、试图挣脱缰绳的马儿们，就可以被领到这里。这儿离道路远远的，它们颤抖着，踢腾着，直到汽车开远，才渐渐安静下来。

　　皮特·芬雷不再给卡鲁泽斯夫人当马夫了，他现在是她的司机。他戴着一顶遮檐帽，穿着制服，立正站好，帮卡鲁泽斯夫人开车门，让她下车。

"你干吗霸占着路啊？"有一天父亲问他，"路是你们家的吗？你过来的时候，人人都得跑到路边草坪上去。"

"开汽车不像赶马车，不能跑到路外面啊。"皮特向他解释，"必须一直待在石子路上，而且一次只能通过一辆。"

"没错，就只能通过卡鲁泽斯夫人这辆。"父亲气呼呼地说，"我现在都不敢带小马出去上路了。要不是马都害怕汽车，我早就骑着马朝你冲过去了。"

那之后，每当看到父亲骑着小马经过，皮特都会停下车，但是即便这样，马儿还是总会冲出道路，跑到草坪上去。父亲再怎么拉缰绳，破口大骂都没有用。

父亲讨厌汽车，但是他告诉我，汽车会越来越多的。"等你到我这个年纪的时候，艾伦，"他说，"想看马，就只能到动物园去了。马的时代要结束了。"

他驯马的生意越来越不好了，收购价格也越来越高。然而，他还是设法攒够了十镑，买了几坛褐色的药膏，让母亲每天擦在我的腿上，帮我按摩吸收。这是一种美国式治疗方法，叫作维阿维疗法，卖药膏的那个人向父亲保证，用了它我就能走路了。

一个月又一个月过去了，母亲帮我按摩双腿，用掉了一坛又一坛药膏，直到最后一点都不剩了。

从一开始，父亲就不相信这玩意儿。"不过我还是盼望着会出现奇迹，就跟个傻瓜一样。"当母亲告诉他，疗程已经结束了的时候，他苦涩地说。

他早就让我做好了心理准备，这东西可能不会有什么用，所以我也不是太失望。

"我不想再浪费时间治疗了。"我告诉父亲，"瞎耽误工夫。"

"我也这么觉得。"他回答。

我现在骑的是他驯服的马，还是会经常摔下来。那些新驯服的小马很容易受惊，我始终没办法在马儿受惊的时候坐稳。

每次摔下马的时候，我都坚信这是最后一次了。但是父亲却不这么想。

"都是这么说的，儿子。每次摔下来，我们都这么说。但是真要是最后一次摔跤的话，那就根本不省人事了。"

而我的摔跤让他很担心。他烦躁不安，犹豫不决，最后忽然下定了决心，开始教我怎么对付摔跤——身体放松放软，这样着地的时候，地面的冲击力就会被柔软的肌肉缓解。

"天无绝人之路。"他的话让我印象深刻，"这个办法不行，还有其他法子。"

我的腿残疾了之后，所面对的各种问题，他都能很快就想出解决办法。但是我从学校毕业之后该干什么呢，这个问题连他也回答不上来。

离年底——也就是我最后一天上学——只有两个月了。图拉腊的杂货铺老板西蒙斯先生跟我说，让我毕了业之后帮他记账，每个礼拜给我五先令工资。当然，想到能赚钱了，我很开心，但我想做更有考验性的工作，更需要开动脑筋、发挥我独特才能的工作。

"那你想干什么呢？"父亲问我。

"我想写书。"

"哦，那行啊。"他说，"你可以写书，但是你靠什么养家糊口呢？"

"也有人靠写书赚钱的啊。"我争辩道。

"没错，但是只有写了很多很多年之后才有可能啊，而且你还得接受很好的教育。皮特·芬雷跟我说，写书是世界上最难的事，他曾经试过。听我说，我是很支持你写书的，别以为我不愿意，但是你得先学习啊。"

他沉默着站在那儿，思考了一会儿。再次开口的时候，那口气就好像他已经知道，我将来一定会成为一个作家一样。

"你写书的时候，"他说，"要像罗伯特·布莱奇福特一样。就是写《清白无罪》的那个家伙，那可是本好书。他写那本书是为了帮助人的。"

"你看啊，"他接着说，"为了赚钱而写书没什么好处。还不如驯马呢。驯马的话，你是把本来有可能不好的东西给变好了。一匹马要变成坏脾气的烈马是很容易的，但是，要让一匹马……嗯，怎么说呢……你知道……比方说，虽然很困难，但要让它跟你一起合作干活，而不是和你作对。

"我第一次遇到皮特·芬雷的时候，他给了我一本书，书名叫《我的辉煌履历》。他说写这本书的是个女人，但是她自称叫麦尔斯·富兰克林。那是我看过的最好的一本书。面对困难，她从来不退缩。她很勇敢，很有胆量……

"我不知道……写作是很有意思……我觉得你的想法不太对，你觉得写本书是件非常有意思的事。嗯，其实……可能等你摔几次跟头就会跟我一个想法了。"

我坐在马厩的最高一根栏杆顶上，看着他给一匹马上嚼子。那匹马嘎吱嘎吱地咬着沉重的马嚼子。它的嘴角擦伤了，红红的。

"这匹马的后背太长了。"他忽然开口，然后接着说，"要是有人肯花一百块买你的书，那么毫无疑问，你可以为他卖命了。不过，要是因为你写了一本书，所有的穷人，还有受苦的人都肯向你脱帽致意——那意义就大不一样了，那才是真的值了。但是，你得先跟人们打成一片，你会爱他们的。这是我们的国家，我们会把这里变成天堂。在这里，人人平等。总之，祝你好运。"他又说，"你可以写书。不过，在你自立之前，还是先到西蒙斯店里做事吧。"

几天之后，西蒙斯先生给我看了《年代》报上的一则广告。墨尔本一家商学院的会计学院要招收学生，只要能通过历史、地理、数学和英文的考试，就能获得奖学金。考卷将寄到当地的招生老师那里。

我写信申请了考卷，一个礼拜之后，塔克先生告诉我，考卷已经寄来了。

"你看，马绍尔。"他严肃地对我说，那神情就好像我刚刚控告了他一样。"考卷上的火漆是完好无损的，所以这些考卷肯定都没被动过手脚。我跟威廉·福斯特说过这次考试的事了，他也要申请这个奖学金。礼拜六上午十点整到学校来，回座位去吧。"

威廉·福斯特是塔克先生的宠儿，是他的得意门生。他能一口气背出维多利亚州所有河流的名字，还会把两手放在头上心算，表示他没有用手指数数。

做题的时候，他总是弯起一只手臂，盖在练习本上，所以要抄到可不容易。不过我有办法，想让他拿开胳膊的时候，我会戳他的肋下。

他母亲非常为他骄傲，她对我母亲说，要不是他，我一道题也算不对。

礼拜六早上，我在校门口遇到他，我提议考试的时候我们坐在一起。不过，他穿着礼拜日盛装，这反映了他对我的态度。他很顽固，不愿意跟我合作，他对我说，他母亲说了，不让我靠近他坐着。

这真是个打击，不过，尽管他试图甩掉我，我还是跟着他走进了学校，坐在了他旁边。

塔克先生看穿了我的打算，他命令我坐到教室的另一头去。坐在那儿，透过窗子，我看到图拉腊大山，在阳光下显得苍翠鲜活。我想到乔，这样的天气去逮兔子多好呀。这时，塔克先生敲了敲桌子，宣布考试开始。

"现在，我要拆开保尔特商学院封考卷的火漆了。"他说，"你们都看到了吧，火漆是完好的。"

接着，他扯断绳子，一边从信封里抽出考卷，一边恶狠狠地紧盯着我。

接下来的二十分钟，塔克先生坐在那儿看考卷，时而皱皱眉头，时而抬起头来，满意地看一眼威廉·福斯特，威廉感受到他的勉励，低下头来。

我真想朝着塔克的眼睛好好来上一拳，然后一溜烟跑去找乔。

我正在脑海中跟乔解释，我是怎么打他的，塔克开始发考卷了。他看了一眼钟，干脆地说："现在是十点半，你们必须在十一点半之前做完。"

我看了看面前的这张打印的黄色试卷。

"计算复利……"哈，这很简单。

"假设十个人花了……"

老天，比例！小菜一碟。

"一块地的面积是四英亩三路德零两杆……"

这个难一点——嗯！

我开始做题，塔克先生坐在讲桌前，读着一本封面闪亮的英语杂志《领域》。

我觉得试卷并不太难。但是，离开教室跟威廉·福斯特对了答案之后，我觉得自己的大部分答案都错了，因为跟威廉做出来的不一样。

回到家，我告诉父亲我失败了，他回答："没关系，你尝试过了，那才是最要紧的。"

放假前一个礼拜，一个写着我名字的长长的褐色信封寄到了家里。信是父亲收的，我放学回家的时候，他和母亲还有玛丽正在厨房里，等着我来拆信。

他们围到我身边，我拆开信封，抽出折叠的信纸。

亲爱的先生，

非常高兴通知您，您已被授予全额奖学金……

"我得到啦！"我难以置信地大喊起来，望着他们，仿佛想从他们嘴里听到解释。

"给我看看。"父亲说，他从我手里拿过信纸。

"他真的得到奖学金了！"他读完信兴奋地叫道，"给，你看看。"他把信递给母亲，"你能相信吗！上面真的是这么说的。太棒了——奖学金！谁能想到他能拿到奖学金啊！真不敢相信。"

他转过身，拍着我的后背。"干得好，儿子。你是好样的。"然后又对母亲说，"不过，奖学金是干吗的？我们看看奖学金能让他做什么啊？"

"他会成为会计师。"玛丽说，她正趴在母亲的肩头看着那封信。"成为会计师，就有自己的办公室，什么都有啦。"

"这一带有人是会计师吗？"父亲问道，想找点什么启发。"嗯，巴伦噶那家大商店的记账员是会计师吗？"

"不是，"母亲斩钉截铁地说，"当然不是了。他只是个记账员，会计师得机灵多了。"

"布莱恩先生可能是个会计师。"玛丽说，"他可是黄油厂的书记员呢。有人说他一个礼拜能赚六镑。"

"他能赚那么多才怪。"父亲肯定地说，"我觉得经理都赚不了那么多。我得去找他问问，会计师到底是干什么的。总而言之，看起来我们的问题是解决了。要是艾伦真的能一个礼拜赚六块钱，那真是给个皇帝都不换呢。"

父亲一分钟都等不得了。他骑上一匹马，直奔工厂。下午快傍晚的时候，他回到家，带回一个更加令人震惊的消息——威廉·福斯特没考上。

"没错。"父亲大声说，带着掩饰不住的兴奋。

"我碰到福斯特太太了，她告诉我——我跟你说，她还感觉挺不错呢——她说她收到一封信，说威廉可以明年再考。你真该看看我告诉她艾伦考上的时候，她脸上那个表情，嘿！"

"我还见到布莱恩了。"他继续说，"你说得对，玛丽。他确实是个会计师。而且他还告诉我，如果是一流的会计师，一个礼拜能赚不止六镑。不过，谁知道呢，他也可能是在吹牛皮。总之，他们是帮大公司管账的——石油公司啊什么的。成了会计师之后，名字前面就会有一长串头衔——等会儿，我看看，我都写在一张纸上了。"

他在兜里摸索了一会儿，找到了那张纸。"等一下。布莱恩说的时候，我写下来了。就是这个——LICA，意思是——在这儿呢——英联邦会计师协会执业人员，管它是什么呢。没有多少人能得到这个头衔的，布莱恩是这么说的。据他说，得到这玩意儿好像很重要，这几个字母……"

他赞许地看着我。"我从没想过，有生之年我能看见艾伦名字前头有头衔啊。"

他忽然心血来潮，伸出手，把我抱了起来，给了我一个大大的拥抱，尽管我都这么大了。

那天晚上，他喝醉了，当他大叫着回到家的时候，我们都已经上床睡觉了，我听见母亲焦急地问："打架了吗？"

"没有。"父亲说，"只是一点小磕小碰，没事。"

接下来的一个礼拜，他和母亲每天晚上都很晚才睡，他们一边说话，一边在纸上算着账。我知道，他们在商量我的未来。

"妈妈和我决定，我们全家都搬到墨尔本去，艾伦。"这一天父亲告诉我，"要把所有事情都搞定，可能需要一点时间。不过，我们一安排好，就打包走人。你的前程在那儿，不在这儿。我会找份工作，很容易的。等你学会了怎么当会计师，就能找一个坐办公室的工作。只要他们知道你得到了学位，就会抢着要你的。再说，我在这里的生意也不好做了，还会越来越糟的。你也看到了，附近开来开去的汽车越来越多，我今天就看到了八九辆。"然后他又说，"你觉得离开这儿怎么样？"

"好啊。"我说，"我可以一边学当会计师，一边学着当作家。会很棒的，我相信。"

"我也这么想。"他说。

但是，当我独自一个人的时候，又反复思考了这个问题，我忽然觉得，我离不开这片丛林，我的力量全都来自丛林，尽管是通过一种特别的方式。我从没见过城市。此时，在我心目中，那就是一个巨大复杂的机器，LICA们拿着账本，面孔苍白，操控着这座大机器。这个念头让我有些沮丧，我去找了乔，他正在他们家屋后的树林里安放捕兽夹。

我告诉他我家很快就要搬走，到墨尔本去了。他若有所思地看了看手里的捕兽夹，说道："你是个幸运的家伙，毫无疑问。而且你总是这么幸运。你还记得那次，你用一只捕兽夹捉住了两只兔子吗？"

"记得。"我说，想起那次我很高兴。

我们肩并肩在草地上坐下，谈论着墨尔本，博物馆、电车、成千上万的人，还有我怎么样才能一个礼拜赚六英镑。

"最棒的是，"乔说，"那里有博物馆，你可以随时想去就去了。我听人说，博物馆里什么都有。"

"我想是的，"我说，"不过我还想写书。墨尔本有一个大图书馆，我会去图书馆的。"

"那你就不能骑马了。"乔说，"马在墨尔本被淘汰得更快。"

"对啊，这一点真糟糕。"我又难过起来，"不过，想去哪儿还是可以坐电车。"

　　"我在想，你要怎么拄着拐杖上电车呢？"乔思考着，"那么多人，可不……"

　　"拐杖！"我喊了起来，这简直不值一提，"拐杖算什么……"

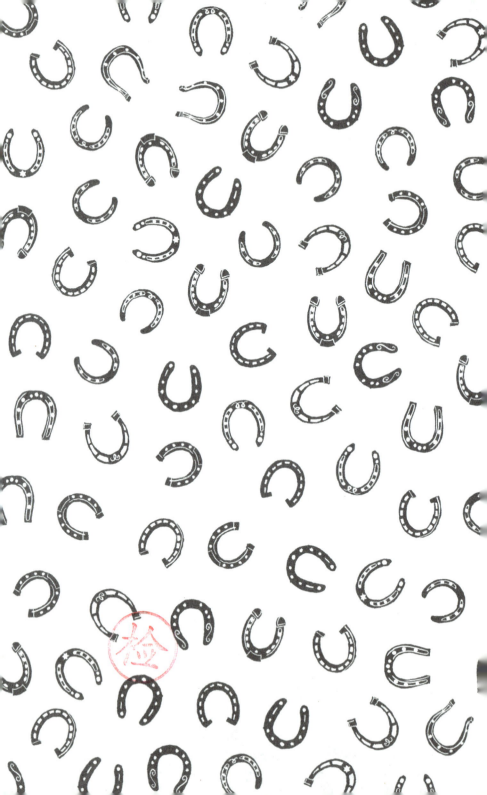